세상에서 가장 아름다운

엔딩 크레딧

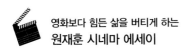

영화보다 힘든 삶을 버티게 하는
원재훈 시네마 에세이

세상에서 가장 아름다운

엔딩 크레딧

라꽁떼

극장은 우리들의 광장이면서
나만의 밀실이다.

1

극장 스크린을 가득 채운 감동의 순간이 막을 내린다. 한 편의 영화가 끝나고 나면, 감독과 배우를 비롯한 제작진들의 이름이 천천히 스크린 위로 떠올라온다. 마치 검은 하늘의 별들과 같은 이름이다. 이제 영화가 끝났으니 집으로 돌아가시라는 신호이기도 하다. 스크린 속의 세상은 이제 끝났다. 바닥이 보이는 팝콘통을 손에 들고 좌석에서 일어나 걸어가면 조금 전 영화에서 본 인상적인 장면들과 대사가 마음에 남아, 잠시 현실에서 벗어나 긴 여행을 떠나온 기분이 들곤 한다.

영화 《비긴 어게인Begin Again》은 엔딩 크레딧이 올라가자 음악이 귓전에 잔향처럼 남아 있었다. 도시 생활에 지친 고독한 사람들이 서로 만나 삶의 자리를 찾아가는 모습이 잘 정리된 음표처럼 보기 좋은 영화였다. 남자 주인공이 자살하기 직전에 바에서 만난 무명가수의 노래, 그것은 그가 바닥을 치고 일어나게 한 삶의 메시지이다. 죽음 직전에 그에게 들려오는 천상의 메시지를 들었다고 할 수 있다. 무명가수인 여자 역시 암울한 상태였는데 두 사람이 만나면서 이들이 친밀한 관계를 맺고, 영화 제목처럼 인생을 다시 시작하면서 화면은 밝고 환한 기운으로 가득했었다.

그리고 이제는 고전이 된 영화 《록키ROCKY》에서 피투성이의 형 그리 복서가 떠오른다. 그는 챔피언을 이기는 것이 목표가 아니라, "오로지 13라운드만 버티면 된다."는 말을 했다. 그 대사가 오랫동안 가슴에 남아 있다. 인생은 사각의 링에서 무자비하고 강력한 챔피언의 펀치를 견뎌내는 것이다. 세상의 누군들 이런 경험을 하지 않았을까?

영화 주인공과의 이러한 공감대 때문에 영화는 수많은 사람들에게 부질없는 희망보다는 삶의 용기를 주었다. 그래서 영화를 보고나서 거리로 나서면, 왠지 모든 게 잘 될 거야라는 낙천적인 생각을 하게 된다. 영화가 끝난 텅 빈 객석을 바라보면서 하게 되는 생각, 이것이 바로 시네마 메시지이다.

오래 전에 본 영화를 다시 보기도 하면서 주인공이 남긴 한 마디를 찾아내니 이런 생각이 들었다. 우리의 삶은 지나고 나면 다

행복한 시절이 아닐까? 영화는 개봉하는 순간에 지난 이야기가 된다. 과거의 시간을 필름에 담아두어 사진과는 다른 느낌으로 인상적인 장면들은 마음속에 각인된다.

　영화의 스틸 컷이 감독이라는 사진작가가 찍어낸 작품처럼 보이기도 한다. 때론 사진 속에서도 영화의 역동적인 움직임이 보인다. 좋은 시네마의 한 장면은 현실과 환상이 빛과 어둠처럼 스며있고, 사실과 거짓이 진실이라는 삶의 그릇에 담겨 있다. 그렇다. 적어도 우리에게 의미를 던져주는 시네마들은 그 시대의 진실을 담는 그릇이고, 거기에는 우리들이 눈여겨보아야 할 삶이 가득하다.

　나는 문학을 하는 사람으로서 여기에 주목했다. 그동안 내가 본 감동적인 영화의 아름다운 대사를 끌어내서 독자들과 공감하고 싶은 마음이다. 자, 이 영화에서 주인공이 이런 말을 했습니다. 저는 이렇게 생각하는데, 여러분은 어떠신지요? 그렇군요. 그런데 저는 이런 생각입니다. 등등. 뭐 이런 식의 느낌을 가지고 본문을 경어체로 집필했다. 독자에게 조금 더 가깝게 다가가 낮은 음성으로 다감하게 영화 이야기를 나누고 싶었기 때문이다.

영화는 이제 상영관에서 벗어나 우리들의 손바닥에도 거실에도 심지어 버스와 비행기 안에서도 우리들과 마주한다. 현대인들에게 영화는 공기와 물처럼 익숙하다. 거실 소파에 누워 가족과 간식을 먹으면서 영화를 보다가 잠들기도 하고, 다른 일을 하면서도 보기도 하기 때문에 영화의 장면들이 그냥 스치고 지나가기도 한다. 스마트 폰으로 영화를 다운 받아서 전철 안에서도 보기도 하지만, 영화는 대형 스크린을 통해서 웅장한 영화음악 사운드와 함께 집중해서 볼 때 그 가치가 가장 빛난다.

극장은 연인들의 전통적인 데이트 코스이다. 연애는 따뜻한 마음으로 이어진 소통의 통로이다. 세상이 아무리 험해도 서로 사랑하는 남녀가 있는 한 희망은 있다. 서로 사랑한다면 같이 영화를 감상하는 일을 그냥 지나치지 않는다. 거기에서 가벼운 애정 표현을 해도 사람들이 뭐라 하지 않는다. 이런 경험이 없는 사람이 어디 있겠는가?

또한 극장은 로마시대의 원형극장부터 김용택 시인의 섬진강 진매 마을 시골 천막극장에 이르기까지 우리와 함께 한 공공의 장소이자, 가장 사적인 추억의 공간이기도 하다. 극장은 이 시대의 광장이면서 나만의 밀실이다. 극장은 어둠이 빛을 만들어내는 창세기이고, 하늘의 별처럼 찬란한 스타들이 우리들에게 생명감을 느끼게 하면서 동시에 삶의 용기를 주는 자궁과 같은 곳이다.

극장에 앉아 세상과 잠시 떨어져 관객이 되면 잠시 어머니의 자궁에서 편안하게 둥둥 떠다니면서 우주의 에너지로 충만한 기운을 얻기도 한다. 간혹, 영화 한 편이 젊은이의 인생의 방향을 결정하기도 한다. 이제 영화는 우리들의 인생에 깊이 관여하는, 그것도 재미와 흥미를 동반한 친구나 선생처럼 여겨진다.

영화에는 관객의 입장에 따라 전해지는 여러 가지의 메시지가 있다. 영화가 끝나는 순간에 던진 한 마디, 영화 속의 주인공의 죽음을 앞두고 남긴 한 마디, 혹은 한 인간의 인생의 결정적인 한 마디를 중심으로 영화를 다시 상기하기 바란다.

여기에 거론된 영화들은 나의 안목으로 고른 것이기에 평론가들의 선정기준과는 무관하다. 주관적인 판단으로 고른 작품들이기에 보는 이에 따라 영화의 우열을 가름할 수도 있을 것이다. 하지만 여기에 적어 놓은 대사들은 나에게는 매우 울림이 큰 잠언들이었다. 때론 상처받은 마음에 문학적인 메시지로, 소통의 한 마디로 다가왔던 말들이다. 이 한 마디만 들으면 영화의 필름이 저절로 머릿속에서 돌아가면서 내 인생의 수레바퀴도 천천히 굴러 가는 것이다.

3

엔딩 크레딧은 제작에 참여한 감독과 배우를 비롯한 모든 스텝들의 이름이다. 엔딩 크레딧은 영화의 모든 것을 담고 있다. 이 의미를 조금 확대해서 '세상에서 가장 아름다운 엔딩 크레딧'이라는 아이디어를 떠올렸다.

그것은 영화의 마지막 대사일 수도 있고, 영화의 주제를 가장 잘 보여주는 자막일 수도 있다. 주인공이 유언처럼 남긴 대사도 있고, 배우가 문득 던진 한 마디일 수도 있고, 어떤 영화는 침묵으로 모든 것을 보여준다. 이러한 의미로 내 인생의 영화에 엔딩 크레딧을 노트에 적었고, 거기에 기대어 글을 적었다. 이것이 같은 영화를 보고난 우리들의 소통과 공감이라고 생각한다. 혹은 아직 내가 본 영화를 보지 못한 분들에게도 이 산문을 통해 같이 이야기하고 싶은 것들이 있다.

이제 영화는 세계인들이 같이 쓰는 공통언어가 되었다. 영화가 탄생하기 전에 문학이 했던 역할을 영화는 조금 더 발전된 형태로 보여주고 있다. 중세의 건축, 19세기의 문학, 음악, 미술과 같이 지난 시대에 비교해서 설명하자면 21세기는 영화의 시대이다. 이미 전국의 스크린의 수는 서점의 수를 압도한지 오래 되었다. 이제 사람들은 영화관의 스크린을 통하여 과거에 책을 통하여 얻었던 인생의 자양분을 섭취하기도 하고, 공포에서 벗어나기도 하며, 위안과 힐링의 기운을 받아온다. 소설의 주인공처럼 영화의 주인공은 대중들에게 영웅이 되기도 하고 친구가 되는 것이다.

이제 우리 삶의 현실과 영화의 경계선은 극장안의 스크린에서 절묘하게 형성된다. 하지만 이것이 문학의 쇠퇴를 의미하지만은 않는다. 영화를 통하여 문학은 새로운 형식으로 재탄생된다. 세계적인 작가 가브리엘 가르시아 마르케스는 2015년 아카데미상 시상식에서 헐리웃 스타 로빈 윌리엄스와 함께 세상을 떠난 영화인으로 불멸의 스크린에 떠올랐다. 러시아의 문호 톨스토이의 《안나 카레니나》, 프랑스의 빅토르 위고의 《레 미제라블》를 비롯하여, 그리스 작가 니코스 카잔차키스의 《희랍인 조르바》는 안소니 퀸이 열연한 《희랍인 조르바》로 더 유명하다. 이러한 예는 하나 둘이 아니다.

미국 작가 스티븐 킹은 말한다.

> 우리가 허구의 공포 속으로 피신한 덕분에 현실의 공포
> 는 우리를 압도하지 못하고 우리를 꽁꽁 얼어붙게 하지
> 못하고, 일상생활을 제대로 살아가는 우리를 방해하지
> 못한다. 우리가 나쁜 꿈을 꾸기를 희망하며 극장의 어둠
> 속으로 들어가는 것은 나쁜 꿈이 끝났을 때 우리가 평범
> 한 인생을 사는 현실 세상이 훨씬 더 좋아 보이기 때문
> 이다.

스티븐 킹은 공포 영화를 보는 사람들을 대상으로 이 말을 하
고 있지만, 그 의미를 조금 확대시켜 보면 우리가 영화를 보는 이
유를 잘 설명하고 있다. 영화의 내용이 공포든, 사랑이든, 전쟁
이든 간에 그곳으로 잠시 피신한다면 어떤 현실이라도 우리를 압
도하지 못한다.

예를 들어 전쟁영화를 보고 나서 우리가 느끼는 감정을 떠올려
보자. 아무리 세상이 각박해도 《태극기 휘날리며》의 장동권이 연
기한 인생의 처참함과 비교할 수 있을까? 영화는 그런 안도감을
우리에게 제공한다.

그때 한 마리 나비가 어둠속에서 별처럼 날아오른다. 좋은 영화 한 편은 우리에게 삶의 용기를 주고, 적어도 영화보다는 힘든 삶을 버티게 하는 메시지가 있다. 나는 조용히 종이에 적었다. 어두운 객석에서 바라보는 환한 빛 속에서 적어도 내 인생에서만큼은 내가 감독이고 주인공이라고.

언젠가 은행나무 아래서 서류봉투 종이에 시를 적은 적이 있다. 때마침 비가 내려 만년필로 적어 놓은 시들은 빗물에 지워지고 있었다. 지금 돌이켜 생각하니 그것은 내 인생이라는 영화의 한 장면이었다. 그리고 이 장면은 《카사블랑카》에서 비에 젖은 연인의 편지가 클로즈 업 되면서 이어졌다. 이 세상에서 제일 아름다운 엔딩 크레딧은 이 어려운 삶을 사랑하는 당신이 적은 한 마디이다. 그것은 세월의 빗물에도 지워지지 않는 마음이다.

그리고 내가 사랑한 영화의 주인공들이 스크린에서 보여준 아름다운 장면들, 쓰라린 상처자리를 치유해 주던 고독한 한 줄의 시……, 영화는 잠시 나에게서 벗어난 나를 바라보는 시간이기도 하다. 인생에 주인공답게 어떤 시련이 다가와도 잠시 좌절하고 낙담하더라도, 절대 당신은 실패하지 않을 것이다. 당신은 우리에게 감동을 주는 영화의 주인공이기 때문이다. 우리들의 삶보다 더 좋은 영화는 없기 때문이다. 엔딩 크레딧과 함께 영화는 끝나지만 독자 여러분의 삶은 새로운 시작이다. 당신의 인생이 어디로 가든, 영화와 함께 행복하시길 바란다.

2015년 6월. 일산 영화관 휴게실에서

원재훈

Contents

Sequence 2

한번도 사랑해 본 적이 없는 것보다
사랑해 보고 잃는 것이 차라리 낫다

행복은 희망이라는 구름이 아니라, 용기라는 대지에서 솟아난다.

Sequence

1

당신의 고장 난 분노조절장치를
고쳐드립니다.

태평양으로 가는
험하고 먼 길

쇼생크 탈출 The Shawshank Redemption, 1994

"자유로운 사람만이 느낄 수 있는 기쁨이라고 생각한다.
희망의 긴 여행을 떠나는 자유로운 사람.
태평양이 내 꿈에서처럼 푸르기를 희망한다."

1

영화인들에게 가장 높은 평점을 받은 작품 중의 하나가 스티븐 킹의 동명 소설을 바탕으로 한 프랭크 다라본트 감독의《쇼생크 탈출》입니다. 벌써 20년 전의 영화입니다. 개봉 이후, 텔레비전 영화채널에서 간혹 이 작품을 다시 보곤 하는데요. 볼 때마다 감동을 하고, 무언가 생각을 하게 합니다. 어느 일요일 오후에 무심코 채널을 돌리다가 이 영화를 우두커니 앉아 보았습니다. 저에게 그것은 마치 고흐의 그림을 보는 것처럼, 혹은 베토벤의 운명 교향곡 1악장의 도입부를 듣는 것처럼 익숙한 일이지요. 그 날 역시 영화에 푹 빠지고 말았습니다.

그래 다음에는 이런 장면이 나올 거야. 주인공이 이런 말을 했지. 인생을 잃어버리고 나서 인생을 생각한다는 대사, 그것 참 괜찮았어. 죄인을 가두는 감옥은 그런 곳이지. 마음속으로 이미 그 영화의 전체를 관통하고 있기에 비록 중간부터 보아도 전체적인 맥락이 파악됩니다. 그래서 거실의 소파에 눕기도 하고, 차를 마시기도 하고, 전화를 받기도 하면서 영화를 봅니다. 그런데 그날은 좀 다른 느낌이었습니다. 이 영화처럼 죽음과 삶을 극명하게 대비시키면서 사람들에게 '희망'이라는 단어를 마치 주머니칼로 기둥에 자신의 이름을 새기듯이 각인시키는 영화가 또 있을까 싶었습니다. 참으로 묘한 경험이었습니다.

무기징역을 받은 죄수의 내레이션으로 전개되는 영화는 시종일관 차분한 감정을 유지하고 있습니다. 죄수들이 저지르는 폭력적인 장면이 나와도 이내 고요하게 처리되는 상황은 죽음 앞에 선 인간의 모습이기도 하지요. 어처구니없는 세월호 참사나 개인적인 참척지변惨慽之變에 이르기까지 죽음은 모든 것을 거울 속으로 밀어 넣어 버리는 고요한 상태를 유지합니다.

슬픔은 바람처럼 지나가고, 죽은 자는 말이 없다는 말은 바로 고요한 정적의 상태를 말하는 것입니다. 교도소에서 통제받는 사람들은 거칠지만 족쇄를 차고 있기에 간수 앞에서는 무기력하기만 합니다. 그들에게 무슨 희망이 있을까 싶은데요. 이제 영화를 상기해 보지요.

주인공 앤디가 수감된 첫날밤, 죄수들은 신참 죄수 중 과연 누가 첫울음을 터트리는지 담배를 건 내기를 합니다. 이윽고 고요한 교도소 안에서 마마보이 같은 신참이 울음을 터트리고, 내부가 시끄러워지자 우는 죄수를 폭력으로 거칠게 다루는 간수가 등장합니다. 말 그대로 처참하게 얻어 맞은 죄인은 바닥에서 뻗어 버리는데요. 다음 날 병원에서 그만 죽어버립니다. 또, 억울한 누명을 쓴 앤디가 다시 재판을 받을 수 있도록 도와준 젊은 죄수는 석방을 1년 앞두고 총에 맞아 죽게 됩니다. 교도소장은 젊은 죄수가 탈옥한 것으로 조작해 사건을 덮어버리지요. 소장은 자신의 재산을 관리해 주는 똑똑한 은행원 출신 앤디를 풀어주고 싶지 않았던 겁니다. 이곳에서는 희망이 보이지 않습니다. 모든 죄수의 공통점이기도 하지요. 하지만 앤디만은 이곳에서 희망을 발견합니다.

2

　　　　　이 영화는 시종일관 인간의 가장 절망적인 부분을 다루고 있습니다. 여기에 여명처럼 밝아오는 희망이 과연 존재할까요? 영화 전체를 하늘에서 내려다보고 이야기를 하는 것 같은 레드는 감옥에서 필요한 물건들을 구해주는 역할을 담당하고 있습니다. 간수들은 엄청난 권력을 가지고 그 안에서 개인의 권력욕을 마음껏 발산하며, 그들의 우두머리인 교도소장 노튼은 마치 절대 권력자의 모습으로 교도소 전체를 마음대로 주무르며 각종 비리를 통해 공금을 착복하고 있지요. 영화를 보다 보면 쇼생크라는 감옥은 지금 우리가 사는 부정부패가 만연한 사회의 축소판이고, 앤디와 레드는 그 권력에 무기력한 우리의 모습과 다름이 없습니다. 하여간, 영화는 극적으로 쇼생크를 탈출한 앤디가 그동안 관리해 준 소장의 재산을 모조리 털어서 태평양으로 떠나고, 앤디의 제보로 살인과 부정의 전모가 드러나자 소장은 권총 자살을 하는데요.

　이 영화를 보고 나서 저의 마음속에 각인된 것은 50년의 장기수감 끝에 가석방된 브룩스의 자살입니다. 주인공 앤디와 대척점에 있는 인물이 바로 브룩스이고, 두 사람을 생각하면 인생의 삶과 죽음에 대한 모습이 오롯이 떠오릅니다. 브룩스는 가석방 소식에 감옥을 떠나기 싫어 평소에 친하게 지내는 동료를 죽이려고 합니다. 항상 자유를 동경하고 석방을 꿈꾸는 젊은 죄수들은 노인의 이런 행동을 이해할 수가 없습니다. 앤디 역시 자유를 기다리며 20년의 세월을 감옥에서 보냈습니다. 그는 탈옥의 화신으로 단 하루도 자신의 계획을 변경하지 않았습니다. 머리가 희어지고 중년의 나이가 넘어서도 말이지요.

팔순을 넘기고, 이제 다 늙어 버린 브룩스는 결국 가석방이 되지만, 정부에서 일자리로 마련해준 상점에서는 사람들의 눈치를 보면서 일을 하고, 가끔 공원에 나가 비둘기에게 먹이를 주는 고독한 생활을 합니다. 감옥에 있는 동안 세상은 무서운 속도로 발전했고, 그는 도저히 적응할 수가 없습니다. 이웃도 친구도 없는 브룩스는 단지 힘없고, 늙은 장기수였을 뿐이지요. 그는 석방되는 순간부터 고독과 절망이라는 형벌을 받고, 무서운 독방에 수감된 것입니다. 그 형벌은 노인의 몸으로 감당하기에 너무나 가혹한 것이었고, 결국 주머니칼로 'Brooks was here' 라는 마지막 한 마디를 각인시키고, 목을 매달아 비로소 자유의 몸이 됩니다. 그에게 죽음은 고독이라는 독방에서 벗어나기 위한 선택이었습니다. 이 모든 상황이 참으로 아이러니합니다.

브룩스의 죽음은 앤디의 탈옥으로 더욱 더 깊은 생각에 빠지게 합니다. 수감되던 날부터 손바닥 길이의 조각용 망치로 벽에 굴을 파기 시작하는 앤디. 벽을 뚫기 위해서는 600년이 걸릴 거라는 레드의 말은 틀렸습니다. 앤디에게는 20년이면 충분했던 거지요. 이미 머리가 희끗희끗해진 앤디는 탈옥 후 살아갈 모든 준비를 마칩니다.

그는 오로지 탈옥을 하기 위해, 태평양의 '시간이 멈춘 곳'에서 자신의 과거를 모조리 잊어버리고 자유롭게 살고자 합니다. 그의 탈옥 장면이 명장면 중의 명장면인데요. 굴을 파고 하수구를 돌로 깨어서 450m를 시궁창 바닥으로 기어 구토를 하면서도, 하수구의 끝으로 빠져나오는 모습은, 마치 아이가 엄마의 자궁에서 '미끄덩' 하고 빠져나오는 모습과 흡사합니다. 천둥 번개와 함께 내리는 비를 맞으면서 누명으로 입혀진 죄수복을 벗어버린 앤디. 맨몸으로 떨어지는 비를 맞으며 검은 하늘을 향해 두 팔을 벌려 절규하는 모습은 아이가 세상에 나와 울음을 터트리는 모습이지요. 어떤 이에게는 이토록 소중한 삶을 브룩스는 자살이라는 선택을 통해 버리고 마는 겁니다. 이것이 단지 나이에서 오는 좌절감일까요. 물론 그런 이유도 있겠지만, 두 사람은 삶의 태도가 달랐습니다. 한 사람은 안주했고, 한 사람은 만족하지 않았습니다. 브룩스는 여기에서 죽을 사람이었고, 앤디는 여기에서 살아나갈 사람이었던 거지요.

황무지와 같은 세상을 살면서, 누군들 자살을 꿈꾸지 않을까 하는 생각이 간혹 듭니다. 저 역시 한시절, 알 수 없는 불안감에 어리석은 판단을 한 적이 있고요, 친구들 중에는 안타까운 선택을 한 사람도 있습니다. 그 어려웠던 시절을 견디고 나서 생각하니, '그때 꼭 그런 판단을 해야 했을까'라는 생각이 드는데요. 과연 한 사람을 죽음으로 몰고 가는 그것이 무엇일까. 우리는 브룩스를 지배했던 환경과 그의 행동을 통해서 그리고 앤디의 독방에 뚫린 굴을 통해서 생각해 봅니다.

두 사람은 같은 환경에서도 절망과 희망이라는 다른 하루를 살았습니다. '안주'와 '개척'으로도 대비할 수 있을 겁니다. 브룩스는 자신을 가두고 있는 감옥을 어느새 자신의 성으로, 자신의 마을로 만들어 버렸습니다. 반면 앤디는 언젠가 벗어나야 할 감옥이라는 사실을 잊지 않았습니다. 두 사람의 이러한 사고방식의 차이는 엄청난 결과를 가지고 오는데요. 바로 삶과 죽음입니다. 결국, 자유나 삶은 자신이 선택하는 것이지, 타인에게서 오는 것이 아니라는 무서운 진실을 우리는 알게 됩니다.

브룩스는 감옥에서 새끼 까마귀 한 마리를 키웁니다. 그는 가석방되던 날 다 자란 까마귀를 철창을 통해 밖으로 내보내지요. 까마귀의 처지에서 보면 석방이기도 하지만, 자신의 둥지를 떠나는 일이기도 합니다. 무한히 펼쳐진 창공으로 날아가는 까마귀는 자신의 힘으로 둥지를 틀어야 합니다. 바로 앤디의 모습입니다. 오로지 자신의 힘으로 풀과 나뭇가지를 물어다가 견고한 둥지를 만들어야 비로소 자유로운 상태가 되는데요. 만약 까마귀가 브룩스의 모습이라면 과연 대자연의 풍요로운 삶을 살아 갈 수 있었을지 궁금해집니다.

3

이제 브룩스가 포기한 희망에 대해 이야기를 해야 되겠습니다. 아래에 인용하는 대사에서 같은 상황에 있으면서 서로 다른 입장으로 바라보는 희망의 정의를 생각할 수 있습니다. 영화 속 레드의 대사를 정리해 봅니다.

"희망? 한 가지 얘기해줄까? 희망은 위험한 거야. 희망은 사람을 미치게 할 수 있어. 이 안에선 아무 쓸모도 없어. 그 사실을 받아들이는 게 좋아."

레드 역시 가석방 되어 출소한 뒤 상점에서 일할 때의 독백입니다.

'40년 동안 허락받아 오줌을 쌌다. 허락 없이 오줌 한 방울 나오지 않는다.'

브룩스가 자살한 다음엔 우울해 하는 죄수들에게 이런 말을 하지요.

"처음엔 싫지만, 차츰 익숙해지지. 그리고 세월이 지나면 벗어날 수 없어. 그게……, 길들어진다는 거야."

앤디에게 쇼생크 수용소 담을 보며 말합니다.

"처음에는 저 벽을 원망하지. 하지만 시간이 가면 저 벽에 기대게 되고, 나중에는 의지하게 되지. 그러다 결국엔 삶의 일부가 돼 버리는 거야."

이 말들은 절망과 안주의 말들입니다. 그리고 이것은 보통 죄수들의 모습이기도 하지요. 절망에 좌절하는 인간의 한 단면입니다.

앤디의 입장을 살펴봅니다. 앤디는 모차르트의 오페라 《피가로의 결혼》 중 〈저녁 산들바람은 부드럽게〉를 교도소의 방송 마이크를 통해 죄

수들에게 들려주고, 자신은 교도소장의 방에서 두 발을 책상에 올려놓고 느긋하게 감상합니다. 그때, 아름다운 음악 소리를 듣고 있던 죄수들의 포즈를 기억하시는지요. 그것은 바로 희망을 보는 죄수의 모습입니다. 삶의 감옥에 갇힌 우리의 모습이기도 하지요. 그러나 앤디는 곧바로 간수들의 손에 이끌려 가혹한 독방에 장기간 갇히게 되었고, 기간이 끝나자 독방에서 나오며 행복한 표정으로 말합니다.

"모차르트 씨가 친구가 되어줬지. (머리를 가리키며) 이 안에 음악이 있었어. (가슴을 가리키며) 이 안에도……, 그래서 음악이 아름다운 거야. 그건 빼앗아갈 수 없거든. 그렇게 안 느껴봤어?"

또, 탈출하기 전에 교도소 운동장에서 레드에게 결정적인 말을 하지요.

"기억해요, 레드. 희망은 좋은 거예요. 어쩌면 제일 좋은 걸지도 몰라요. 그리고 좋은 것은 절대 사라지지 않아요."

절망에서 벗어난 레드는 앤디를 만나기 전에 말합니다.

"자유로운 사람만이 느낄 수 있는 기쁨이라고 생각한다. 희망의 긴 여행을 떠나는 자유로운 사람. 태평양이 내 꿈에서처럼 푸르기를 희망한다."

앤디가 보았던 희망의 별은 어둠을 바탕으로 빛납니다. 그 어둠의 문장인 '브룩스가 여기에 있었다'라는 대사에 주목합니다. 연필을 들고 노트를 펼치시길 바랍니다. 그리고 거기에 지금 당신이 있는 곳이 어디인지 심각하게 생각해 보고 적어 보세요. 브룩스의 삶을 살 것인가, 앤디의 삶을 살 것인가. 정부에서 마련해준 연립주택의 골방인가, 아니면 시간이 멈춘 태평양의 아름다운 섬인가?

당신이 어디에 있었다고 쓸 것인지 생각해 보세요. 그곳이 어둡고 우울한 골방인지, 아니면 태평양과 같은 대자연의 품인지는 누가 선택해 줄 수가 없습니다. 광화문 네거리에 있어도 족쇄를 차고 있는 모습으로 사는 것은 아닌지 생각해 봅니다. 내 손에 작은 조각용 망치 하나가 있다. 이것으로 현실이라는 벽을 뚫고 나간다. 매일매일 조금씩, 소걸음으로 천리를 가는 겁니다. 그 끝에는 꿈처럼 푸른 바다, 태평양이 펼쳐져 있을 겁니다.

탈옥 영화의 고전은 역시 《빠삐용》을 생각하지 않을 수 없습니다. 이 영화를 보고 빠삐용을 한 번 더 감상한다면, 영화를 통해 인간의 자유를 표현한 감독들의 집요한 인간 사랑을 느낄 수 있을 겁니다. 내가 살아있다는 것을 확인하고, 그곳이 마음의 골방이나 감옥이라면 반드시 태평양을 찾아 탈출하시길 바랍니다. 그런 희망이 없다면 어떻게 오늘 하루를 또 살아갈 수 있을까, 그 희망은 절대 멀리 있지 않습니다. 그것은 아마도 오늘 이루어질 것입니다. 매일 노력한다면 말이지요.

내 인생이
90분 남았다면

앵그리스트 맨 The Angriest Man in Brooklyn, 2014

1

　　　　　오늘도 운전하면서 몇 번이나 화를 내고야 말았습니다. 대한민국 도로 위에서 화를 안 내고 운전을 한다는 건 거의 불가능한 일이 아닌가 싶은데요. 생각하면, 운전자들이 모두 다 바쁘고 절박하게 살고 있어서 그런 것 같기도 하지요. 우리나라는 비보호 좌회전의 표지판을 두면 안 되는 나라입니다. 맞은편 차선의 차들이 양보해줘야 비보호 좌회전을 할 수 있는데, 신호가 바뀌어도 꼬리를 물고 몰아붙이는 차량의 횡포는 참 가관이지요. 물론 난폭 운전자들이 극히 일부일 것이라고, 내가 재수가 없어서 그런 거라고 자위를 합니다만, 과연 그런가 싶기도 하네요. 가끔 오늘은 절대 화를 내지 말고 양보하고 천천히 가자고 맘을 먹어도, 일산에서 광화문까지 가는 동안에도 그 성공률은 매우 낮습니다.

21세기를 사는 우리는 인생이라는 길을 고요한 숲길이나 강물보다는 자동차 도로로 비유하기도 합니다. 이 길을 가는 동안 참으로 화가 나는 일이 많습니다. 어느 순간에 화가 치밀어 올라 경적을 울리고 차에서 내려 운전자끼리 멱살을 잡기도 하고, 심지어 상대 차를 들이박기도 하더군요. 블랙박스에 찍힌 거친 운전자들의 영상만 모아보면, 저건 완전히 미친 거라는 생각이 듭니다. 주차 문제로 생긴 살인사건도 한두 건이 아닙니다. 도대체 왜들 이렇게 화를 내면서 잡아먹을 것처럼 사는지……. 우리는 왜 이렇게 화를 내면서 살아야 할까요? 이러다가 정말 화병이라도 걸릴 것 같습니다.

로빈 윌리엄스가 우울증으로 자살했다는 소식은 충격이었습니다. 헐리우드 스타들 중에서 로빈 윌리엄스처럼 가슴이 따뜻하고 밝은 사람이 그런 결정을 했다면, 결국 그 누구라도 인간은 참 힘들게 사는 존재라는 생각이 드는 거지요. 이 영화는 그의 유작으로 남은 영화입니다. 평소에 상영관을 찾는 버릇이 있는 건 아니지만, 이 영화는《죽은 시인의 사회》에서 나의 캡틴으로 모신 분의 유작이니 꼭 봐야 되겠다는 마음으로, 그의 죽음을 애도하는 마음으로, 무거운 발걸음을 옮겨 영화관에 가 티켓박스에 섰습니다.

아, 이제 그도 갔구나. 나의 캡틴이 이 세상을 떠났으니, 그가 남긴 한마디를 담아 올 생각으로 조용히 객석에 앉았습니다. 영화가 끝나고 객석에 불이 들어오자, 저의 마음에는 'why don't you'가 남았습니다. 그래 왜 그렇게 안 하는 거지. 행복해지고 싶다면, 지금 행복해지면 되는 거 아닌가?

그의 불만과 분노는 사랑하는 아들을 잃은 참척지변을 겪고 나서 시작됩니다. 자식을 잃은 마음만은 경험할 필요가 없다는 원로 시인 황금찬 선생의 말씀이 생각나는군요. 시인이라면 뭐든 경험해야 한다고 말씀하시다가, 잠시 뭔가를 생각하시더니 저에게 하신 말씀입니다. 그리고 허공을 바라보시더군요. 저 역시 많은 사람을 만나 이야기를 듣고 지낸 사람 중의 하나이지만, 선생의 이 말씀과 모습은 지워지지 않습니다.

혜화동 마로니에 공원 근처입니다. 그땐 가을이었고, 저녁 6시 무렵이었으며, 건너편에 신호등이 붉은색으로 바뀌던 풍경이 고스란히 남아 있습니다. 선생 역시 따님이 이화여대에 입학하던 해에 병에 걸려 세상을 떠났고, 사모님도 그 충격 때문인지 몇 년을 사이에 두고 세상을 떠났기 때문입니다. 그 고통을 고스란히 품고 선생은 천천히 인생길을 걸었습니다. 선생의 말씀대로 사랑하는 아이를 잃어버리는 일은 정말 경험하지 말아야 할 일입니다.

영화의 주인공인 헨리는 아들을 잃고 나서 분노에 찬 상태로 살아갑니다. 그 후로 25년이 흘러갑니다. 그 긴 세월 동안 헨리는 견디고 버티고 살아갑니다. 이런 삶을 살다 보면 당연히 가족들과도 멀어지고 외톨이가 됩니다. 외톨이가 되어 치열한 경쟁 사회에서 견디고 살아가야 하기에 화가 더 나는 겁니다. 분노가 마치 전기장치를 단 것처럼 증폭되는 날이 있지요.

건강 검사 결과를 기다리던 헨리의 주치의는 두 시간이 지나도록 오지 않고, 젊은 여의사 새런 길이 등장합니다. 그녀 역시 상태가 별로 좋아 보이지는 않는데요. 환자가 뇌동맥류 질병에 걸렸다고 이야기합니다. 그녀의 이야기를 듣고 헨리는, 그럼 내가 얼마나 살 수 있느냐고 신경질을 부리면서 물어보지요. 자꾸 짜증나게 하는 늙은 환자에게 젊은 여의사가 말합니다. 이제 90분이 남았다고. 이때, 화면은 여의사 옆에 놓여있는 잡지, 표지에 90분이라고 적혀 있는 숫자를 비추어 줍니다. 그냥 성질나니까 아무렇게나 말한 겁니다. 이건 오진도 아니고 뭐라고 해야 할까요. 이걸 믿어야 되는 건지?

하지만 신경질을 부리던 헨리는 90분 남았다는 말을 듣고 마치 따귀를 맞은 것처럼 정신이 번쩍 들지요. 그의 마음에 남아 있었던 사람들. 아내, 아들, 친구들 그리고 동생까지 생각나지요. 죽기 전에 그들을 만나서 화해하고 작별인사를 나누고 싶은 겁니다. 그 많은 세월을 열 받은 채 살았기 때문에, 벌어진 문틈으로 북풍한설이 불어와 가족 관계가 냉동실에 처박혀 있는 만두처럼 되어 버렸군요. 90분 안에 그걸 녹여서 먹을 수 있을까요?

결론적으로 불가능합니다. 당연한 일이지요. 홧김에 90분이라고 말한 새런 길은 금세 후회를 하지요. 우리가 화를 내고 나면 어떤 경우에는 거의 0.5초 만에도 후회합니다. 그런 경험들이 있지요. 그녀는 자신의 잘못을 뉘우치고 환자를 찾아 브루클린을 헤매고 다니지요. 참 부산스럽고 복잡하고 신경질 나는 도시 생활입니다.

그는 아내와 작은아들에게 메시지를 보내지만, 그게 어디 쉽습니까?

25년 동안 멀어진 사이인데, 전화나 메시지로 순식간에 회복할 수 있을까요. 설령 그들을 대면한다 해도 불가능한 일입니다. 그들에게도 시간이 필요하기 때문입니다. 헨리는 다리 위에서 자살을 시도하지만, 90분 있다가 죽을 사람이 무슨 자살입니까? 헨리의 상태를 잘 알려주는 영화의 자막은 참으로 절망적입니다. "헨리는 깨달았다. 이제 자신이 사랑하는 마음조차 화내지 않고는 말할 수 없다는 것을 사실을."

2

　　　　　　로빈 윌리엄스가 우리에게 마지막으로 남기고 간 메시지는 따로 있습니다. 그는 대스타로 살아가다가 조울증으로 고통받고 자살을 선택했지요. 홍콩 배우 장국영과 배트맨 시리즈《다크 나이트》의 조커 역으로 인상적이었던 히스 레저의 자살이 생각납니다. 물론 여배우 최진실과《모래시계》를 연출한 김종학 감독의 가슴 아픈 자살도 동시에 떠오르는군요.

　여기에 언급된 사람들, 정말 우리가 꿈꾸는 삶을 살았던 스타들입니다. 하늘의 별과 같은 사람들의 추락하는 모습은 수많은 사람에게 연민과 공포를 자아내게 합니다. 무서운 일입니다. 그는 많은 사람이 행복으로 가는 길에 동참했지만, 자신은 그 길에서 벗어나고 말았지요.

　이 영화에서 그는 우리와 이런 대화를 나누고 있습니다. 영화에서 잠시 벗어나 이제는 고인이 된 로빈 윌리엄스와 대면하고 있다고 상상하지요. 잠시 눈을 감고 로빈의 얼굴을 떠올립니다. 우리는 달리는 차 안에 있습니다. 그가 이런 말을 합니다.

　"만약, 앞으로 남은 날을 안다면 뭘 싶어?"

　우리가 대답합니다.

　"행복해지는 길을 찾고 싶어요."

　그가 다시 말합니다.

　"그렇게 하렴."

　그렇습니다. 그렇게 하세요. 그 누구도 아닌 바로 당신이 행복해지는 길을 찾으세요. 그게 인생을 사는 이유입니다. 물론 이 영화에 행복의 해답이 있지는 않습니다. 문 입구까지 데려다주는 안내자처럼 행복에 대한 실마리가 있을 뿐이지요. 복잡하게 엉킨 실타래를 풀어내는 한 올이 있을 뿐입니다. 그걸 잡아당기는 것은 우리가 할 몫입니다. 행복의 문은 우리의 손으로 열어야 열립니다.

저는 이 영화를 보면서 행방불명되신 큰아버지의 모습이 떠올랐습니다. 일제강점기와 분단의 비극을 겪으시고, 북에서 내려와 평생을 행려병자로 살아가신 그분의 얼굴이 떠올랐습니다. 그분은 항상 화를 내고 있었지요. 북한의 김일성을 갈아먹어야 한다면서 분노하시곤 했습니다. 그러다가 술기운이 떨어지면 초라한 행려병자의 모습으로 방구석에 웅크리고 있었습니다. 나중에 안 일이지만 모친께서는 항상 그분을 가엾게 생각하고 있었습니다. 동생인 아버지를 찾아와 돈을 받아가는 일에 짜증도 나셨겠지만, 그래도 간혹 너무 가여운 분이라고 말씀하셨지요. 북에 아내와 자식을 두고, 금방 데리러 오겠다고 하시곤 영영 이별이었습니다.

큰아버지도 고향인 개성에서 자식들과 행복했던 시절이 있었을 겁니다. 그 후로부터 25년이 지난 후, 그분은 남한 사회에 적응하지 못하고 고향과 가족을 그리워하면서 쓸쓸하게 세상을 떠나신 것으로 추정됩니다. 언제부터인가 소식이 끊어져 지금은 제가 제사상에 밥을 올리고 있습니다. 생각하면 그분의 분노와 좌절은 우리 민족만이 공감할 수 있는 특수한 경우일 겁니다. 요즘은 간헐적으로 큰아버지 생각이 납니다. 어디에서 어떻게 돌아가신 것인지……

이제 더 근본적인 이야기를 할까요. 그래요, 핵심은 이것입니다. 만약에 당신에게 90분의 시간이 남아있다면 어떻게 살 것인가? 이 영화의 작가는 실제로 의사의 오진으로 인해 시한부 판정을 받은 경험이 있다고 하는데요. 작가의 체험을 바탕으로 하고 있습니다. 인생이라는 병원에 오진이 한둘이 아니지요. 특히 중년의 나이를 넘기면 자다가 죽는 친구를 비롯해 후배와 선배의 부고 소식을 간혹 듣게 됩니다. 어느 날, 현기증이 나서 쓰러질 것 같아 응급실로 가면서, 이러다 죽는 건 아닌가하는 두려움에 떨기도 하지요. 언젠가 중년의 나이에 접어든 후배가 이런 말을 하더군요.

"형, 이러다가 나 죽으면 억울해서 어떡해요."

"뭐가, 그렇게 억울해."

"하고 싶은 것도 못하고 어머니, 마누라 눈치 보면서 돈만 벌었는데 말이지요."

"그래, 지금 당장 하고 싶은 게 뭐야."

"그게……, 잘 생각이 안 나요."

"잘 생각해 봐."

"우선 좀 행복하게 살고 싶어요."

"그럼, 그렇게 해."

"예?"

영화가 아니라 실제 상황입니다. 《앵그리스트 맨》이 개봉되기 훨씬 전의 일이니까, 이 영화를 보고 따라 한 것도 아닙니다. 행복하게 살고 싶다면 그렇게 하면 되는 거지요. 그게 어렵다고요? 그러니까 행복하지 않은 겁니다. 우리는 혹시 행복이라는 것이 저 에베레스트 산의 정상에 올라갔다가 다시 내려오는 일이라고 생각하고 있지는 않을까요. 너무 높고, 외롭고, 힘들게 살지 마세요. 그런 삶은 시인들에게나 줘 버리자고요.

저는 지금 꼭 사고 싶은 음반 하나를 주문했습니다. 해외 배송이라 두어 달 걸린다고 하는군요. 그 음반을 주문하는 순간 잠시 행복했고, 그 음반을 기다리는 동안 행복할 겁니다. 이런 말을 하고 싶군요. 오늘을 팔아서 내일을 사지 마라. 오지도 않은 미래를 사기 위해 오늘을 팔아먹으면 손해입니다. 오늘의 행복은 오늘 먹는 비타민처럼 챙기십시오. 물론, 적당해야지요. 내일 죽을 것처럼 오늘 다 써버리면 내일은 거지가 된다는 사실도 알아야 할 겁니다.

내 인생이 90분 남았다면, 무엇을 하고 싶은지 우선 노트를 펼쳐 놓고 써 보시기 바랍니다. 그럼 당신이 무엇을 원하고 있는지 보이지 않을까요. 그것을 성취하는 일은 그다음 일입니다. 단 1초 앞도 모르는 인생에 여생이 90분이라도 긴 시간이라는 생각이 드는군요. 그런 생각이 든다면 인생을 진지하게 생각할 준비가 된 겁니다.

당신이 돌아가고
싶은 곳

박하사탕 Peppermint Candy, 1999

"나 다시 돌아갈래!"

1

　　배우 설경구가 철로 위에서 절규하는 모습은 강렬합
니다. "나 다시 돌아갈래!" 화가 뭉크의 절규에서 이런 고함 소리가 들려
오는 것 같기도 합니다. 거의 비명에 가깝습니다. 참, 맺힌 게 많은 인생
입니다. 그는 그동안 살아온 삶을 후회하면서 인생에 가장 순수했던 시
절로 다시 돌아가고 싶다고 하는데요. 이런 마음 때문에 영화 「어바웃
타임」의 시간여행자가 나왔나 봅니다.
　우리는 간혹 과거로 돌아가서 다시 시작하고 싶어 합니다. 인생의 어
떤 시점부터 내가 잘못되었다. 거기에 돌아간다면 이런 생을 살지 않을
거라는 깨달음이기도 합니다. 결국, 후회를 한다는 거지요. 인간은 실수

하고 후회하는 존재입니다. 비록 철로 위에서 달려오는 기차에 온 몸을 던지지 않더라도 말입니다. 그동안의 인생을 되돌려 '거기'로 다시 돌아가고 싶어서 우울증에 걸려 자살을 하기도 합니다.

이 장면은 중요한 삶의 메시지를 우리에게 던져 주고 있습니다. 어떻게 살더라도 한번 살아낸 인생은 절대 다시 돌아갈 수 없다는 것을 말입니다. 이 주제를 다룬 걸작들도 있습니다. 예를 들어 톨스토이의 《이반 일리치의 죽음》 같은 경우가 그렇지요. 만약에 후회스러운 인생을 살았다면 그다음은 어떻게? 과연 자살밖에 할 일이 없는 것일까. 하지만 그것이 다는 아닐 겁니다.

우리가 정말 돌아가고 싶은 곳은 어디일까? 어쩌다가 내가 이 지경이 되어 버렸을까. 도대체 뭐가 잘못된 것인지 그 이유도 선명하지 않습니다. 돌이켜 보면 한둘이 아닙니다. 설경구가 궁지에 몰려 자살용으로 권총 한 자루를 구해서 딱 한 놈만 같이 저승으로 가려고 하면서 죽여 버릴 사람을 떠올립니다. 자신의 아내를 비롯해 사채업자 등등 그저 우리 주위에 흔하게 있는 사람들입니다. 하지만 어느 순간 누구를 처단해야 할지 알 수가 없게 되는데요. 원망의 상대가 너무 많아서 선명하게 딱 한 사람이 떠오르지 않으니 세상 모든 것을 원망하게 됩니다.

살면서 권총으로 누군가를 쏴 죽이고 싶을 때가 있을 겁니다. 미국에 총기 사고가 그토록 많은 이유도 이런 마음의 발단에서 시작되지요. 다행스럽게도 우리나라는 총기 소지가 금지된 국가니까 이 정도지, 미국처럼 총기 소지가 허락되었다면 대낮의 도로 위에서도 총소리가 난무할 겁니다.

우리가 정말 돌아가고 싶은 곳은 어디일까? 어쩌다가 내가 이 지경이 되어 버렸을까, 도대체 뭐가 잘못된 것인지 그 이유도 선명하지 않습니다.

2

주인공 김영호는 운전 도중에 라디오에서 가리봉 봉우회의 야유회 소식을 듣고 불청객으로 그곳을 방문합니다. 야유회 장소는 20여 년 전 영호의 첫사랑 순임과 소풍을 왔던 장소입니다. 그곳에서 바라보았던 푸른 하늘은 여전한데, 사람만 엉망이 되어 버렸습니다. 마침 그때는 1999년, 21세기를 목전에 두고 있는 봄입니다.

봄날의 나른한 햇살은 자살하기에 참 좋은 날이지요. 건조하고 메마른 땅에서 새로운 생명이 솟아나는데, 왜 이렇게 되는 일은 없는 것인지. 참 '잔인한 봄'입니다. 그는 자신의 삶을 여기에서 되돌아봅니다. 파장한 시골 장터의 염소 새끼처럼 문득 뒤돌아보니 이것저것 걸리는 것이 많이 있군요. 인생에서 가장 순수한 사람을 만났던 장소에서 그는 과거로 거슬러 올라갑니다. 철로 위의 기차가 정면을 향해 오는데, 마치 과거로 되돌아가는 것 같은 느낌이 드는군요. 과거로 데려다주는 기차에 여러분은 탑승하고 있습니다.

1999년 봄, 가리봉 봉우회의 야유회 사흘 전입니다. 영호는 자살 직전에 나타난 사내의 손에 이끌려 죽음을 앞둔 첫사랑 순임과 대면하는데요. 사내는 그녀의 남편입니다. 그녀는 혼수상태에서 영호를 알아보지도 못하고, 영호는 그 시절을 상징하는 박하사탕을 든 채 오열합니다. 마음과 몸이 다 무너져버린 그는 그녀가 남긴 추억의 카메라를 사만 원에 팔아버립니다. 그에게는 너무나 아름다운 물건이지만, 더는 유지할 수가 없는 추억입니다. 사람이 어려워지면 추억마저도 팔아버리기 마련이지요. 추억을 전당포에 팔아먹고 살아가는 사람들이 한둘이 아닙니다.

다시 시간을 거슬러 올라가 1994년, 경찰에서 나와 가구점을 운영하는 영호는 여직원과 카섹스를 하고 있습니다. 차 안에서 여자는 모기가 엉덩이를 문다면서 투덜대지요. 코믹하지만 왠지 씁쓸한데요. 그리고 영호는 식당에서 과거 형사 시절에 자신이 고문했던 운동권 학생을 우연히 만납니다. 그때 국가보안법 위반으로 고문을 받던 그 학생은 일기에 삶이 아름답다고 적었는데요. 우연히 화장실에서 다시 그를 만나 가장이 된 과거의 운동권 학생에게 영호가 물어보지요. 지금도 삶이 아름답냐고.

영호의 아내 홍자는 운전 학원 강사와 모텔에서 뒹굴다가 영호에게 들통이 나고, 두 사람은 모텔 앞에서 담담하게 이야기를 나눕니다. 아내 홍자는 집들이에 온 교회 사람들과 간절하게 기도를 하는데요. 위선적인 아내의 행동에 욕지기를 느낀 영호는 집을 뛰쳐나갑니다.

1987년 봄의 영호는 베테랑 형사입니다. 아내 홍자는 만삭의 몸으로 뒤뚱거리고, 사랑도 열정도 이제는 식었습니다. 아내의 일탈은 이미 예견 된 일인지도 모릅니다. 그는 형사로서 과로와 폭력에 길들어 가는데요. 지극히 일상적인 삶에 권태가 찾아옵니다. 잠복 근무지에서 만난 카페 여종업원의 품에서 문득 첫사랑 순임을 애절하게 부르고 맙니다.

다시 시간을 거슬러 올라가, 1884년 가을에 그는 신참내기 형사입니다. 그는 선배들의 폭력적인 모습과 자신의 폭력성 사이에서 갈등하면서 점점 괴물로 변해갑니다. 순수한 순임과의 사랑도 보잘것없어지고, 그를 짝사랑하던 홍자를 선택하지요. 순임과 만난 지 년 오년이 되는 해입니다.

그리고 그의 시간은 1980년 5월까지 거슬러 올라갑니다. 이거 참 대단한 일입니다. 군 복무를 하고 있는 영호는 긴급 출동하는 작전 트럭에서 면회를 왔다가 돌아가는 순임의 모습을 발견합니다. 어떤 날은 텅 빈 위병소 앞에서 순임이 영호를 기다립니다. 광주역 주변에서 귀가하던 여고생이 순임과 겹쳐 떠오릅니다. 영호의 소총에서 발사된 총성은 어두운 상영관의 허공을 가로지르는데요. 광주민주화운동의 현장에 있었던 영호의 한 순간. 이창동 감독은 광주의 총성으로 이미 영호의 미래를 예견하는지도 모르겠네요. 영호가 자살의 수단으로 권총을 선택한 이유도 이때의 총성과 연결되어 있습니다. 뭔가 단단히 꼬인 인생의 모습입니다.

영호의 가장 아름다운 시절은 1979년 여름입니다. 이 시절에 무엇이 있었을까요. 거기에는 구로공단의 야학에 다니는 십여 명의 학생들이 소풍을 나와 있습니다. 그들 속에 싱싱한 청춘의 영호와 순임도 있습니

다. 둘은 서로 쳐다보면 가슴이 두근거립니다. 멀리서 서로 보아도 괜히 웃음이 나오고 가까이 있으면 손끝이 닿을까 조심스럽지요. 순수하고 아름다운 청춘 시절입니다. 그때 순임이 영호의 손에 쥐어 주는 박하사탕, 그건 참 맛있는 사탕입니다.

인생의 어느 한순간 우리들의 손바닥에도 박하사탕 하나가 있습니다. 입안이 환해지고 달달합니다. 깨물어 먹기에도 아까운 청춘의 시간, 사탕을 쥐면 손에 묻어나는 부스러기도 빨아먹고 싶지요. 사랑이 세상의 어떤 가치보다 소중했던 시절. 이 시절에 순임의 손끝을 스칠 때 느끼는 감정은 이후 그가 하게 되는 불륜 카섹스보다도 더 심장을 두근거리게 하는거지요. 그는 행복했던 겁니다. 그리고 영혼이 이어질 것으로 생각했던 겁니다. 사랑에 빠지려는 순간 최고의 기쁨이 찾아오지요. 등산을 할 때도 산에 오르기 직전, 정상 아래에서 가장 행복하다고 합니다.

3

저는 지금 동네 설렁탕집 항아리에 담긴 박하사탕을 보고 있습니다. 그것을 서재로 가져와서, 커피잔의 받침대에 올려놓고 자세히 들여다봅니다. 설탕이 묻어 있는 박하사탕은 럭비공처럼 길쭉하면서 흰색입니다.

박하사탕은 고급 초콜릿이나 외제 사탕들과 비교하면 왠지 초라하게도 보이는데요. 우리들의 추억도 시간이 지나면 박하사탕처럼 작고 소박합니다. 예를 들어 라면 한 그릇이 그렇습니다. 저는 지금껏 나름대로 많은 사람을 만나서 사랑도 하고 일도 했습니다. 대한민국의 최상위층 인사와 식사도 했고, 고급 식당에서 화려한 음식도 먹었지요. 이태리 음식에서부터 일식, 한식까지 많은 음식을 먹었는데요. 결국, 사랑은 같은 음식을 먹는 일이기도 하더군요. 그게 침실까지 이어지는 거지요.

전라북도 김제시 만경강 근처의 허름한 시골 구멍가게에서 양은 냄비에 주인 할머니가 끓여 준 삼양라면이 기억납니다. 그땐 젊어서인지 서너개를 끓여 먹었는데요. 주인 할머니는 라면의 정가만 받으셨습니다. 그때 먹었던 라면이 지금도 가끔 생각납니다. 물론 그때 사랑했던 여자가 옆에 있었지요. 심지어 몇 년 전에는 혼자 그 장소에 다녀오기도 했습니다. 청춘 시절 순수했던 그녀와 함께했던 라면 한 그릇이 내 추억의 '박하사탕'이었습니다.

영호는 이제 박하사탕을 먹지 못하는 상태가 됩니다. 만약에 그가 박하사탕을 먹으면서 뭔가 생각했다면 그는 다시 일어날 수 있었을 겁니다. 그 대신에 그는 비틀비틀 철로로 올라가지요. 주위 사람들의 만류에도 불구하고, 그는 달려오는 기차와 마주합니다. 그리고…….

소설가 이창동 감독 작품이어서 그런지, 소시민들의 자잘한 일상을 다루는 영상이 《녹천에는 똥이 많다》라는 그의 소설집을 생각나게 합니다. 물론 영화와 소설은 서로 다른 예술 장르이지만, 감독의 손에서 묻어나는 사람냄새는 어쩔 수 없나 봅니다. 같은 화가가 서로 다른 캔버스에 작업하는 듯한 느낌도 들었습니다.

이 영화를 보시니 어떻습니까. 박하사탕 하나 드시고 '나 다시 돌아갈래!'라는 절규 대신에 조용히 자신의 인생을 되돌아보고 싶지 않으십니까? 인생은 절대 돌아갈 수 없는 기차의 행로와 닮았습니다. 간이역이 있고 종착역이 있을 따름입니다. 여기가 종착역이 아니라면 당신의 열차에 다른 승객을 태울 수도 있습니다. 잠시 쉬었다 가는 겁니다.

그리고 인생은 책과도 같습니다. 다른 책을 집어 들고 읽듯이 내 인생은 아무리 엉망진창이 되었다고 하더라고, 언제라도, 누구와도 다시 시작 할 수 있습니다. 당신이 젊다면 말할 것도 없고, 설령 환갑을 넘겼더라도 여생이 달라질 겁니다. 진부하지만 이런 말을 하고 싶습니다. 용기를 내세요. 누군들 인생을 알 수 있겠습니까. 아무리 깜깜절벽 같아도 거기에서 여명이 돋아 옵니다. 단, 살아있다면 말입니다. 살아있다면 세상은 정말 아름다운 작품이 될 수도 있습니다. 감독이 질주하는 열차를 마주 보는 영호의 죽음을 예감하고 있지만, 관객인 당신은 그 철로에서 벗어날수 있습니다. 적어도 감독은 토막 나서 너덜해진 영호의 사체를 영상으로 담지 않았습니다. 그게 참 고마운 일입니다.

피 한 방울의
가치

판의 미로 El laberinto Del Fauno, 2006

"너는 다른 사람을 희생하지 않고,
너 자신이 피를 흘렸구나.
그게 가장 어려운 마지막 과제란다."

1

스페인 내전은 헤밍웨이를 비롯한 수많은 예술가들이 파시즘에 저항하는 시민군을 지원한 전쟁이기도 합니다. 헤밍웨이는 이 전쟁의 경험으로 《누구를 위하여 종을 울리나》를 집필하였고, 피카소는 〈게르니카〉라는 대작을 그려냅니다. 종군 사진작가 로버트 카파 역시 정부군의 총탄에 맞아 쓰러지는 〈어느 병사의 죽음〉이라는 역사적인 사진을 남깁니다. 스페인 내전은 1944년 프랑코 정권의 승리로 끝났지만, 무솔리니와 히틀러의 지원을 받은 정부군의 무자비한 시민군 소탕 작전은 계속됩니다.

이 전쟁을 세계적인 작가와 예술가들이 다루고 있지만, 환상적인 기법으로 미로와 같은 인생의 깊이를 파고드는 스페인 영화도 있습니다. 바로 《판의 미로》입니다. 전쟁에서 패배했지만, 시민군은 산속으로 숨어들어 정부군과 전투를 계속합니다. 스페인의 한 마을에 진주한 정부군의 비달 대위와 그의 새 부인 그리고 그녀의 딸이 주인공들이지요.

주인공인 소녀 오필리아는 비달 대위의 의붓딸입니다. 그녀는 동화를 즐겨 읽고, 요정의 존재를 믿는 맑은 영혼의 소유자인데, 불행하게도 그녀의 주변은 무자비한 살육의 현장입니다. 아수라장과도 같은 세상에서 동화나 요정의 가치는 존재는 빵 한 조각보다도 못할 수도 있지요. 우선 이 영화는 이 살벌한 세상에서 보통 사람의 눈에는 보이지 않는 요정의 존재를 통해 죽은 자들의 영혼을 치유하는 소통의 미로이기도 합니다. 우리가 진정으로 용서하고 사랑하는 일은 복잡한 '마음의 미로'를 헤치고 나가는 일이기도 하지요.

오필리아는 새아버지의 부대가 주둔하는 마을로 가는 차 안에서 만삭인 어머니와 함께 동화책을 읽고 있습니다. 만삭인 어머니의 통증으로 차는 잠깐 멈추고, 오필리아는 그곳에서 요정을 만나게 됩니다.

그녀의 새아버지는 무자비한 냉혈한으로, 엄마와 결혼한 이유가 단 한 가지, 자기 아들을 얻기 위해서입니다. 엄마가 임신중독증으로 힘들어 할 때, 의사에게 아이를 먼저 살려야 한다고 명령하지요. 또한, 그는 눈 하나 깜빡하지 않고 무고한 농민에게 린치를 가하고 그 자리에서 머리에 총을 쏘아버리기도 합니다. 비달 대위는 인권을 유린하는 파시즘의 행동대장입니다.

오필리아는 새아버지가 무섭고, 세상이 두려워서 그곳에서 벗어나고
자 합니다. 이러한 오필리아의 마음이 요정을 불렀는지도 모릅니다. 우
리가 극도의 공포나 고통에서 벗어나기 위해 필요한 것들이 있습니다.
마약을 비롯한 약물에 의존하는 방법, 도박이나 섹스 같은 중독에 빠지
는 방법, 혹은 부처와 같이 열반에 이르는 방법이 있는데요. 주로 이 세
가지가 사람들이 추구하는 어떤 경지이기도 합니다. 그리고 동화와 같
은 환상의 세계가 있습니다.

그것은 하늘의 구름이나 나무의 뿌리와 같이 높고 깊게 있는 것입니
다. 또한, 문학에서 자주 다루고 있는 기법이기도 합니다. 고대로부터
많은 시인들이 이러한 환상의 세계를 노래했고, 이 전통은 최근에 얀 마
델이나 무라카미 하루키 같은 작가로 이어지지요. 하지만 작품 속에서
환상은 잘 다루어야 합니다. 잘못하면 그야말로 헛소리에 지나지 않기
때문입니다. 현실과 환상이 개연성이 있고, 밀접하게 이어져 있어야 작
품의 완성도가 뛰어납니다. 즉, 이것은 현실과 환상을 이어주는 것이 계
단이라고 가정할 수 있는 거지요. 우리가 계단을 밟고 좀 더 높은 곳으
로 올라가거나 지하세계로 내려가듯이 말입니다. 그리고 이 계단의 층
수가 적당해야 감동의 폭이 넓어집니다.

《판의 미로》는 이러한 계단이 아주 근접한 거리로 이어져 있어서, 오
필리아가 본 요정이 실존하는 것 같은 착각을 하게 합니다. 저는 아예,
그런 세상이 있을 것이라고 아직도 믿고 있습니다. 그것이 없다면 세상
은 황무지이고, 쓰레기이기 때문입니다. 프랑코 정권의 정부군 대위의
만행은 공포와 분노를 유발합니다. '뭐, 저런 인간이 다 있나.'하는 마음

이지요. 그것은 우리가 이미 겪었던 상황이기도 하지요. 광주민주화운동을 진압하는 군인들의 모습이기도 합니다. 하여간 파시즘은 문학이 가장 경멸하고, 이 세상에서 영원히 지워버려야 할 하는 대상입니다.

2

오필리아는 자신이 지하 세계의 깊은 곳의 왕국에 사는 공주의 현신이라고 생각합니다. 이 영화의 도입부에서 내레이터는 동화 한 편을 읽어 줍니다. 지하에 사는 공주가 지상에 대한 궁금증을 참지 못하고 밖으로 나오자 쏟아지는 빛에 시력과 기억을 모조리 잃어버려 추위와 공포에 시달리다가 병들어 죽고, 왕은 공주가 어떤 형태로든 다시 돌아올 것이라고 믿고 기다리고 있다는 내용입니다.

영화는 이 동화의 내용을 골격으로 스페인 내전의 참사와 잔혹한 인간 군상들을 다루고 있지요. 정부군의 만행에 힘들어하는 세상에 오필리아는 현실에서 벗어난 다른 세상으로 자꾸 가고자 합니다. 그때 오필리아의 앞에 '판'이라는 괴상한 요정이 등장하는데요. 나무 같기도 하고, 흙덩어리 같기도 합니다. 뿔이 달린 악마 같기도 하고요. 우리가 알고 있던 귀여운 요정의 모습은 아닙니다. 하지만 판은 오필리아 공주를 구출하기 위해 등장한 지하 세계의 요정입니다.

판은 오필리아가 지하 궁전으로 들어가는데 도움을 주는 계단을 상징합니다. 그 깊은 세상으로 추락하듯이 갈 수는 없는 일입니다. 작은 요정들이 오필리아를 안내하고, 오필리아는 판이 낸 문제를 풀어나가면서 자신의 궁전에 가까이 가고 있습니다.

판은 오필리아에게 두 번째 문제를 내면서 절대로 음식을 먹지 말라는 주문을 합니다. 분명히 그곳에는 진수성찬이 차려져 있을 것이고, 그것이 유혹해도 절대로 먹어서는 안 된다고 강조하지요. 그녀는 두 번째 문제의 방에 들어갑니다. 그런데 아직 소녀인 그녀는 음식의 유혹을 이기지 못하고 탐스러운 포도를 두 알 먹고야 맙니다. 옆에서 작은 요정들이 먹지 말라고 손사래를 치는데도 그대로 먹어버리는 모습. 바로 우리들의 모습입니다. 담배를 끊으라는 의사의 말을 듣고 와서도 바로 작업실에서 담배를 꺼내는 나의 모습과 다를 것이 없습니다.

판은 이 사실을 알고 이제 모든 것이 끝났다고 경고합니다. 그토록 당부했는데 실수를 했으니, 너는 영원히 공주가 될 수 없다고 이제 모든 것을 잃고 쓸쓸하게 살다가 죽을 것이라고 선언을 하고 사라집니다. 이 과정에서 매우 중요한 힐링 메시지가 등장합니다.

그것은 분필입니다. 그녀가 다른 세상으로 가는 문을 만들어주는 분필이지요. 벽에 선을 그으면 그것이 문으로 만들어져 다른 세상으로 통하게 됩니다. 현실과 환상을 연결하는 수많은 장치가 있습니다. 영화 《어바웃 타임》에서는 어두운 장소에서 두 손을 불끈 쥐면 다른 세상으로 연결 되는데요. 판의 미로와 비교하면 개연성이 조금은 부족하지요. 하지만 판의 미로에서 분필은 정말 절묘한 장치입니다.

분필이나 연필로 자신의 벽에 선을 그으면, 그 자리에 문이 생긴다. 이것은 작가가 글을 통하여 작품을 만들어내는 과정도 연상시키는데요.

작곡가의 음표와도 같습니다. 우리는 손으로 무언가를 쓰는 순간 다른 존재가 되기도 합니다. 편지와 일기도 마찬가지입니다. 판의 미로에 등장하는 분필은 대단합니다. 저는 지금 평소에 쓰는 연필을 손에 쥐고 노트에 네모를 만들어 그었습니다. 그것을 들여다보면서 가고 싶은 곳을 생각합니다. 노트에 그어진 연필 선을 따라 작은 문이 만들어지고 다른 세상이 펼쳐집니다. 영화 속의 오필리아를 만나러 갑니다. 참으로 상상력을 자극하는 멋진 도구입니다. 여러분도 좀 답답한 일이 있으면 벽에 선을 그어 문을 만들어 보세요. 비록 영화처럼 진짜 문이 되지 않더라도 암울한 현실에서 벗어날 것이라는 용기는 가질 수 있습니다.

3

오필리아의 어머니는 아들을 낳았지만, 산고 끝에 죽고 맙니다. 그러나 대위는 자신의 목적을 달성했다는 듯 미소를 지으면서 아들을 품에 안았습니다. 이 생명이 상징하는 것이 바로 용서입니다. 오필리아는 자신의 동생이기도 한 아이를 품에 안습니다. 어머니가 남긴 아이는 대위와 오필리아, 현실에서 서로 대척점에 있는 두 인간의 통로가 되는 거지요.

아이가 태어나자 궁전에서 영원히 추방된 줄 알았던 오필리아에게 판이 다시 등장합니다. 한 번의 실수를 용서하고, 마지막으로 기회를 준다는 거지요. 어머니를 잃고 좌절하던 오필리아에게 판은 아이를 안고 미로로 들어오라고 합니다. 대위가 삼엄한 경비를 펼치고 있는 상황에서 남동생을 안고, 분필로 문을 만들어 들어간 오필리아는 의붓아버지에게 발각되어 도망칩니다. 드디어 아이를 안고 궁전으로 들어갈 입구에 선 오필리아. 대위는 총을 들고 계속 쫓아옵니다.

이때, 판은 오필리아에게 요구합니다. 아이의 피가 한 방울 필요하다면서 칼을 뽑아들지요. 순수한 영혼의 피 한 방울만 있으면, 오필리아는 지옥과 같은 세상에서 벗어나 공주가 될 수 있습니다. 그러나 오필리아는 판의 요구를 거절합니다. 영원히 지옥에 머무는 한이 있어도 어린 남동생에게 피를 흘리게 하지는 않겠다고 하지요. 대위는 망설이고 있는 오필리아를 그 자리에서 사살하고, 자신의 아이를 안고 미로에서 빠져나옵니다. 그러나 이미 대위의 부대는 반란군의 습격으로 전멸되었고,

반란군은 대위의 얼굴에 총알을 박아 넣습니다. 결국, 대위나 반란군이나 같은 방식으로 서로를 단죄하고, 살상은 계속됩니다. 이게 바로 인간의 모습이지요.

오필리아는 죽어갑니다. 이제 모든 것이 끝난 것일까? 이때 오필리아의 가슴에서 흐르는 피가 손가락에 맺혀 미로의 출입구로 떨어집니다. 그리고 드디어 지하 궁전으로 통하는 문이 열립니다. 살상과 어둠으로 가득한 화면은 아름다운 궁전의 자리로 바뀝니다. 환한 빛이 쏟아지는 그곳엔 아버지가 대왕이 되어, 출산으로 돌아가신 어머니가 왕비가 되어 오필리아를 맞이합니다. 대왕의 옆자리에는 공주의 자리가 있지요. 왕은 오필리아에게 말합니다.

> 너는 다른 사람을 희생하지 않고
> 너 자신이 피를 흘렸구나.
> 그게 가장 어려운 마지막 과제란다.

무자비한 전쟁과 살상의 현장에서 순수한 피 한 방울을 지키기 위해 자신을 희생한 오필리아. 정부군과 시민군의 모습은 서로의 피를 원하고 있지요. 그녀는 이러한 세상에 무엇을 지켜야 할 것인지 우리에게 보여주고 있습니다. 이 어둡고 무서운 영화는 해피엔딩으로 막을 내립니다. 그녀는 결국 공주가 되어 행복하게 살았다는 동화의 한 대목으로 막을 내리는데요. 현실과 환상의 대비가 선명하게 이루어지기 때문에 그나마 안도의 한숨이 내쉬어지지만, 그래도 총상을 입고 죽어가는 오필리아의 모습이, 공주가 되어 화려한 대관식을 앞둔 그녀의 그림자처럼 남아 있습니다.

현실은 현실이니까 말입니다. 그래도 대왕이 공주에게 남긴 한 마디는 프랑코 정권의 희생양이 된 수많은 영혼들에 축복의 메시지이기도 합니다. 다른 사람을 희생하지 않고 자기 자신의 피를 흘려 인권과 민주주의를 지키려고 했던 용사들. 가족을 지키기 위해 희생한 어머니를 비롯한 수많은 사람의 영혼이 그냥 그렇게 사라져 버리는 것이라면 우리는 무엇을 보고 믿고 의지하면서 살아갈 수 있을까요?

물론 중요한 것은 환상이 없는 사회의 시스템입니다. 사람들이 현실에 안주하면서 안빈낙도하는 세상이 우리가 꿈꾸는 세상입니다. 사회시스템과 복지시설이 잘 갖추어져 있는 안정된 나라에서 좋은 정부와 공무원이 성실하게 일하는 세상이 먼저입니다. 하지만 어쩔 수 없이 고통을 받는 수많은 사람에게 한 편의 영화가 주는 공간이 있습니다. 적어도 그런 희망과 사랑의 메시지가 간절하게 필요한 세상이기도 합니다.

《판의 미로》는 미로와 같은 세상살이를 하는 우리에게 문을 열고 갈 분필을 주었고, 인간을 위해 희생한 자의 마음을 고결한 천상의 위치로 끌어 올립니다. 거기에서 우리는 안도의 한숨을 내쉬며, 이미 죽은 자들의 영전에 꽃다발을 바칩니다.

킹콩이 사라진 자리에
핀 꽃

킹콩 King Kong, 2005

"미녀가 야수를 죽인 거야."

1

　　시장에서 채소를 사려고 구경하고 있는데, 달팽이 한 마리가 붙어 있습니다. 저는 그 달팽이를 잡아 손등에 놓고 가만히 들여다봤습니다. 더듬이를 꿈틀거리면서 꼼짝을 하지 않습니다. 잠시 바라보다가 다시 채소에 달팽이를 내려놓았습니다. 달팽이에게 나는 킹콩과 같은 존재일까요?

　우리는 킹콩을 잊지 못합니다. 헐크, 슈퍼맨, 배트맨, 스파이더맨을 비롯한 드라큘라, 프랑켄슈타인, 고질라에 이르기까지 초인적인 존재들은 어제와 오늘이 다르지 않은 우리들의 소소한 일상에 등장한 강력한 에너지이기도 합니다. 그들을 뭐라 불러도 상관없습니다. 괴물 혹은 영웅들의 이미지는 한번 보면 잊을 수가 없지요. 오늘 만나 볼 킹콩은 매우 독특한 거물입니다.

산처럼 큰 덩치에 엄청난 파워는 그리스 신화 속의 거인족을 연상시키기도 합니다. 킹콩은 인간과 거의 같은 유전자를 가지고 있는 고릴라의 변형입니다. 그는 사람들을 구해주는 영웅도 아니고, 악에 맞서 싸우지도 않습니다. 원시의 섬에서 자연스럽게 살아가는 강력한 존재이지요. 마치 울창한 숲처럼 그가 석양을 바라보면서 우두커니 앉아 있는 장면은 멀리서 보면 사람의 모습처럼 보이기도 합니다. 참 외롭고 힘든 사람의 뒷모습이기도 하지요.

《킹콩》은 속편이 제작되지는 않았지만, 시대에 따라 재탄생되는 영화이기도 하지요. 컴퓨터 그래픽을 비롯한 영상기술의 발달로 이제는 섬세하면서도 거대한 모습이 실물인 듯 느껴지기도 합니다. 이 영화의 시대 배경인 1930년대에 처음 만들어진 1933년 작품과 영상기술의 발달로 재탄생한 1976년, 그리고 2005년의 작품들이 있습니다.

킹콩은 뭔가 많은 생각을 하게 합니다. 녀석이 두 손으로 가슴을 쿵쿵 치는 것처럼 우리도 그를 바라보면 뭔가 답답하기도 한데요. 그 이유 중에 하나는 권선징악이나 사필귀정과 같이 선명하게 결론이 나지 않는 킹콩의 일생이기 때문입니다. 우리에게 킹콩의 모습은 그가 손에 쥐고 있는 금발미녀와의 관계, 당시 최고층 빌딩이었던 엠파이어스테이트 빌딩의 첨탑에서 우뚝 솟아 있는 모습, 공룡의 아가리를 찢어 버리고 으쓱거리면서 걸어가는 모습, 그리고 뉴욕의 길바닥에 자빠져 죽어 있는 그를 배경으로 사람들이 모여 있는 장면 등등. 아슬아슬하게 생각의 끈이 이어집니다. 그리고 탄식하듯 이런 말을 하게 합니다.

킹콩, 도대체 넌 누구냐? 넌 왜 우리에게 나타난 것이냐?

2

우선 킹콩이 도시에 등장하게 된 배경에는 한 금발의 미녀가 있습니다. 그녀와 킹콩은 땅콩과 맥주처럼 연결되어 있습니다. 킹콩은 금발미녀가 없었다면 원시의 섬에서 영원히 미지의 존재로 남았을 겁니다. 오래전에 사라진 대륙처럼 말입니다. 이 원시의 짐승을 뉴욕으로 끌어들인 사람은 한 가냘픈 여인입니다. 우선 그녀에 대해서 알아보지요.

연극배우인 금발의 미녀 앤 대로우가 브로드웨이 극장가를 서성거립니다. 극장의 출입구 쪽으로 미녀들의 공연 포스터가 붙어 있는데요, 반라의 상태로 춤을 추는 극장의 쇼걸들입니다. 그녀는 극장 앞에서 망설이고 있습니다. 빵을 먹기 위해 매춘부 같은 생활을 해야만 하는가 하고 잠시 고민하는 여배우는 육체파 배우들의 포스터 앞에서 신비로운 모습으로 나타납니다.

영화에서 그녀는 1930년대 여배우처럼 보이는 매우 클래식한 모습입니다. 순수하면서 도발적이라고나 할까, 빈티지한 매력과 사람을 끌어들이는 눈빛이 있습니다. 이런 모습이 마침 여배우를 찾아 나선 감독인 칼 던햄의 눈에 띄는데요. 정면으로 보는 것이 아니라, 창문에 비친 그녀의 모습을 훔쳐봅니다. 두 사람은 이렇게 만납니다. 영화감독 칼은 킹콩과 그녀의 끈을 이어주는 중요한 인물입니다. 그녀를 킹콩에게 데려다주는, 산파와 같은 역할입니다.

코미디 여배우인 그녀는 극단에서 월급도 받지 못하고, 배가 고파서 상점의 사과를 훔칠 지경까지 되어버리는데요. 하지만 연기에 대한 순수성을 지키기 위해 안간힘을 씁니다. 그러던 그녀는 감독의 제의에 한참을 망설이다가 싱가포르로 영화 촬영을 떠나기로 합니다. 감독으로부터 받은 그녀의 배역은 사랑에 빠지는 여주인공으로 신비롭고, 아름다운 여신과 같은 역할이라고 합니다. 감독의 이야기를 듣다가 그녀가 이야기합니다. '그들의 사랑은 오래가지 못할 것이고 불행해 질 것'이라고.

이것은 그녀와 킹콩과의 관계를 잘 나타낸 대사이지요. 이미 복선을 깔아놓고, 스토리는 이어집니다. 그녀가 배에 올라가기 전에 잠시 망설이면서 갑판에 발을 내딛지요. 멈칫거리는 그녀의 구두가 잠시 보이는데요. 새로운 세계로 한발을 딛는 사람들의 포즈이기도 합니다.

그녀는 드디어 배를 타고 영화 대본을 쓴다는 잭 드리스콜을 만날 생각에 가슴이 설렙니다. 극작가 잭은 연극배우인 그녀의 우상이었으니까요. 망망대해에 떠 있는 선박에서 만난 두 사람은 자연스럽게 서로에게 호감을 느끼면서 사랑에 빠지기 시작합니다.

세상에서 가장 아름다운 엔딩 크레딧 **69**

3

영화 《킹콩》은 화면에 킹콩이 등장하기 전까지는 조용하지만 흥미롭습니다. 이 영화의 전반부와 후반부를 킹콩의 등장으로 나누어 볼 수 있는데요. 전반부의 인물들이 보여주는 상황이 나중에 등장하는 킹콩의 비극적이 모습과 겹쳐지기 때문입니다.

감독, 여배우, 작가, 멋쟁이 남자 배우, 항해사와 조수, 등등 이 인물들은 실패한 사람들이 중심을 이룹니다. 특히 영화의 중심을 잡고 있는 감독은 파산한 상태에서 사기죄로 수배령이 내려진 상태입니다. 그의 인생은 이제 끝장이 나기 직전입니다. 그나마 선장을 잘 설득해서 싱가포르가 아닌 해골섬에서 촬영을 하려고 합니다. 하지만 해골섬에 채 가기도 전에 육지에서 날아온 감독의 체포 영장을 전보로 받고, 선장은 배를 돌리려고 합니다. 구사일생의 기회를 놓쳐버린 감독은 이제 모든 것이 끝났다고 낙담하는 순간, 저주인지 축복인지 모를 새로운 섬을 발견합니다. 갑작스러운 기상 변화, 온통 안개에 싸여 있는 암초들 사이로 배는 아슬아슬하게 섬에 도착합니다. 그리고 사람들은 이름을 알 수 없는 환상의 섬으로 향합니다.

반드시 영화를 찍어야만 하는 상황에 처한 감독은 환상의 섬의 모습을 카메라에 담기 시작합니다. 그에게 그 작품은 생명줄이고, 더는 물러날 곳이 없는 배수진의 상태이기도 합니다. 과연 이름 모를 이 섬은 빼어난 경치를 가지고 있어서 그저 카메라에 잘 담아내기만 하면 감독은 다시 재기할 수 있을 만큼의 멋진 장면들이 만들어집니다. 그는 체포되어 사기꾼으로 전락해 감옥을 전전하느니 화끈하게 영화를 찍다가 죽을 각오를 합니다. 그의 모습은 거의 미친 사람에 가깝습니다. 더 물러날 곳이 없는 상태로 적을 맞이하는 장군과도 같은 모습입니다. 과감하고, 용감합니다. 그 이유는 간단합니다. 영화에 목숨을 걸었기 때문입니다.

그들이 알 수 없는 힘에 이끌려 도착한 원시의 섬은 신비롭습니다. 별천지 비인간의 상태처럼 보이기도 합니다. 이 섬은 문명과 격리된 대자연의 세상이었고, 공룡을 비롯한 곤충류 등등 거대 동물들의 천국입니다. 원주민들이 섬의 주인이자 신처럼 모시는 킹콩의 희생양으로 금발의 미녀를 납치하고, 사지가 묶인 채로 제물이 되어 있는 그녀 앞에 거대한 고릴라, 킹콩이 등장합니다. 어릴 적에 본 이 장면은 정말 충격적이었지요. 아름다운 금발과 대비되는 무시무시한 괴물 킹콩은 도시 문명에 길들어진 사람에게 이해할 수 없는 짐승입니다.

킹콩은 자신에게 바쳐진 제물을 손에 쥐고 달립니다. 간식 정도의 음식으로 그녀를 여기다가 어떤 감정이 들었는지 각별하게 대하기 시작합니다. 닭다리를 뜯어먹듯이 홀라당 잡아먹는 대신에 같이 놀고, 같이 자고, 곁에 두고자 합니다. 킹콩의 서식처에는 이미 희생된 원주민들의 해골이 즐비하지요.

관객들은 사람의 눈으로 킹콩을 봅니다. 킹콩이라는 거대한 존재가 미녀에게 푹 빠졌다고 생각할 수 있을 겁니다. '미녀가 야수를 죽였다.'라는 이 영화의 엔딩 워드는 그런 의미로 해석할 수 있을 겁니다.

하지만 인간의 사랑으로 이들의 관계를 설명한다면 뭔가 부족합니다.

그것은 보통 극작가와 금발 미녀의 관계 같은 거지요. 하지만 킹콩은 인간이 아닙니다. 그는 섬을 지배하는 최고 권력자이고, 아직 인간의 눈에 발견되지 않는 섬이기도 한 대자연입니다. 엄청난 괴력을 지닌 자연의 심판자이기도 하지요.

금발의 미녀는 점점 킹콩과 교감하기 시작합니다. 그녀는 이런 감정을 뭐라고 정의할까요. 사랑? 하긴, 사랑처럼 의미망이 넓은 단어도 없습니다. 신의 사랑, 부모의 사랑, 이성 간의 사랑, 동성 간의 사랑……. 하여간 사랑은 우리가 매일 마시는 공기처럼 어디에 가나 써먹을 수 있는 가장 쉬운 단어이기도 합니다.

킹콩이 자신을 보호하고 지켜준다는 사실을 확신한 그녀는 킹콩을 사랑하기 시작합니다. 아니, 인간의 어떤 순수한 감정 즉 교감이라고나 할까? 자신이 존경하는 극작가 잭과의 사랑과는 느낌이 다르지만, 그녀는 킹콩을 지키고자 하니까요. 킹콩이 포획되기 전에 울부짖는 그녀의 모습은 앞으로 킹콩의 운명을 혹은 대자연의 운명을 예감한 사랑의 절규일 수도 있습니다.

감독은 야생동물 포획 전문가이기도 한 선장을 설득해서 기어이 킹콩을 생포하고, 뉴욕의 브로드웨이로 돌아옵니다. 사기꾼으로 내몰린 그는 킹콩과 함께 일약 문화예술계의 명사로, 뛰어난 감독으로 다시 무대에 등장하지요. 킹콩은 그에게 새로운 인생을 열어주는 선물과 같은 존재입니다. 그는 세계 8대 불가사의로 킹콩을 소개하고, 관객들은 엄청난 야수인 킹콩을 보고 경악하면서도 쇼를 즐깁니다. 킹콩에게 제물을 바치는 원주민들의 굿판을 브로드웨이 쇼로 만들어 킹콩은 문명의 세상에 등장합니다.

그가 머물 곳은 대도시 어디에도 없습니다. 그를 가둘 곳도 없습니다. 그렇다면 그의 운명은 이미 정해진 것입니다. 죽음밖에는 없는 거지요. 거대한 산을 파고 깎아 아파트 단지로 만들어 버리는 인간의 문명에 킹콩 따위를 죽이는 일은 땅콩 껍질을 까는 정도이지요. 군대를 동원하고 전투기를 동원해서 도시의 가장 높은 곳에 올라가 저항하는 킹콩을 사살하는 장면은 뭔가 거대한 것이 무너지는 우리들의 자연을 상징할 수도 있습니다. 성수대교가 무너지는 것, 삼풍백화점이 무너지는 것을 킹콩이 추락하는 것과 비교한다면 지나친 비약일까요?

4

킹콩이 사라진 자리에 인간은 더 거대한 것들을 만들기 시작합니다. 60층 이상의 초고층 아파트가 등장하고, 100여 층의 우뚝 솟아오른 건물들은 킹콩으로 상징하는 거대함의 한 단면입니다. 인간은, 킹콩의 안식처인 대자연이 사라진 자리에서 건축으로 새로운 우상을 대신합니다. 그리고 문명은 점점 작은 곳에 주목합니다. 나노 기술로 대표적인 과학의 발달은 손톱만 한 칩 하나에 수백만 권의 책을 저장할 수 있습니다. 오늘날의 문명은 뛰어난 건축술로 상징되는 고층 건물들과 초정밀 IT기술의 양극을 달리고 있습니다.

이러한 문명의 틈바구니에 속에서 인간들을 점점 왜소해지고 있는데요. 킹콩은 이러한 인간들에게 나타난 대자연의 경고이기도 하고, 지진이나 해일 같은 재앙이기도 합니다. 만약에 서울에 킹콩이 나타나서 휘젓고 다닌다고 상상해 보십시오. 그것이 자연의 재앙이지 괴물의 등장입니까? 괴물은 우리가 적당히 상대할 수 있는 것들입니다.

괴물이라면 동물원을 탈출한 호랑이나 멧돼지 같은 것들이지, 킹콩과 같은 존재는 야수나 괴물이 아니라 자연의 재앙이라고 해야할 겁니다. 그런데 이 킹콩과 유일하게 소통하고 사랑하는 존재가 금발의 미녀 앤입니다. 앤은 무자비한 인간 문명 속에 살면서도 순수함과 아름다움을 간직한 인간의 상징입니다. 또한, 킹콩과 앤을 통하여 사랑의 본질에 대해서도 생각해 볼 수 있습니다. 과연 우리가 타인을 사랑한다는 것은 무엇인가? 여기서 두 가지의 생각이 듭니다.

우선 남성과 여성의 사랑 고리입니다. 킹콩을 남성으로 비교하자면 거대한 재벌이나 막강한 파워를 지닌 파이터 표도르 같은 남성입니다. 권력을 한 손에 쥐고 세상을 흔들 수도 있지만, 그녀에게는 꼼짝 못 하는 사랑의 포로이지요. 영화 중간마다 연인들의 섹스와 키스를 연상시키는 장면들이 등장하지요. 둘이 산에서 노는 장면이나, 특히 도시의 얼음 호수에서 즐기는 장면은 굳이 침대를 등장시키지 않아도 두 사람의 쾌락을 느끼게 합니다. 세상의 모든 것을 쥐고 흔드는 남자라도 미녀에게 꼼짝도 못 하는 바보 같은 존재로 보이기도 합니다. 순정파지요. 아, 정말 남성이란 가련한 것이구나. 저토록 위대하면서도 사랑하는 여자 앞에서는 강아지처럼 되어 버리는 존재구나. 참 불쌍하다.

두 번째는 자연과 인간의 관계입니다. 킹콩은 개발되지 않은 원시의 자연이고, 그 자연을 사랑하는 여자는 우리가 잃어버린 인간 본성입니다. 맹자의 '측은지심'이기도 하지요. 사람은 무조건 가여운 존재들을 보살피려는 본성을 가지고 있습니다. 맹자는 이런 마음으로 측은지심을 가진 위정자가 나라를 다스려야 한다고 했습니다. 그녀의 측은지심은 점점 사라져 가는 자연에 대한 측은지심입니다. 그녀는 그것을 지키고 싶어 속옷 바람으로 킹콩을 쫓아 엠파이어 스테이트 빌딩을 기어 올라갑니다. 킹콩은 죽어서는 안 되는 우리의 원시림이고, 생명줄이기 때문이지요. 군대와 전투기의 등장은 전쟁을 의미합니다. 킹콩은 무자비한 전쟁의 포격으로 드디어 추락합니다.

이 영화의 행간을 읽어내는 것은 관객의 자유입니다. 미녀가 야수를

킹콩 King Kong, 2005

죽었다는 영화의 마지막 한 마디는 무엇을 의미하는가? 필자의 생각으로는 이 엔딩 크레딧은 적절하지 않다는 생각이 드는군요. 한 명의 관객으로서 킹콩에 대한 연민이 들기 때문입니다. 그것은 내 안에 있는 순수한 열정일 수도 있고, 타인을 사랑하는 마음일 수도 있을 겁니다. 킹콩의 추락은 거대한 자연의 종말로 보이기도 합니다. 이미 지난 1930년대에 이 영화가 제작되었다는 것을 생각해 보면 더 설득력이 있습니다. '미녀가 야수를 죽였다.'는 자막을 읽으면서 이런 목소리가 환청으로 들려옵니다. 킹콩은 죽었다. 더 이상 아름다운 자연은 너희에게 나타나지 않을것이다. 하지만 그 자리에 시대로 상징되는 꽃 한송이가 피어 오릅니다. 그리고 킹콩은, 미친 전쟁에서 태어난 베트남 참전 용사 '람보'로 부활합니다.

좌절한 전쟁 영웅의
절규

람보 FIrst Blood, 1982

1

영화를 보면서 특별한 메시지를 찾고, 노트에 메모하는 것은 피곤하고 번거로운 일이지요. 영화는 그냥 잠시 즐기면 되는 거지요. 하지만 람보는 관람 후에 뭔가 적어 놓고 싶은 메시지가 강한 영화입니다. 음악이 끝나고 나서 들려오는 잔향과도 같은 느낌이 있지요.

실베스터 스탤론은 《람보》와 《록키》라는 영화 캐릭터로 유명한 배우입니다. 근육질의 몸과 강렬한 인상, 굵은 목소리로 당대 사회 현실에 저항한 아주 독특한 캐릭터이기도 하지요. 두 작품 다 속편이 나왔는데, 모두 오리지널의 작품성을 따라가지는 못합니다.

《람보》의 속편을 보면서 우리 관객들은 베트콩들을 추풍낙엽처럼 쓸어버리는 강력한 미군의 힘을 보기도 합니다. 미국은 베트남전의 패배에 대해 분풀이라도 하는 것인지, 엄청난 화력과 근력을 자랑합니다. 미국의 추악한 일면이지요. 하여간 미국의 영화에 등장하는 주인공들은 자신과 다른 생각을 하는 상대를 악으로 규정하고, 무참하게 두들겨 패버리는 깡패와 같은 인물이 많이 있습니다.

우리나라에서 개봉된 람보의 후속편들을 보면서 람보의 기관단총에 쓰러진 베트콩들이 바로 우리와 같은 아시아인이고, 오랜 식민지 생활을 끝내기 위해 저항하는 독립군임을 잠시 생각해 봅니다. 하지만 우리는 영화를 보면서 마치 내가 람보가 되어 왜소한 베트콩들을 쓸어버리는 착각을 하는데요. 이건 일제 강점기를 겪은 우리가 한번 생각해 볼 문제입니다. 내가 람보인가, 아니면 호찌민이 지휘하는 베트남군인가 하고 말이지요. 오락영화를 보면서 이런 생각까지 할 필요는 없을 수도 있지요.

그런데 《람보》, 즉 오늘 이야기하고자 하는 영화는 미국 사회의 추악한 일면을 고스란히 드러내는 사회 고발 영화이기도 합니다. 베트남전의 영웅이 고국으로 돌아와 전쟁터보다도 더 처참한 현실에 저항하는, 제법 묵직한 주제를 다루는 영화입니다. 《록키》역시 가난한 복서가 미국 자본주의라는 현실과 맞서 싸우는 고독한 남자의 이야기이고, 그가 샌드백을 두들기는 소리와 13라운드만 버티면 된다는 그의 말은 승패와 무관하게 가난한 시인에게 희망의 북소리처럼 들리기도 했지요.

2

　　《람보》, 참 많은 생각을 하게 하는 영화입니다. 베트남전에서 돌아온 람보는 로키 산맥 근처의 친구를 찾아갑니다. 그가 야전 잠바를 입고 높은 산을 배경으로 한 철교를 천천히 걸어오는 장면부터 이 고독한 남자가 전쟁의 상처를 고스란히 안고 있는 사내라는 것을 알게 되지요. 전쟁은 끝났지만, 그는 아직도 베트남의 밀림 속에서 생사를 넘나드는 군인의 페르소나를 완전히 벗어나지는 못합니다. 그는 고독하고 가난한 베트남 전쟁 참전 용사일 뿐입니다. 미국의 가치를 지키기 위해 생고생을 한 영웅은, 한 작은 마을에서 부랑자 취급을 받습니다. 특히 그곳의 보안관은 그를 위험인물로 지목하고, 자신의 마을에서 추방하려고 하는데요. 일종의 인종차별입니다.

보안관에 의해 처벌을 받던 도중 활짝 드러난 그의 상처는 베트남전에서 적군에게 고문을 당한 흔적으로 가득합니다. 우람한 근육에 새겨진 고문 자국은 한 인간이 전쟁에서 어떤 고통을 당했는지 고스란히 증명합니다. 그 상처를 보고 마을의 경찰들은 놀랍니다. 이거, 우리 마을에 괴물이 들어왔구나. 람보는 경찰서에서 고문을 당하면서 과거의 악몽이 떠올라 잠시 베트남전의 전사로 되돌아가 버립니다. 이곳은 내가 사랑한 나의 조국이 아니라, 나를 죽이려는 적군이 숨어 있는 밀림이다.

그는 경찰들을 제압하고, 경찰서 밖으로 뛰어나갔습니다. 그리고 마을과 인접한 산으로 들어가 특수부대원의 초인적인 능력으로 자신을 추적하는 경찰을 무참하게 격퇴해 버립니다. 일이 점점 커지는 거지요. 이 영화에서 람보의 대척점에 서 있는 인물이 마을 보안관입니다. 보안관은 마을을 지키는 사람인데, 이 사람은 백인 우월주의자처럼 보이기도 합니다.

보안관은 자신의 마을에 들어온 부랑자에게 겁을 좀 줘서 추방하려고 했는데, 영 뜻대로 되지 않습니다. 이제 람보가 총구를 겨누는 것은 애국심과 민주주의 가치를 수호하기 위한 전쟁이 아닙니다. 거기서는 이미 패배했습니다. 처참한 마음으로 살아나와 그가 다시 맞서게 되는 것은 미국 정부에서 관리하는 보안관과 경찰들입니다. 초인적인 람보의 저항에 당황한 정부는 군대까지 동원하지만, 람보에게는 상대가 되지 않습니다.

그는 특수요원 제이슨 본처럼 신출귀몰하는 특수한 사람입니다. 맷 데이먼은 람보를 조금 줄여놓은 체구이지만, 람보의 변형된 모습이기도 합니다. 람보는 정의를 수호하기 위한 맨손 영웅들의 모태로서도 가치가 있지요. 헐크나 킹콩의 미니어처이기도 합니다. 킹콩이 뉴욕에서 저항하는 모습과 람보가 미국의 한 시골 마을의 주유소를 폭파하는 장면은 묘한 동질감을 느끼게 합니다.

킹콩에게 금발의 미녀가 있다면, 람보에게는 그의 상관인 사무엘 대령이 있습니다. 물론 강력한 화력을 동원하면 그는 킹콩처럼 추락할 것입니다. 사무엘 대령은 그런 참사를 막고자 람보를 찾아와 설득하고, 강철같은 사내 람보는 눈물을 흘리며 짐승처럼 울부짖습니다.

전쟁터에서는 수백만 달러짜리 화기를 맘대로 사용했지만, 고국으로 돌아와 보니 단 돈 몇 달러도 벌 수 없는 생활무능력자. 나라의 가치를 지키기 위해 참전했지만, 구사일생으로 살아 돌아온 조국은 환영은커녕 온몸은 상처투성이에 부랑자취급을 하는 차가운 시선과 냉대. 베트남 정글에서 죽어가던 옆의 전우는 폭탄에 두 다리가 떨어져 버렸다. 그토록 집에 가고 싶어 했는데, 다리가 없다.

그 역시 따뜻한 집에 돌아가고 싶은데 다리가 없는 모습입니다. 그는 마을을 불태워버리고 경찰서에 진입해 보안관을 잡아 총구를 겨누지만, 베트콩처럼 사살하지는 않습니다. 람보가 분노한 것은 그 사회이지, 한 개인이 아니기 때문입니다. 그가 기관단총을 쏟아 붓고 폭파한 것은 이율 배반적인 미국이라는 자본주의 시스템이었습니다.

하지만 이 영화에서 그가 미국 시스템을 바꾸지는 못합니다. 너무나 자명한 일이지요. 한 개체는 그게 헐크건 킹콩이건 람보건 제이슨 본이

건, 우리 영화《용의자》의 주인공인 고수이건 간에 불가능합니다. 결국, 이 시나리오는 시스템의 승리로 정해져 있는 겁니다. 즉, 고지가 저기에 있는데 폭격으로 두 다리가 절단되어 가지 못하는, 어서 집에 가야 하는데 다리가 없어 가지 못하는 거지요.

3

람보의 절규는 개인이 사회에 저항하는 모습의 한 단면을 보여주고 있습니다. 영화를 보면서 람보가 절규한 이 말이 가슴에 맺힌 이유는 한시절 우리 사회에서 받아들이지 못했던 상이용사 아저씨들 때문입니다. 제가 어린 시절에 베트남전에서 돌아온 부상 병사들이 있었습니다. 〈월남에서 돌아온 김 상사〉라는 가요가 거리에 울려 퍼지고 있었지요.

어떤 분은 의수를 하기도 했고, 또는 목발을 짚고 버스에 올라타서 물건을 강매하던 상이용사 아저씨들의 얼굴이 잊히지 않았습니다. 당시 어린아이였던 저는 우선, 그 아저씨들이 너무나 무서웠습니다. 목발을 짚고 한 손은 주머니에 넣어 껌과 같은 물건을 앞으로 내밀면, 그것이 칼날처럼 무섭게 보였던 거지요.

상이용사 아저씨들은 다리가 없었습니다. 어쩌면 베트남전보다 더 가혹한 정권의 시스템을 견뎌낼 힘도 없었지요. 그래서 우리는 그들을 거부했고, 부랑아 취급을 했습니다. 그들은 람보처럼 행동할 수도 없습니다. 람보가 아니기 때문입니다. 우람한 근육도 없고 적군을 전멸시키는 탁월한 전투 능력도 없습니다. 그저 월급 많이 준다는 이유로, 우방국인 미국을 지원한다는 정부의 정책에 따라 입대하고 파병된 우리의 옆집 아저씨, 형님들이지요. 그 사람들이 다리도 없이 돌아와 어떻게 살았는지 아십니까? 지금은 아득한 옛일이라고 치부할 수도 있겠지만, 아직도 우리 주변에는 고엽제 후유증으로 시달리는 역전의 용사들이 살아 있습니다.

람보는 결국 수갑을 차고 체포당합니다. 영화의 마지막 장면이 인상적이지요. 영화 제작에 참여한 스텝들의 이름이 올라오는 데 그가 고개를 돌려 노려보고 있습니다. 사람을 쳐다보고 있는 것 같기도 하고, 밀림에서 사냥당한 짐승이 울부짖는 모습 같기도 합니다. 그 시선이 바라보고 있는 것은 바로 '우리'입니다. 타인의 고통에 무감각하고, 다리 없는 사람들을 부랑아 취급하는 사회 시스템입니다. 결국, 한 사람이 먼저 움직여서 그들의 손을 잡아주는 것이 필요하지요. 하지만 이 영화는 품위를 지키고 있습니다. 냉정한 현실을 그대로 보여주고 감독은 막을 내려 버립니다. 탁월한 선택이지요. 거기가 바로 현실이니까요.

우리 주위에는 의외로 다리 없는 영혼들이 많습니다. 그들의 분노는 막가파와 같은 범죄로 이어지기도 하고, 일가족 살인사건이 되기도 합니다. 걸어갈 곳이 없고, 걸어갈 다리도 없는 사람들은 그 자리에서 죽어가기 마련이지요. 영화는 끝났지만, 우리가 할 일이 시작됩니다. '참전용사와 같은 상황에 처한 사람들은 부랑자가 아니다.'라는 공감입니다. 이건 과거의 일입니다. 우리에게 필요한 것은 노벨상 수상작가인 오에 겐자부로가 이야기한 미래가 아닌가 싶은데요. 미래에 대한 그의 말을 인용합니다.

우리의 중요한 일은 미래를 만든 거야. 우리가 호흡하나, 영양을 취하거나, 돌아다니거나 하는 것도 미래를 만들기 위한 노동인 거야. 발레리는 그렇게 말해. 우리는 지금을 사는 것 같지만, 지금에 녹아드는 미래를 살고 있다. 과거 란 지금을 사는 우리가 미래에도 발을 걸치고 있기 때문 에 의미가 있다. 추억도, 후회조차도……

고장 난 분노조절장치를 고쳐 드립니다

아저씨 The Man from Nowhere, 2010

"한번만……,
한번만 안아보자."

1

저는 매달 말일 즈음이 되면 미용실에 갑니다. 오랜 단골인 미용사와 이런저런 이야기를 나누곤 하는데요. 그는 영화광입니다. 때론 자신이 소장하고 있는 영화를 빌려주기도 하고, 그달에 본 영화에 대한 정보를 주기도 하지요. 그에게 그동안 감동적으로 보았던 영화를 세 편만 꼽으라고 했더니, 주저하지 않고《스타워즈》,《인셉션》, 그리고《아저씨》를 손꼽았습니다. 동시에《아저씨》가 가장 흡입력이 있는 영화였다고 하면서 한때는 영화에 나오는 주인공들의 대사를 따라하면서 영화를 다시 보기도 했다는군요.

예를 들자면 마약반 형사들이 구내식당에서 '아줌마, 오늘은 잡범들

뿐이네, 요즘엔 살인사건이 없어. 에이.' 그러면 식당 아줌마가 '지랄하네.' 라고 맞장구를 치지요. 그 장면이 나오면 꼭 대사를 따라 한다는 겁니다. 구내식당에 반찬으로 나온 채소를 잡범으로, 고기를 살인사건으로 은유하는 강력계 형사들의 리얼리티가 살아있습니다.

하긴, 같은 영화를 자주 보다 보면 이런 일이 벌어집니다. 《시네마 천국》에서 토토가 잘린 필름을 등진에 비추어 보면서 그 장면의 대사를 따라 하지요. 저 역시 이 영화를 보면서 따라 하는 대사가 있습니다. 아저씨가 소미를 찾기 위해 운전을 하면서 "내일만 보고 사는 놈은 오늘만 사는놈한테 죽는다. 난 오늘만 산다. 그게 얼마나 X같은 건지 내가 보여줄게."와 아저씨가 악당들의 소굴에 홀로 가서 자신의 발끝으로 굴러오는 통 안에 담긴 눈알을 보고 "나, 전당포 한다. 금이빨은 받아, 금이빨 빼고 모조리 씹어 먹어 줄게."라는 분노에 찬 대사입니다. 이 장면이 나오면 벌떡 일어나 아저씨처럼 포즈를 취하고 주먹을 불끈 쥐기도 하지요. 때론 볼펜을 손에 들고 이리저리 찌르고 휘두르면서 아저씨 흉내를 내다가 새로 도배한 벽지에 스크래치를 내 가면서까지 말이지요.

김지운 감독의 영화 《달콤한 인생》에서 이병헌이 난폭운전을 하면서 자신을 조롱하는 '양아치'들의 차를 추월해서 가로막고, 단정하게 양복을 여미고는 천천히 걸어가 양아치들을 때려눕히고, 자동차 키를 뽑아 한강으로 던져 버리곤 다시 운전하면서 사라지는 장면이 있지요. 이 장면이 나오면 벌떡 일어나 옷깃을 탁 여미고 거실을 걸어가면서 이병헌을 따라합니다.

이러고 나면요……, 마음 한구석에 응어리진 감정들이 풀리면서 시원해지곤 합니다. 살면서 마음이 거칠어져 녹슨 기계처럼, 고장 난 분노 조절 장치가 수리되면서 '힐링'이 됩니다. 우리가 살면서 참아야 하는 일들이 얼마나 많은지 모릅니다. 사회생활을 하면서 생기는 사소한 모욕감이나, 인간관계에서 기인하는 말로는 표현하기 힘든 수치심 같은 것들이 한둘이 아니지요. 그렇게 마음속에 찬 분노가 영화를 보면서 공감대를 형성하고 배우의 액션을 통해서 터져 나오기도 하는 모양입니다. 한바탕 영화를 따라 하고 나면 밖에 나가서 점잖게 행동할 수 있습니다. 이 폭력적인 영화가 역설적으로 내 마음에 평화와 생활의 안정감을 가져다주는 겁니다.

2

      저의 왼손에는 어린 시절 집에서 기르던 개에게 물린 흉터 자국이 있습니다. 마침 겨울이라 눈이 내렸고, 손등에서 흘러내린 핏방울이 눈밭에 떨어져 빨갛게 물든 것과 나를 문 개를 몽둥이로 때리던 분노에 찬 아버지의 모습이 아직도 생각납니다. 유치원에 들어가기 전인 유아기에 물린 자리라서 이제는 사라질 만도 한데 희미하게 그 흔적이 중년의 나이가 넘도록 남아있습니다.

  상처로 인해 생긴 몸의 흉터는 죽어서도 사라지지 않습니다. 현대 의학 기술로도 그 피부를 완전히 복원할 수 없다고 합니다. 단지 흉터를 가릴 뿐입니다. 과학적으로 흉터를 완전히 복원하는 기술을 개발한다면 아마도 노벨 의학상을 받을 겁니다. 몸의 상처가 절대 지워지지 않는 것처럼 마음의 흉터 역시 마찬가지입니다. 이것은 눈에 보이지 않기에 화병이나 울화증의 병인이 되기도 합니다.

  전당포를 운영하는 아저씨는 과거의 기억 때문에 상처투성이로 살아가고 있는 사내입니다. 웃지도 않을뿐더러, 사람들과 말도 별로 나누지 않아 생활에 필요한 단순한 질문과 대답을 합니다. 항상 허름한 옷을 입고 다니면서 그림자처럼 움직이기에 동네 사람들은 그를 전당포 귀신이라고 부릅니다. 그는 아내의 기일에 말끔하게 검은 슈트를 차려입고 묘지에 다녀오는데요. 이 의상을 입고 나서부터 무서운 사건에 휘말리게 됩니다. 검은 의상과 폭력은 묘하게 어울리는 장치입니다.

  전당포 귀신에게 유일하게 다가오는 소녀인 소미 역시 마약중독자에 나이트클럽의 댄서인 막가파 엄마가 있습니다. 소녀는 사람들이 자신을 쓰레기통이라고 부른다면서 아저씨에게 알려 줍니다. 두 사람 다 가혹한 현실에 좌절하고 분노하면서도 그저 견디면서 살아가는 사람들입니다. 아저씨와 소녀는 이렇게 만나고 친밀감을 느끼기 시작합니다. 옆집 아저씨는 그는 소녀에게 때론 아빠처럼 때론 오빠처럼 묵묵히 곁에 둡니다. 하지만 일정한 거리를 두고 있지요. 소녀에게 더 다가가지 못하는 이유는 과거의 상처 때문입니다.

군 특수부대 요원인 '아저씨'의 임신한 아내가 바로 눈앞에서 처참하게 죽어가는 모습을 보았고, 암살자에게 자신도 총상을 입었습니다. 그 순간 아저씨는 모든 것을 상실했기 때문에 이제는 누군가를 좋아한다는 감정을 거부합니다. 그런 일을 다시 당한다면 더는 살아갈 수가 없을 것이라는 두려움이지요. 이런 아저씨 앞에 나타난 가난한 소녀는 자신이 잃어버린 아내이자 아내의 배 속에 있던 태아이기도 합니다.

이 소녀를 악당들이 납치하면서 그의 분노 조절 장치는 완전히 망가져 버립니다. 말 그대로 끝까지 가는 겁니다. 그는 대단한 무술 실력과 힘이 있는 사람입니다. 이 영화를 빛나게 하는 장면 중에 하나가 아저씨가 악당들을 잔혹하게 살해하는 장면들입니다. 상영관에서 19금 등급 판정을 받아야 하는 장면들인데요. 도끼와 칼을 들고 잔혹하게 악당들을 쑤시고 담그는 장면들은 영화《친구》에서 장동건이 "고마해라, 마이 묵었다 아이가." 이후로 가장 인상적인 액션 신들입니다.

그는 악당들에게 자비를 베풀지 않습니다. 칼끝을 대어 정확하게 동맥을 절단하고, 목줄을 따며, 팔을 비틀어 분질러 버리고, 머리를 겨냥

해서 총을 쏩니다. 때론 손가락을 물어 상대방의 심장에 칼을 깊숙이 집어 넣고 완전히 돌려 버린 후에야 가쁜 숨을 몰아쉽니다. 이 시퀀스는 따로 돌려보기도 했습니다. 《올드보이》에서 최민식이 보여준 장도리 액션 시퀀스와 함께 우리 영화에 길이 남을 장면입니다. 성경에서 말한 '눈에는 눈, 이에는 이'의 방식으로 악인들을 처리하는데요. 영화의 스토리텔링에서 충분한 개연성이 있는 행동입니다. 어린이와 어른을 가리지 않고 인체의 장기를 살아있는 상태에서 적출해 매매를 하고, 마약 거래, 아동 폭력과 노동 등등. 한 인간이 상상할 수 있는 모든 범죄의 총 책임자로 만종이 형제들이 등장합니다. 만석이와 종석이는 아저씨의 말대로 소미를 구해도 죽어야 하는 악마들입니다.

이들을 법정에 세우고 사형을 구형한다 한들, 사형집행을 하지 않는 나라에서 우리의 세금만 축내는 인간쓰레기들이지요. 그냥 현장에서 같은 방식으로 처리하면 좋겠다는 생각을 필자만 하는 것일까요?

고대의 역사학자 사마천은 만고의 의인인 백이숙제를 서술하면서 그들은 충과 의를 지키기 위해 수양산에 올라가 고사리로 연명하다 굶어 죽었는데, 천하의 도적인 도척은 산해진미를 받아먹고 천수를 누렸다고 기록하면서 하늘의 뜻이란 과연 옳은 것이냐고 반문합니다.

우리 주위에도 이런 일들이 비일비재합니다. 착한 사람이 잘 살고, 나쁜 사람이 벌을 받는 세상은 고대 이래로 실존한 적이 없는 가상의 공간입니다. 즉 유토피아라는 거지요. 그나마 이런 세상을 위해 밤낮으로 뛰어다니는 형사들이 있는데요. 아저씨처럼 행동할 수가 없습니다. 법을 지켜야 하기 때문이지요. 가끔 영화를 보면서 절대 악인을 체포하는 형

사가 원망스러울 때가 있지요. 저런 놈은 그 자리에서 응징해야 된다고 분노를 터트리기도 하는데 말이지요. '원빈 아저씨'는 우리들의 이런 마음에 종지부를 찍어주는 전설적인 홍길동 페르소나입니다. 그런데 원빈이 아저씨라니 배역에 언밸런스한 느낌도 드는데요.

이것이 탁월한 캐스팅이라는 생각이 듭니다. 영화에서 진짜 아저씨들이 많이 나오지요. 그들 중 한 명이 원빈 역할을 할 수도 있었을 겁니다. 그럼 작품의 완성도가 어땠을까? 원빈 아저씨만이 줄 수 있는 매력이 이 영화를 살렸다고 해도 과언이 아닐 겁니다. 많은 사람이 영화를 보고 나서 원빈이 정말 기가 막힌 연기를 했다고 이구동성을 말을 하는데요. 우수에 찬 표정과 대사, 액션 신에서 보여주는 절도 있는 동작과 앤딩 장면에 나오는 눈물까지 말 그대로 '살아있네.'를 연발하게 합니다.

3

아저씨의 상대역인 태국의 국민배우 타나용이 인상적이었습니다. 영화를 보고 나서 그가 누구인지 궁금했고, 그가 태국의 안성기라는 설명을 듣고는 고개를 끄덕였지요. 정말, 세상엔 고수가 많이 있다는 생각이 들었습니다. 그의 연기 역시 원빈과 시종일관 팽팽한 긴장감을 유지하고 있었습니다.

타나용의 연기에서 인상적인 장면이 만석이의 패거리들과 목욕탕에서 한바탕 격투가 벌어지는데요. 권총을 손에 쥐고 있으면서도 격발하지 않고, 절묘한 솜씨와 파워로 싸움을 끝난 아저씨와 결투하는 장면입니다. 비록 아저씨의 손에 절단이 났지만, 무사의 결기가 느껴지기도 했습니다. 만석의 양아치 집단과는 좀 다른 사람이라는 느낌을 받는 거지요. 이 느낌을 그는 충분히 우리에게 전달해 주었습니다. 그는 악한이지만 아저씨와 비슷한 구석이 있고, 그의 도움으로 소미는 살 수 있었습니다. 역시 고수들은 뭐가 다릅니다. 소미의 안구를 뽑아내려는 미친 의사를 바라보는 눈빛은 압권이었습니다. '타나용 아저씨'가 있어서 '원빈 아저씨'가 더 멋져 보였을 겁니다.

헐리우드 스타 시스템에 익숙한 우리에게 아시아의 배우들은 낯선 모습으로 보입니다. 그들의 영화를 보지 못했기 때문입니다. 양조위를 비롯한 홍콩 배우들과 오다기리 조를 비롯한 일본 배우들은 이미 유럽의 배우들과 같은 반열에 올라와 있지만, 동남아시아의 배우들은 잘 모르는데요. 타나용의 등장으로 새로운 배우 바람이 불면 좋겠습니다. 동남아시아의 배우들도 더 보고 싶은 마음입니다. 또한, 마약반 형사들의 뛰어난 연기와 만종이 형제들의 악당 연기는, 아이고 참 대단하더군요.

하여간, 소미가 죽은 것으로 오해한 아저씨는 모든 악당을 죽여 버리고 자신도 권총으로 자살하려고 하는데요. 그때 '아저씨, 아저씨'하고 음악의 잔향처럼 귓전에 들리는 소리가 있습니다. 이제 그만 죽으려고 하는 아저씨를 향해, 소미가 향해 뛰어오지요. 그리고 말합니다. 아저씨가 날 구하려고 한 거냐고, 그런 거냐고 하면서……, 세상에서 제일 외로운 소녀가 다가옵니다. 하늘나라에서 자신을 보고 있는 아내와 아이가 내려보낸 구원의 천사가 바로 소녀입니다. 아저씨는 소녀에게 말하지요.

한번만……, 한번만 안아보자.

아저씨는 훈련과 작전으로 온몸에 끔찍한 상처들이 문신처럼 새겨져 있고, 출산을 앞둔 천사와 같은 아내가 갑자기 달려온 대형트럭에 압사하며 흐르는 더운 피를 본 그의 몸과 마음은 이제 인간을 가까이할 수 없는 상태였습니다. 아무리 뛰어난 무술 실력이 있어도 그것은 사람을 죽이는 다른 상처일 뿐입니다. 그가 전당포를 하면서 인생의 그림자가 되어, 귀신처럼 살아가는 이유이기도 하지요. 사실 현실적으로 그 정도의 실력 있다면 뭘 못하겠습니까? 그런데도 그는 모든 인간관계를 단절하고 끔찍한 폭력에 시달리는 사람입니다. 그런 그가 다시 사람을, 안고 싶다고 합니다. 단 한 번이라도.

그동안 상처와 분노가 가시처럼 돋은 고슴도치처럼 살아왔던 그는 사람을 안을 수가 없습니다. 타인 역시 고슴도치이기 때문이지요. 그가 소녀를 만나 고양이처럼 변합니다. 따뜻한 털을 가진 고양이가 소녀를 안기 위해 가시를 그의 말대로 '모조리' 뽑아버리고 따뜻한 포옹을 합니다. 그리고 소녀는 말하지요. "아저씨가 웃는 모습을 처음 봐요." 그리고 품에 안겨서는 "아저씨 지금 우는 거에요." 라고……. 이 거칠고 힘든 영화의 엔딩 크레딧은 푹신한 하늘의 구름과 같았습니다. 이 엔딩 크레딧을 따라 하면서 저는 안도하면서 깊은 한숨을 내쉬고 있습니다. 다시 그 장면을 보고 싶습니다. 그리고 대사를 따라 하고자 합니다. 원빈처럼 웃고, 원빈처럼 웃고 싶습니다.

대한민국의 아저씨들이여. 비록 우리가 원빈은 아니지만, 가슴 따뜻한 옆집 아저씨가 아닌가. 힘을 내자. 내 마음속에 차오르는 분노를 잘 다스리자. 원빈과 같은 아저씨도 화산처럼 터져 오르는 분노를 참고 조절하면서 소녀를 구하기 위해 살아가는데. 운전하면서 그만 싸웁시다. 화가 나면 아저씨를 생각합시다.

원빈 아저씨도 있는데 내가 가족 하나 내가 못 건사할까 보냐. 그리고 악당들아. 금이빨 빼고 모조리 씹어 먹어 주마. 내일을 생각하고 사는 너희들, 오늘을 사는 이 아저씨의 용기를 보여주마. 라고 배우의 대사를 따라 하고 스크린에서 벗어나 현실에서는 소박하고 건강하게 살아갑시다. 다행히 우리는 평범하잖아요. 이게 얼마나 큰 축복입니까. 아무리 잘생긴 외모를 준다고 해도 원빈 아저씨처럼 살고 싶지 않아요. 그게 얼마나 행운입니까. 단지 그의 외모가 좀 부러울 따름이지요. 그건 어쩔 수 없습니다. 포기할 건 포기합시다. 지금 이 시각에도 분노 조절 장치를 잘 조정하고 있는 아저씨들 오늘도 열심히 일하면서 살아갑시다. 파이팅.

바다보다 넓고 깊은
연인들의 사랑

타이타닉 Titanic, 1997

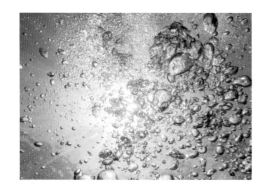

"그 사람은
내 기억 속의
유일한 존재입니다."

1

타이타닉호에 대한 이야기를 후손들에게 들려주던 로즈가 잭을 추억하면서 엔딩 크레딧이 올라갑니다. 관객들은 타이타닉에서 살아남은 사람처럼 자리에서 일어나지요. 잭은 로즈를 구하고 바다로 사라집니다. 잭은 로즈에게 꼭 살아남으라고, 나를 위해 살아달라고 합니다. 잭은 로즈에게 그 약속을 받아내고 로즈는 그의 말대로 인생을 열심히 살았고 노인이 되지요. 그녀는 긴 인생을 사는 동안 '내 기억 속의 유일한 존재'가 바로 '그'라고 이야기합니다. 영화 타이타닉은 이렇게 막을 내립니다. 하지만 이 글을 쓰기 위해 마음을 정리하니 자연스럽게 거대한 타이타닉호가 바다로 출항하는 모습이 떠오르는군요

거대한 타이타닉호는 화려하게 항구를 떠납니다. 당대 모든 기술이 총집합된 이 거대한 선박은 절대 난파되지 않는 배라는 믿음을 사람들에게 주고 있습니다. 타이타닉호의 구조는 당대의 사회구조를 반영하고 있습니다. 배의 층수에 따라 사람의 신분이 달라집니다. 아래에서부터 위로 올라갈수록 하층민에서 상류 인사로 신분이 달라집니다. 저마다 다른 생각, 다른 꿈을 가지고 같은 배에 오르는 모습은 인생을 사는 우리의 모습이기도 하지요.

도박판에서 타이타닉호의 삼등석 표를 딴 잭은 무작정 신세계로 떠나기 위해 승선합니다. 그는 선박의 맨 아래에 있는 가난한 사람들과 함께 어울리면서 인생을 즐기고 있습니다. 동시에 귀족 집안의 딸인 로즈가 일등석에 승선합니다. 같은 목적지로 향하는 타이타닉호에 승선하면서부터 이들의 신분은 상류층과 하층민으로 분류되어 있고, 그것은 엄격한 틀 속에 가두어져 있습니다. 두 사람이 신분의 틀을 깨고 만나는 곳은 배의 갑판에서입니다.

이곳은 사람들이 자유롭게 만날 수 있는 광장과 같은 장소입니다. 로즈는 신분만 귀족일 뿐 가난하기 때문에 상류사회의 부자인 칼과 결혼을 앞두고 있습니다. 로즈의 어머니는 자신의 생활을 유지할 재산이 필요했고, 재벌인 칼과의 결혼이 딸의 행복을 보장할 것이라고 믿고 있습니다. 그녀는 재산 때문에 결혼을 강요하는 어머니와 상류사회의 위선에 환멸을 느껴 배에서 뛰어내리고 합니다. 그때 잭이 나타나 자살을 하려는 그녀를 설득하면서 두 사람은 만나게 됩니다.

가난한 화가인 잭은 자유롭고 로맨틱한 모습으로 로즈의 갈증을 채워줍니다. 서로에게 호감을 느낀 젊은 두 사람의 사랑은 금방 불타오릅니다. 잭은 그녀의 누드화를 그리면서 화려한 의상을 벗어버린 그녀를 보고, 로즈는 그림을 그리는 잭의 모습을 통하여 사랑의 감정이 움직이기 시작합니다. 이들의 사랑은 암묵적으로 금기시되고, 뭐든 하지 말라는 것을 하고 싶은 인간의 욕망은 금지할수록 더 강렬해집니다. 같은 사과라도 먹지 말라고 하면 더 먹고 싶은 법입니다. 이들이 일등석 이등석, 삼등석의 경계를 허물어 버리고 화물칸 자동차에서 사랑을 나누는 장면은 매우 격정적입니다.

영화의 주제곡으로 유명한 한 장면, 잭과 로즈가 배의 선수에서 두 팔을 벌리고 "나는 왕이다"를 외치는 장면이 떠오르는군요. 망망대해에서 사랑에 빠진 두 남녀가 새로운 세상으로 나가는 희망적인 모습입니다. 사랑한다면 희망이 있다는 메시지이기도 합니다. 우리의 인생을 항해에 비유하자면 누구나 생의 한순간 왕이 된 기분으로 바다를 바라볼 때가 있을겁니다.

로즈는 배에서 내리면 파혼을 하고 잭과의 생활을 꿈꾸지만 가혹한 운명은 한 치 앞을 알 수 없지요. 타이타닉이 빙산과 충돌하여 두 동강이 납니다. 대참사의 시작입니다. 참 이상한 일입니다. 가혹한 자연재해의 피해자들은 주로 가난한 사람들입니다. 가난한 동네가 위험한 곳에 있어서 일까요. 배의 아래층에 있는 삼등석의 사람들이 참사의 현장을 빠져나오지 못하기도 합니다. 목숨이 경각에 달린 절망적인 상황에 되자 위선적인 사람들의 본성이 드러납니다.

로즈의 약혼자인 재벌 2세 칼은 살아나기 위해 돈과 타인의 목숨을 이용하고, 또한 어쩔 수 없는 상태에서 품위 있게 죽음을 받아들이는 귀족도 있습니다. 물이 들어오는 객실에서 함께 누어 생을 마감하는 노부부로 있지요. 영화는 절망의 순간에 인간이 어떤 모습을 보여주는지 다양한 앵글로 잡아내고 있습니다. 특히 선원들과 승객들의 구조 임무를 끝까지 책임지고 선박과 함께 운명하는 선장과 선원들의 모습은 이 참사의 실제 상황과도 그리 다르지 않았다고 합니다. 이 영화는 잭과 로즈를 내세워 이야기를 이끌고 있지만, 디테일한 상황은 그때의 사건 기록을 참고로 시나리오가 작성되었습니다.

난파선에서 겨우 살아난 사람들이 구조를 기다리고 있습니다. 얼음 바다 위에서 추위를 견디며 로즈가 난파된 선반의 조각에 타고 있고 잭은 그녀를 살리기 위해 올라타지 못합니다. 사랑하는 사람을 구하기 위해 목숨을 버리는 선택을 합니다. 연인의 희생으로 살아난 그녀가 타이타닉을 회상하면서 한 말, "그 사람은 내 기억 속에서 유일한 존재이다"는 치유될 수 없을 것 같았던 상처를 치료하는 말입니다. 그녀에겐 '그' 존재가 있어서 우울한 생을 살다가 의미 없이 사라지지 않았던 것입니다. 여기저기 빙산이 있고 불타는 선박에서 사람들이 겨우겨우 탈출을 하고 있습니다. 잭은 구명정에 매달려 있고, 로즈는 추위에 온몸이 마비될 지경이지요. 마지막 순간에 두 사람은 대화를 나눕니다.

"로즈, 잘 들어요. 당신은 꼭 미국에 갈 수 있어요. 살아야 해요. 꼭 살아남아요. 당신만은 꼭 살아남아야 합니다. 당신은 애도 줄줄이 낳고,

훌륭한 인재로 키우고, 손자 손녀도 보고, 침대에서 편안히 늙어 죽어야 되요. 여긴 아니에요. 이곳에서 죽을 순 없어. 내 말 알아들어요?"

"잭 내 몸에 감각이 사라지고 있어요."

"내가 승선권을 딴 건, 로즈. 내 인생에서 가장 멋진 일이에요. 표 한 장 때문에 당신과 만났으니까요. 그리고 로즈 당신 정말 고마운 사람이야. 당신은 꼭 살아남아서, 나를 명예롭게 해줘요. 꼭 살아남겠다고 나에게 약속해요, 어서. 지금 나에게 약속해 줘요, 로즈."

"약속할게요."

2

　　　　아마 많은 관객이 이 장면을 기억하고 있을 겁니다. 타이타닉을 보면 '세월호' 생각을 하게 됩니다. 백번 양보해서 세월호와 관련된 일들을 용서한다고 해도 절대 잊을 수 없는 참사였습니다. 실제 타이타닉호와 세월호에는 로즈와 잭 같은 러브 스토리는 없었을 겁니다. 시나리오가 만들어낸 상상력이지요.

운명적으로 맞이해야 하는 참사를 배경으로 인간의 사랑을 부각한 영화이기도 하지요. 그 장면에서 우리는 감동을 합니다. 영화는 타이타닉이라는 거대한 선박의 참사를 보여주면서 동시에 두 남녀의 사랑을 통해 희망의 메시지, 우리가 살아가야 하는 이유를 진지하게 보여주고 있습니다. 하지만 세월호를 배경으로 러브 스토리를 만들어 낼 수 있을까.

얼마나 시간이 지나야 가능한 일일까?

저는 언젠가 이 상처 자리가 조금이라도 아물면 좋은 영화가 나와야 된다고 생각합니다. 분노의 자리에 용서의 꽃을 심어야 하니까요. 절대 용서할 수 없다고 잊지 못한다고 분노하는 마음과 더불어 그 가여운 영혼을 위한 진혼곡은 살아남은 우리가 불러야 할 지상의 노래입니다. 안타깝게도 각박하게 돌아가는 우리 사회의 시스템 속에서 세월호 참사가 벌써 희미하게 지워지고 있는 느낌이 듭니다.

이 참사 이후에 신문의 일면을 장식하는 대형사고가 여기저기에서 터지고 있고, 한쪽에서는 세월호 이야기를 하면서 그만 좀 했으면 좋겠다고 짜증을 내는 사람들도 있더군요. 타이타닉호가 당대의 사회상을 그대로 보여주었다면, 드라마로 만들기 힘든 세월호 참사는 그 자체로 현재 우리 사회의 한 단면을 가장 적나라하게 보여주었습니다. 이 참사는 우리 사회가 지니고 있는 모든 문제점을 단 한 순간에 보여주었습니다. 그리고 살아남은 가족들이 온전하게 그 고통의 짐을 지고 겨우 버티고 있습니다. 살아남은 자의 슬픔은 그 깊이를 가늠하기 힘들 지경입니다. 그것이 가슴 아픈 일입니다.

우리는 우리의 양심과 도덕이 쓰러진 그 자리에서 다시 시작해야 될 겁니다. 거기에서 살아남은 사람과, 가족들의 아픔도 우리 아픔으로 품어야 됩니다. 실제로 이런 극한 상황에서 살아난 많은 사람이 고통받고 살다가 결국에는 자살을 하는 경우도 있습니다.

유대인 시인 파울 첼란은 아우슈비츠에서 극적으로 살아남았지만, 평생 그 고통을 떨치지 못하고 견디다가 수십 년이 지난 후에 자살을 합니 다. 이러한 종류의 트라우마는 어떠한 외상보다도 오래 남은 상처입니다. 그 상처가 덧나고 곪아 병든 영혼이 되면 뭘 해도 설령, 겉으로는 성공적인 삶을 살더라도 언젠가는 그 사람을 무너지게 하는 무서운 바이러스입니다. 마치 슬로바이러스처럼 오랜 세월 몸에 잠복하고 있다가 증상이 나타나는 질병과 같은 것이지요. 오래전에 사라져 버린 것들이 다시 살아나는 순간이 있습니다. 세월호는 그런 우리 사회의 아픔입니다. 이 아픔이 사라질 수 있는 것일까? 사라져 버린 것은 다시 현실이 되어 나타난다는 괴테의 시 한 구절을 참사의 바다에서 읽었습니다.

> 나는 전율에 사로잡혀 눈물에 눈물을 흘리며
> 굳었던 마음은 스스로 풀어져 부드러움을 느끼나니.
> 내가 소유한 것은 멀리 있는 것처럼 보이고
> 사라져버린 것은 다시 현실이 되어 나타나는구나 .

3

타이타닉 참사의 원인에 대해서 지금까지 연구하는 사람들이 있습니다. 타이타닉과 관련된 글을 찾아 읽다가 이런 편지를 발견했습니다.

4월 15일 새벽 1시경, 우리는 우리 배에서 6마일 정도 떨어진 곳에서 배 한 척이 있는 것을 발견했습니다. 그 배에서 신호탄이 발사되는 것을 보았을 때, 우리는 그것이 우리 배를 저지하려는 연안경비대의 경고라고 생각했습니다. 그래서 우리는 가능한 빠른 속도로 그 자리를 벗어났습니다.

우리 배에는 무선 연락을 할 수 있는 장비가 없었으므로 타이타닉호에서 보내오는 SOS를 수신할 수가 없었습니다. 오슬로 도착해서야 우리는 타이타닉호가 좌초되었다는 소식을 접할 수 있었습니다. 타이타닉호에 그렇게 가까이 있었던 선박이 바로 우리의 선박이었음을 깨달았을 때, 저와 선원들은 모두 할 말을 잃고 고개를 숙였습니다.

이 편지는 불법으로 바다표범을 사냥하던 원양어선 선장인 구나르 라손이 캘리포니안호의 로드 선장에게 보낸 것입니다. 로드 선장은 타이타닉호 사고 현장에 가까이 있었으면서도 구조를 하지 않는 혐의를 받고 있었습니다. 타이타닉호 선원과 승객들이 그 날 자신들 가까이 지나간 배를 캘리포니안호라고 증언했기 때문입니다.

로드 선장이 타이타닉호에 도착한 것은 배가 완전히 가라앉은 후 3시간 후였습니다. 이미 1시간 30분 전에 달려온 카파시아호가 711명의 생존자를 구한 다음이었습니다. 그래서 타이타닉호 승객들의 죽음에 공동 책임이 있다는 혐의를 받는 로드 선장은 오랜 법정 공방을 하게 됩니다. 그는 법정에서 증거 불충분으로 무죄 판결을 받고, 석방되었지만 자신에게 쏟아지는 사람들의 암묵적인 비난에 극심한 심적인 고통을 겪어야만 했습니다. 정작 타이타닉호 사고 현장을 빠르게 지나쳤던 라손 선장이 뒤늦게 볼티모어에 있는 법무 공증인이 이 편지를 보냈습니다. 그는 자신의 불법행위가 발각될 것이 두려워 진실을 밝힐 수가 없었던 겁니다. 하지만 이제 죽음을 앞두고 그는 진실을 밝히고 있습니다. 그의 법무 공증인은 참담한 표정으로 로드 선장에게 편지의 마지막 부분을 읽어주고 그를 위로해 주었습니다.

> 로드 선장님, 이제 저는 여기 법무 공증인을 통해 공식적인 진술을 하려고 합니다. 당신과 당신의 캘리포니안호가 제가 죽은 다음에 이 편지를 증거로 완전히 명예회복을 하실 수 있기를 바라기 때문입니다
>
> — 구나르 라손 선장 올림

이 편지를 보니 어떤 기분이 드시는지요. 라손 선장은 자기의 죽음을 앞두고 유서와 같은 서한을 통하여 긴 세월 감추어 놓았던 진실을 밝히고 있습니다. 이 편지로 미루어 보여 타이타닉 참사 이후의 그의 생도 참 힘들었겠지요. 법정에 섰던 로드 선장은 당대 가장 뛰어난 선장 중한 명으로 평가받는 사람입니다. 여러 가지 정황과 과학자들의 타이타닉 사고 분석 결과 그는 무죄입니다. 더불어 타이타닉호의 참사 원인은 최근에 한 연구자의 오랜 연구 결과 기상의 변화로 인한 바다의 신기루

현상 때문이었다고 합니다.

즉, 바다 위의 신기루 현상 때문에 타이타닉호는 암초와 같은 빙산을 피할 수 없어 배가 두 동강 납니다. 그땐 하늘의 별이 엄청나게 밝게 빛나고 있었습니다. 이 사실을 밝히는 다큐멘터리를 보는데, 타이타닉호의 침몰은 천재시변에 의한 참사라고 결론을 내리고 있었습니다. 더불어 타이타닉호에 탑승한 선장을 비롯한 승무원들과 마지막까지 남아서 연주를 했던 현악단원들의 모습도 처연하게 떠오릅니다. 이것은 재앙에 무너지는 인간의 모습이면서, 동시에 감당할 수 없는 재앙에 맞서는 인간의 태도이기도 하지요. 적어도 그들은 자신의 임무와 인간의 모습을 끝까지 지키고 있었습니다. 구조작업 역시 거의 완벽하게 이루어졌습니다.

타이타닉을 쓰려고 하니 유독 그 날 하늘에 떠 있던 별들이 생각나고, 2014년 4월 세월호 참사를 떠올리지 않을 수가 없군요. 우리의 고통은 세월호 참사가 타이타닉과는 비교할 수가 없는 인재로 말미암아 일어난 사고이고, 선장을 비롯한 일부 무책임한 선원들이 직무유기의 끝자락을 보여주는 인간의 추악한 얼굴이라는 데 있습니다. 아, 도대체 어떤 문장을 이어야 할지 분노가 차 오르기만 합니다. 더불어 저것이 인간인가? 인간이란 저런 것이냐는 비탄에 찬 한숨만 쉬고 있습니다.

만약에 우리들이 타이타닉과 같이 구조했더라면 세월호에 탄 승객들은 단 한 명도 놓치지 않았을 겁니다. 대낮에 비교적 육지와 가까운 근해에서 어, 어 하면서 사람이 죽어가는 것을 구경만 한 우리 모두가 유죄입니다. 그래요, 한 백 년이 지나면 누군가 이런 편지를 보낼 수 있을까요. 왜 세월호가 그리되었는지 누군가 죽기 직전에 고백할 수 있을까요? 자꾸 세월호 생각이 나서, 그 자리에서 사라진 사람들의 절규소리가 들려와서 마음이 불편함을 참고 영화《타이타닉》을 봅니다. 유가족들의 아픔을 생각하면서 노트에 적어 놓은 한 마디는 이것입니다.

"그 사람은 내 기억 속의 유일한 존재입니다."

사랑이 사람을 구원한다는 오래된 진리가 증명되는 날이 오기를 간절히 바랍니다.

Sequence

2

한번도 사랑해 본 적이 없는 것보다
사랑해 보고 잃는 것이 차라리 낫다

사랑이
볼 수 있는 것들

매디슨 카운티의 다리 The Bridges Of Madison County, 1995

"애매함으로 둘러쌓인 이 우주에서
이렇게 확실한 감정은 일생에 단 한번 오는거요."

1

우리 동네에는 오랫동안 임대되지 않은 허름한 가게
가 있었습니다. 어느 날 세련된 외모의 중년 부인이 찾아와 임대 계약을
하더니, 다음 날부터 인테리어 공사가 시작되었습니다. 오랫동안 방치
되어 흉물이 되어버린 상점의 간판이 떼어지고, 나무와 철재로 간판 자
리가 멋지게 꾸며졌습니다. 작은 발코니와 화단이 생기고, 예쁜색의 페
인트가 입혀지는 모습을 사무실을 오가면서 보았습니다. 그렇게 일주일
이주일이 지나자 점점 호기심이 일었습니다. 과연 저 흉물스러웠던 공
간이 어떻게 탈바꿈할까?
한 달이 지나자 황무지 같았던 공간이 봄날 산수유가 피어난 정원처

럼 바뀌었습니다. 상점은 인테리어 소품과 옷들이 진열되어 있었는데,
쇼윈도를 통하여 가만히 들여다보니, 세상에서 제일 예쁜 것들은 모두
가져다 놓은 듯한 느낌이 들었지요. 형형색색의 여성복과 가방, 작은 의
자와 촛대를 비롯한 소품들, 그리고 그림처럼 서성거리는 손님과 주인.
저는 그 아름다운 공간을 보고 우두커니 서서 이렇게 중얼거렸습니다.

"우리도 가까운 사람들에게 추억의 공간을 내어주었으면 좋겠다."

간혹 영화를 보면서 그런 느낌을 받을 때가 있습니다. 어쩌다 폐허가
된 마음자리를 리모델링하는 효과가 있지요. 영화의 장인들이 추억의
자재들을 사용해 익숙한 솜씨로 인테리어하는 공간이 되기도 합니다.
내 인생도 이런 훌륭한 소품들이 있었는데, 어두운 기억의 창고에 처박
혀 있었다며 새삼스럽게 자신의 존재감을 느끼기도 합니다. 드디어 세
상은 참 아름다운 곳이라면서 만족하게 되기도 하지요.

영화를 본다는 것은 한 인생을 살아내는 효과가 있지요. 특히 사랑과

관련된 필름들은 관객들에게 투사되어 어둠 속에 촛불을 켜는 사람처럼, 자신의 추억 하나에 불을 댕기기도 합니다. '그래 나도 저런 적이 있었지.' 라며 동의하기도 하고 말이지요.

오늘 말하고 싶은 영화는 불륜 영화입니다. 초반의 전개부터 마음이 조금은 불편해지기도 한데요. 돌아가신 어머니의 유품을 정리하다가 발견한 노트의 내용이 충격적입니다. 자식의 입장에서는 부모님의 성생활과 사랑에 대해서 터부시하는 마음이 있지요. 특히 어머니는 오로지 우리를 위해서 존재하는 성모 마리아와 같은 분이라는 생각을 하곤 합니다.

한평생 가정주부로 남편과 자식을 부양한 어머니가 유품을 통해 하는 불륜 고백. 어머니의 가슴에 남아 있는 것이 남편과 자식이 아니라 낯선 남자라는 것은 아무리 성인이 되어도 쉽게 받아들일 수가 없습니다. 이런 마음은 처지를 바꾸어 놓고 생각하면 금방 느낄 수 있지요. 내 어머니의 유품에서 다른 남자를 사랑했고, 평생 그를 그리워하면서 살았다는 고백록을 발견했다고 생각해 보세요. 잠시…….

2

잠시 생각하셨습니까? 어떠신가요? 기분이 참 묘하지요. 저는 정말 상상이 가지 않습니다. 어머니의 얼굴을 떠올리면 민망하기까지 하고 불효자식이 된 것 같아 죄송스럽기까지 합니다. 하여간 중년의 가정주부와 멋진 사진작가가 우연히 만나 서로에게 호감을 느끼고, 화끈하게 뜨거운 정사를 나눕니다. 그리고 낯선 남자와 가정 사이에서 갈등하는 모든 순간이 어머니의 사랑이라는 이름으로 유품상자에 담겨 있습니다. 여기에 포인트가 있습니다.

이 고백이 어머니의 유품이라는 것. 그리고 그것이 글로 남았다는 것입니다. 예를 들어 어머니와 그 남자가 침대에 함께 있는 모습을 사진으로 찍어 남겼다면 어떨까요? 에이, 그건 아닙니다. 하지만 문자는 사람이 다루는 아주 작은 도구입니다. 망치나 도끼에 비교한다면 그것은 아무런 힘도 없어 보입니다. 한글의 자음 모음은 아무런 폭력도 행사할 수 없는 글자일 뿐이지요. 하지만 자음과 모음이 모여 한 글자가 되고, 글자가 모여 단어가 되고, 다시 단어가 모여 문장이 되면 강력한 힘을 발휘합니다.

우리가 읽고 있는 모든 텍스트는 경우에 따라 우리의 몸과 마음을 지배하는 절대 권력이 되기도 하지요. 금강경을 비롯한 세상의 경전들, 공산당 선언과 각종 이데올로기의 선언문들, 김소월을 비롯한 시인들의 시와 문예 작품들은 애초에 글자라는 단순한 조각에서 시작되었습니다. 그 자체로는 별로 의미와 힘이 없는 것들이지요.

그녀는 조각난 파편과 같은 기억들을 퍼즐 조각처럼 모아서 위대한 사랑의 형상을 보여주고 있습니다. 우리의 가슴에 어둠으로 남아있던 구석을 밝혀주는 별빛과 같은 것들입니다.

한편 성인이 되어 가정을 꾸리고 사는 그녀의 자녀들은 이혼을 생각하기도 하고, 원만하지 못한 가정생활에 고통스러워하고 있었지요. 하지만 처음 어머니의 불륜 고백에 당황하며 불쾌해 하던 아들과 딸이 이야기를 다 듣고 나서는 저마다 마음의 상처가 치유되는 경험을 하게 됩니다. 아들은 이혼 직전에 있는 아내에게 달려가 포옹하고 다시 살아갈 용기를 내게 되고, 딸은 타인을 이해하는 인생의 폭이 넓어지게 됩니다.

한 번 주어진 사랑과 삶이 얼마나 소중한 것인지, 어머니가 포기한 인생이 얼마나 가치가 있는 것인지 자녀가 아닌 '사람'으로 깨달았기 때문입니다. 부모의 훈계나 성인군자들의 명언들로는 채울 수 없는 것이 우리 일상의 고통입니다. 하지만 나와 비슷한 인생을 살았고, 나와 가장 가까운 여자의 고백은 날아온 화살처럼 마음의 정중앙을 관통하지요. 빙고, 그렇습니다. 사랑은 소중한 것입니다. 그것은 일생을 두고 지켜야 할 가치이고 삶의 이유이기도 합니다. 그 사랑을 나무에 옹이처럼 박힌 도덕의 잣대로 재단해서 함부로 다룰 수는 없는 일이지요.

영화의 주인공은 가정주부 프렌체스카 존슨과 사진작가 로버트 킨케이드입니다. 남편과 아이들은 박람회 관람을 위해 다른 지방으로 떠났습니다. 두 사람은 짧은 사랑을 나누고, 로버트는 프란체스카에게 함께 떠나기를 권유하지요. 로버트의 명대사입니다.

> 할 이야기가 있소. 한 가지만……. 다시는 이야기하지 않을 거요. 누구에게도. 그리고 당신이 기억해줬으면 좋겠소. 애매함으로 둘러싸인 이 우주에서 이렇게 확실한 감정은 일생에 단 한 번 오는 거요. 몇 번을 다시 살더라도 다시는 오지 않을 거요.

　곰곰이 생각해보면, 이 말의 힘은 우리가 살아가는 이유이기도 합니
다. 일생에 단 한 번 온다는 말, 그 말에 그녀는 갈등하지만, 결국 눈물로
로버트를 떠나보내는데요. 이것이 이들에게는 마지막이 되는 겁니다.

　결국, 이 한 마디를 유언처럼 남기고 두 사람은 생명이 다할 때까지
서로가 사랑하는 감정의 끈을 잡아당기고 있었습니다. 비록 헤어져 지
내지만 그 긴장감이 서로의 생을 버티게 하는 버팀목이 되는 거지요. 그
들은 자신의 선택을 후회하지 않았습니다.

　로버트 프로스트의 시에서도 나오지만, 우리는 숲 속으로 난 두 갈래
의 길에서 선택해야 하는 순간이 있습니다. 한순간의 선택이 평생의 운
명을 좌우하는 일은 지당한 일이지요. 그 시를 읽어 보겠습니다.

가지 않은 길

로버트 프로스트

노란 숲 속에 두 개의 길이 갈라져 있었다.
그리고 유감스럽게도 나는 두 개의 길을 갈 수 없었기에
그리고 하나의 여행자가 되어, 오랫동안 서 있었고
그리고 한 개의 길을 내가 할 수 있는 한 내려다보았다
그 길이 덤불 속에서 구부러진 곳까지
그리고 나는 다른 길을 선택했다. 매우 공평하게
그리고 아마 더 나은 주장일 거라고 여기고,
왜냐하면 그 길은 풀이 우거졌고 밟히길 원했기에
비록 거기를 지나게 되면
실제로 똑같이 밟혀 닳아질 것들임에도 불구하고,
그리고 그날 아침 두 개의 길은 똑같이 있었다.
까맣게 밟은 발자국 없이 잎들이 쌓인 채로
아, 나는 다른 날을 위해 첫 번째 길을 남겨두었노라!
여전히 어떻게 길이 길로 이끄는지 알면서도
나는 진정 돌아와야 하는 것은 아닌지 의심스러웠다.
나는 한숨을 쉬며 이렇게 말하고 있을 것이다
어딘가에서 나이를 많이 먹은 후에
숲 속에 두 개의 길이 갈라져 있었다. 그리고 나는
나는 덜 다닌 한 개의 길을 선택했고
그리고 그것은 모든 것을 달라지게 했노라고.

3

인생은 선택입니다. 순간의 선택이 모든 것을 달라지게 하는 법이지요. 이들은 사랑과 그리움의 두 갈래 길에서 그리움의 길을 선택합니다. 그리고 그 순간에 이들의 사랑은 도덕적으로 면책을 받게 됩니다. 이런 열정과 순수한 사랑의 길을 선택한다고 누가 돌을 던질 수 있을까요. 저는 던질 수 없을 것 같습니다. 40대와 50대의 남녀가 운명처럼 만난 사랑은 이 세상을 살면서 흔한 일이 아니기 때문입니다. 단한 번의 사랑이라고나 할까, 그런 사랑을 못 해보고 쓸쓸하게 살아가는 사람이 예나 지금이나 대부분이기 때문이지요. 법적으로 이혼하고 가족관계를 정리하면 그만입니다. 주위에 그런 사람들이 있기도 하지요. 하지만 프렌치스카는 가족을 선택합니다.

프란체스카는 미소를 지으면서 박람회에서 돌아오는 가족들을 맞이하지요. 이 영화의 진면목은 여기에서부터 나타납니다. 계속해서 갈등하던 그녀는 어느 날 우산도 없이 가혹하게 쏟아지는 비를 맞으며 서 있는 로버트를 발견합니다. 로버트의 차는 남편의 차 바로 앞에서 사거리 교차로의 신호를 기다리고 있습니다. 붉은색의 정지신호를 바라보면서 남편은 앞에 있는 차량이 외지에서 온 것임을 압니다. 아내는 공황장애에 걸린 것처럼 불안해합니다. 신호등이 푸른 신호로 바뀌어도 차는 움직이지 않습니다. 그녀는 남편 차 문의 손잡이를 잡으면서 갈등합니다.

장대 같은 빗줄기는 세차게 지상으로 내리꽂히고 로버트의 차는 움직이지 않습니다. 남편의 클랙슨 소리에도 꿈쩍하지 않던 로버트의

차…… . 그가 차에서 내리고, 남편의 차의 문을 벌컥 열어 그녀를 손을
잡고 떠나야 할까요. 이것은 미숙한 사랑의 모습이지요. 이것은 젊은이
들의 사랑입니다. 아니지요, 그래도 좋습니다. 그런들 한 번 사는 인생
뭐 그리 큰 잘못일까요.

사이먼 앤 가펑클의 영화음악으로 더 유명한 영화 《졸업》에서 연인의
결혼식장에 뛰어들어가 손을 잡고 뛰어나가는 젊은이의 혈기이고 열정이
지요. 하지만 로버트와 프렌체스카는 성숙한 사람들입니다. 남자는 그녀
를 기다리며 여자의 결정을 존중합니다. 그의 차가 좌회전 깜빡이를 켜
면서 도로에서 사라지는 순간, 이제 그들의 사랑은 빗방울이 되어 지상
에 떨어지기 시작합니다. 연인을 떠나보내는 그녀의 눈물처럼 말입니다.

우리는 인생의 어떤 순간에 전율을 느끼곤 합니다. 불화살이 날아와
심장에 박힌 것처럼 고통스러우면서 영원히 있을 수 없는 추억을 화인
처럼 남기기도 하지요. 이 영화는 그런 깊은 생각에 빠지게 하고, 그것
을 우리는 '공감'이라는 말로 표현하지요. 하지만 우리의 현실은 그녀가
로버트를 떠나보내고 난 후의 일들로 연속합니다.

그녀는 사랑과 열정을 일기로 적어 종이 상자에 넣어두고 남편과 아이들 곁에 남았습니다. 그런데요, 곁에 있는 사람이 그것을 모를까요. 그녀의 남편 역시 부인인 그녀를 지극히 사랑한 사람이었습니다. 어쩌면 부인의 모든 것을 알고 있는지도 모르지요. 아니 적어도 짐작은 했을 겁니다. 매일 한이불 덮고 자는 사람이, 그것도 부인을 향한 애정이 있는 남자가 아무리 무감각해도 저절로 아는 것들이 있는 법이지요.

두 부부는 같이 늙어 갑니다. 시간은 흘러갑니다. 아이들은 장성해서 다 가정을 이루었고, 늙은 남편이 병상에 누워 늙은 부인에게 말 하지요. 이제 그는 임종을 마주하고 있습니다. 그는 드디어 말합니다.

"당신에게 꿈이 있었다는 걸 알아."

고양이의 눈빛을 가진 프렌체스카는 소처럼 든든한 남편의 곁에 누워서 미소를 짓지요. 두 사람의 얼굴 위로 환한 빛이 쏟아집니다. 서로에게 연민을 느끼는 늙은 부부. 이들의 일상적인 애정이 우리들의 진짜 모습이 아닐까요. 서로 부족한 것이 있어도 조금 양보하고, 내가 하고 싶은 것도 조금 참고 가는 거지요.

하고 싶은 거 하는 사람들은 주로 예술가들입니다. 로버트 역시 사진 작가라는 예술가의 모습을 가지고 있습니다. 예술가들의 광기는 사랑에서도 양보가 없지요. 하지만 그녀는 화끈한 이탈리아 여자이면서 동시에 미국 농촌의 중산층 부인으로서의 기품을 잃어버리지 않았습니다. 남편은 아마도, 그것이 고마웠을 겁니다. 그리고 그 모습을 진정으로 사랑하지 않았을까. 남편 역시 부인이 누군가를 그리워하며 내 쉬는 한숨 소리를 들으면서 속으로 울지 않았을까? 그녀에게 나는 무엇인가? 라는 생각을 하기도 했을 겁니다. 내가 과연 남편이고 아빠일 뿐인가? 그렇습니다. 그것의 가치는 사랑의 열정과 비교하는 대상이 아니라 그 자체로 이미 절대적인 것이지요. 누구의 사랑이 더 아름답다고 할 수 없지요. 공주의 사랑이나 하녀의 사랑이 저울질 될 수 없는 겁니다.

이젠 모두가 떠나갔습니다. 로버트도 프렌체스카도 그녀의 남편도 모두 떠났습니다. 남아 있는 자식들이 어머니의 유품을 품에 안을 수 있게 되었습니다. 어머니의 고백을 통해 이들은 비로소 사랑을 이해하고 성숙해집니다. 그들에게 로버트 킨케이드, 어머니의 연인이라는 사진작가의 유품이 도착합니다. 매디슨 카운티 마을의 다리와 내셔널 지오그래피 한 권. 프렌체스카는 아이들에게 부탁합니다. 살아서 후회 없이 가족들을 사랑했으니 죽어서는 그의 곁으로 돌아가고 싶다고 말입니다. 그에게 보내달라고 부탁하지요. 이것이 이 영화의 절정인데요.

당신이라면 어떤 선택을 하시겠습니까? 죽어서도 우리 집안의 귀신이 되어야 한다고, 아버지 곁으로 보내시겠습니까? 아니면 엄마의 '그'에게 보내시겠습니까? 그녀의 자식들은 어머니를 로버트의 곁으로 보내줍니다. 드디어 어머니이면서 동시에 한 사람의 사랑을 인정하는 장면인데요. 두 사람은 수십 년의 세월을 기다려 한 줌의 재가 되어 창공에서 만납니다. 오늘도 밤하늘에는 별들이 참 많이도 빛나는군요. 새삼스럽게 달과 별을 우두커니 바라보면서 이 세상에 수도 없이 지고 피는 연인들의 간절한 마음을 헤아려 봅니다. 지난 시절 어느 여인에게 별을 보면서 그런 말을 했던 생각이 나는군요.

당신이 별을 보고 있으면 내가 별을 보고 있을 거다.

그럼 우린 서로 보고 있는 거다.

건강하게, 아프지 말고 잘 지내라.

이 영화는 베스트셀러 소설을 각색한 작품입니다. 이 소설과 더불어 헝가리 망명 작가 산도르 미라이의《열정》과 독일 작가 한스 에히리 노작의《늦어도 11월에는》이란 작품을 같이 읽어 보시길 권합니다. 사랑의 소설 중에서 최고의 작품이라는 평가를 받았습니다. 영화와는 또 다른 공감과 소통의 길이 열립니다.

마음이 움직인 곳에
사랑이 있습니다

사랑과 영혼 Ghost, 1990

"마음속에 사랑이란 놀라운 거야,
몰리, 또 만나."

1

이 영화는 놀라운 영화로 기억됩니다. 시작부터 주인공이 총에 맞고 벌떡 일어나 자신을 쏜 강도를 쫓아가는 모습에서부터 우리는 당황하는데요. 길거리에서 급사하는 순간 몸과 영혼이 분리되어서도 사랑하는 여자를 떠나지 못하는 영혼의 모습이 실물로 보였기 때문입니다. 주인공은 총에 맞아 죽은 자신의 몸을 우두커니 바라봅니다. 아마 관객들이 그때부터 놀라기 시작했을 겁니다.

《사랑과 영혼》의 영어 제목이 《고스트》인데요. 귀신이나 영혼으로 번역할 수 있겠지요. 주인공이 영혼으로 사랑하는 여자와 마주하고, 빛으로 가득한 천상으로 올라가면서 연인에게 남긴 엔딩 크레딧은 우리가 잃어버린 마음입니다. 지금도 이 영화를 보면, 보이지 않는 영혼에 대한 놀라운 장면들이 떠오릅니다.

우리 전통문화에는 사람이 죽으면 49일 동안 지상을 떠돌다가 하늘로 올라간다는 믿음이 있습니다. 구천을 떠도는 고인을 위해 사십구재라는 의식을 치르고, 죽은 자를 지상에서 영원으로 올려보내기도 하지요. 그 것은 눈에 보이지 않는 존재에 대해 살아남은 자들의 애도 기간이기도 했습니다. 인간의 몸과 영혼에 관한 이야기는 고대로부터 지금까지 문학의 주류를 이루고 있습니다. 단테의 신곡에서부터 이어지는 이 문학적 전통이 20세기 영화를 만나 아름다운 결정체로 다시 태어났습니다. 처음엔, 솔직히 고백하면, 말도 안 되는 이야기를 제법 그럴싸하게 만들어낸 힐리우드 영화, 대중적으로 성공하기 위해 사탕발림을 한 영화 정도로 생각했습니다. 이유는 간단합니다. 아이러니하게도 영화가 매우 좋았기 때문입니다.

영화의 주제곡에서부터 남녀 배우의 모습까지 뭔가 심각한 것이 없고, 너무 쉽게 감동을 주기 때문에, 이거 좀 이상한데, 뭔가 괴로운 것이 있어야 하는 거 아니야, 라고 시건방진 생각을 하기도 했지만, 그 감동에서 빠져 나오는데 꽤 오랜 시간이 걸렸습니다. 어제 다시 이 영화를 감상하고 이런 생각을 했습니다. 이제부터는 저런 식으로 이야기를 써야겠다!

이 말은 제가 이 영화를 따라 하겠다는 말이 아닙니다. 독자에게 어떤 글이 필요한지, 독자가 원하는 것은 무엇인지 이 영화는 잘 보여주었고, 영혼이 된 주인공이 남긴 엔딩 크레딧의 평범한 워딩이 너무나 간절했기 때문이지요. "마음속의 사랑은 놀라운 거야." 그래요. 머릿속에 있는 생각과 마음속에 있는 영혼이 한 몸에서 움직이는 것이 삶입니다. 그런데 언제부터인가 우리는 마음의 방문을 걸어 잠그고, 들여다보지도 않고 있습니다. 이제부터 이 놀라운 영화에 대해서 제가 침착하게 이야기할 차례입니다.

2

샘이 도자기를 빚는 연인 몰리에게 다가가 뒤에서 안고, 두 사람은 한 몸이 됩니다. 마치 진흙 덩어리가 아름다운 도자기 모양으로 변하는 모습이지요. 이 장면에서 흐르는 노래 언체인드 멜로디가 인상적이지요. 두 사람이 도예작품을 만들다가 사랑을 하는 시퀀스는 매우 인상적입니다.

사랑이 결혼으로 이어지고 아이를 낳고, 검은 머리 파뿌리가 되기를 우리는 원하지요. 하지만 이런 마음은 여러 가지 장애물에 의해 걸려 넘어집니다. 변심하기도 하고, 회사문제나 집안 문제로 연인들이 헤어지기도 합니다. 결별의 순간을 한두 번 경험하지 않은 사랑은 거의 없다고 봐도 될 겁니다.

연인들의 결별 중에 가장 가슴 아픈 것이 죽음입니다. 죽음은 그림자처럼 항상 곁에 있기 마련이지만, 인생의 화양연화, 가장 아름다운 시절에 연인이 사고로 죽어버린다면, 그때의 트라우마가 오래가기 마련이지

사랑과 영혼 Ghost, 1990

요. 드문 경우이긴 하지만 사랑을 잃고 평생을 고통으로 살다가 죽어버리는 인생도 있습니다.

뉴욕의 월 스트리트에서 젊은 금융가로 성공한 샘은 그녀와 연극《맥베드》를 보고 나오는 길에 골목길에서 몰리에게 청혼을 합니다. 샘의 청혼에 그녀는 사랑한다고 답하고, 샘은 언제나처럼 '동감'이라고 하지요. 그 결정적인 순간, 어둠 속에서 나타난 괴한 때문에 두 사람의 운명이 달라집니다. 샘은 자신이 죽었다는 사실을 깨닫고 도시의 영혼이 되어 여기 저기 돌아다닙니다.

살아서는 보지 못했던 영혼들의 세계가 도시에 존재하고 있었지요. 지상을 떠나지 못하는 억울한 영혼들의 모습은 지하철에서 만난 한 유령에게서 잘 나타나고 있습니다. 그는 갑자기 뒤에서 누군가 밀어버리는 바람에 지하철 사고로 죽은 유령입니다. 지하철을 기다리다가 억울하게 죽은 그는 항상 분노에 차 있습니다. 자신이 왜 죽어야 했는지, 누가 그런 짓을 했는지 알 길이 없습니다. 분노에 찬 유령은 사람들의 물건을 움직이는 능력이 있습니다. 샘은 지하철 유령에게 분노에서 터져 나오는 집중력을 통해 물건을 움직이는 방법을 배웁니다. 그 역시 분노에 찬 유령입니다.

샘은 자신을 잊지 못하고 괴로워하는 몰리의 곁을 맴돕니다. 그 와중에 만난 돌팔이 점성술사 오다매는 비록 사기전과가 있는 여인이지만 영적인 능력이 있어 샘의 말을 들어주게 되고, 서로 소통하는 관계가 됩니다. 오다매 역할을 하는 우피 골드버그의 익살스러운 연기와 행동이

볼만하지요. 오다매가 영혼을 볼 수 있다는 것은 그녀의 마음이 순수하다는 의미이기도 하지요.

샘은 자기의 죽음이 사고가 아니라, 친구 칼의 계획이었음을 알게 됩니다. 그는 회사의 거금을 횡령하기 위해 샘의 비밀번호가 필요했고, 그것을 알아내기 위해 괴한을 고용하는 바람에 이 모든 사건이 일어나게 된 것입니다. 사건의 전모를 알게 된 샘은 칼이 횡령한 돈을 오다매를 통해 인출하고, 수녀들에게 기부해 버립니다. 칼은 마피아와 거래를 하기 위해 자금을 준비한 것이었는데, 갑자기 은행 잔액이 비자 거의 반미치광이가 되어 몰리를 위협합니다. 샘은 몰리에게 이 사실을 전하고자 합니다.

돈이라는 악마에게 영혼을 팔아버린 칼은 사악한 영혼이었지요. 샘은 이 모든 과정을 영혼의 눈으로 바라봅니다. 사람들의 거짓과 위선의 모습들입니다. 하지만 귀신이 된 샘은 산 사람과 소통할 수가 없습니다. 모든 것을 알고 있지만, 불통의 벽이 있으니 더 고통스럽습니다.

그러나 영혼이 된 샘은 변하지 않은 몰리의 사랑을 봅니다. 그 사랑이 그에게 힘을 줍니다. 때론 죽어야 보이는 것이 있다는 말이 빈말이 아닙니다. 이 세상에서 단 한 명, 몰리만이 순수하게 그를 사랑한 겁니다. 오다매는 샘과 몰리를 이어주는 사랑의 오작교가 됩니다.

샘은 오다매를 통해 그녀가 처한 위험한 상황을 설명하지만, 그녀는 사기 전과가 있는 오다 매의 말을 믿지 못하지요. 궁지에 몰린 칼이 몰리를 인질 삼아 샘을 위협합니다. 이 위험한 상황으로부터 몰리를 지키려고 샘은 몰리에게 계속 이야기를 하지만, 죽은 샘이 자신에게 말을 한다는 사실을 믿을 수가 없지요.

오다매는 둘만이 알고 있는 여러 가지 일들을 이야기하고, 특히 5센트짜리 동전이 움직이는 모습을 보고 몰리는 샘의 영혼을 만나게 됩니다. 오다매의 몸으로 들어간 샘의 영혼은 잠시 그녀와 교감을 나눕니다.

3

　　샘을 죽인 칼과 괴한은 결국 비참하게 세상을 떠나고, 그들 역시 죽고 나서 자신의 몸을 바라보는 모습이 인상적입니다. 살면서 지은 죄 때문에 영혼이 악마에게 끌려가는 모습은 만화적인 영상이지만 당시로써는 최첨단 컴퓨터 그래픽이었습니다.

　당시 이 영화를 보았던 선배가 영혼이 벽을 통과하는 장면이나, 달리는 지하철에 뛰어드는 모습을 보고 감탄을 했던 기억이 나는데요. 격세지감을 느낍니다. 이제는 이 정도의 영상기법은 그저 평범한 것이 되었기 때문입니다. 하지만 이 영화는 전혀 낡은 기분이 들지 않았습니다. 영화의 기술적인 면과는 별개로 시대가 아무리 변해도, 아니 세월이 갈수록 더욱 빛나는 것은 영화가 우리에게 주는 감동과 메시지입니다. 그것이 빈티지 시네마입니다.

　어느 순간부터 몰리 역시 샘의 영혼을 느끼고 보게 됩니다. 그녀는 사랑한다고 말하는 샘에게 그가 그녀에게 했듯이 '동감'이라는, 둘 만의 암호 같은 말을 전해주면서 이별을 받아들입니다. 동감은 공감이기도 합니다. 우리는 그들의 사랑과 영혼에 '동감'이라는 말을 전합니다. 샘과 몰리는 영혼과 인간이지만, 죽음의 벽을 넘어선 사랑의 모습을 보여주면서 샘의 영혼이 찬란한 빛에 휩싸여 하늘로 올라가는데요. 이 순간부터 몰리 역시 애도의 기간을 끝내고, 건강하게 살아갈 수 있을 겁니다. 그녀의 눈물과 샘의 영혼이 그녀의 상처를 치유하고, 눈에는 보이지 않는 사랑과 영혼을 믿고, 아름다운 삶을 살아가겠지요

이 영화는 사필귀정, 권선징악이라는 도덕적인 틀 안에서 움직이고 있습니다. 통속적인 스토리지만, 현실과 밀접하게 관계하는 환상적인 내용이 영화의 완성도를 높이고 있습니다. 만약에 인간에게 죽음이 끝이라면, 삶 역시 새롭게 시작할 수 없을 겁니다. 죽음은 영혼을 통해서 새롭게 탄생하는 삶이기도 합니다. 죽음과 삶은 인간의 몸과 영혼으로 서로 연결되어 있고, 그것을 볼 수 있는 에너지는 사랑에서 나오는 거라고 영화는 샘의 영혼을 통해서 말하고 있습니다. 즉 한 사람의 죽음은 끝나서 사라지는 것이 아니라, 살아남은 사람들의 가슴과 가슴으로 전해지는 새로운 시작이라는 거지요.

결국, 세상은 착한 사람들이 살 만한 곳이라는 안도감이 우리에게 찾아옵니다. 비록 극장을 나서면 무서운 현실들이 곳곳에 도사리고 있어 삶이 때론 가혹하게 느껴지기도 하지만, 그러한 현실을 감싸고 있는 '사랑과 영혼'이 있다는 우리들의 믿음과 서로를 신뢰하는 공감대가 중요하지요. 이런 희망이 없다면 하루도 견디기 힘들 겁니다.

몰리를 연기한 데미 무어의 청순한 모습. 그녀의 헤어스타일과 의상은 당시 여성들에게 유행이었습니다. 청순했던 데미 무어의 모습은 이제 세월이 지나 새로운 영화에서 만날 수 없고, 그녀의 상대역인 패트릭 스웨이지는 이제 고인이 되었습니다. 57세라는 아까운 나이로 세상을 떠난 그는 정말 매력적인 배우였습니다. 이제 그의 영혼은 천상의 세계로 올라갔을 겁니다. 우리에게 이토록 아름다운 메시지를 전해 주었으니, 그것만으로도 당신은 좋은 삶을 살았습니다. 고맙습니다.

　이 영화의 메인 타이틀곡인 〈언체인드 멜로디Unchained Melody〉는 동명의 워너브러더스 영화의 주제가였습니다. 1955년도 작품으로 하이 자레트가 작사, 알렉스 노스가 작곡을 했습니다. 이 곡은 각각 서로 다른 뮤지션들로 구성된 두 버전의 음반으로 발매되어 대 히트를 했는데요. 1965년에 라이처스 브러더스가 다시 출시해 다시 한 번 베스트셀러가 되었고, 사랑과 영혼의 주제가로 불리면서, 속된 말로 대박을 쳐서 밀리언셀러가 된 명곡입니다. 사실 〈언체인드 러브〉는 없을 겁니다. 세상에 변하지 않는 사랑이 어디 있겠습니까. 하지만 그 사랑을 담은 멜로디는 가능할 겁니다. 만약에 이 곡의 제목을 '언체인드 러브'로 했다면 이런 반응을 얻을 수 없을 겁니다. 우리는 알고 있습니다. 세상의 그 어떤 사랑도 변한다는 것을……. 그래서 변하지 않은 영혼의 멜로디가 더 아름답게 우리들의 가슴을 적시는 것은 아닐까요.

세상에서 가장 아름다운
엔딩 크레딧

아무르 Amour, 2012

"열린 창으로 비둘기가 들어 왔다.
그전에 언젠가 들어왔을 때는 들어온 문으로 내보내 줬다.
그러나 두 번째는 비둘기를 잡았다. 비둘기를 잡는 것은 쉬웠다.
하지만 날려 보냈다."

1

그래, 언젠가는 나도 죽을 것이다. 어쩌면 내일일 수도 있고, 몇 분 후일 수도 있다. 그렇다면 나는 무엇인가? 지금 내가 가지고 있는 것들은 어떤 의미가 있을까? 뭐 저걸 가지려고 이토록 죽을 지경이 되도록 사는 것인가? 이런 생각을 하면서 남겨진 가족이나 물건들에 대해 생각을 합니다.

한 손으로는 노트를 펼치고, 나머지 한 손으로는 연필을 들고 천천히 뭔가를 적어 보기도 합니다. 예를 들어 결별이랄지, 고통이랄지, 혹은 행복이랄지. 노트에 적어 놓은 명대사가 울림이 있게 다가오기도 하지요.

저는 얼마 전에 공원에서 본 노부부의 뒷모습을 떠올립니다. 서재에

서 나와 가벼운 산책을 하는 길이었지요. 제 눈에 들어온 그 노부부의 모습. 그것은 야트막한 언덕을 보는 것 같은 느낌이었습니다. 그 언덕에 석양이 지고, 눈이 내리는 풍경이 연상되었습니다. 백발의 할아버지가 한손엔 지팡이를 잡고 다른 손으로는 할머니의 손을 잡고 있었습니다. 적당한 거리를 두고 보니 두 사람은 따로 떨어져 있었지만 마치 한 몸인 것처럼 보였습니다.

한시절 저분들도 높고 깊은 산과 같은 기세로 생을 사셨을 겁니다. 백두산과 설악산을 넘나들면서 꿈을 좇기도 했을 겁니다. 때론 거친 들판과 모진 비바람을 견디고 살아온 세월의 나이테는 얼굴에 주름으로 고스란히 남아 있지요. 한 걸음 한 걸음 어디론가 걸어가는 모습에 경건함마저 느껴집니다. 저런 걸음으로 천천히 걸어 피안의 세계로 갔으면 좋겠다. 나도 그랬으면 좋겠다.

노부부를 배경으로 공원 운동장에는 젊고 건강한 청년들이 축구를 하고 있었습니다. 산책길에 본 동네 공원의 풍경에 한 인생이 고스란히 담겨 있습니다. 축구장 옆에 있는 나무 의자에 앉아 그 모습을 바라보니 좋은 영화를 보고 있는 느낌도 들었습니다.

저는 지금 모든 것이 살아있어 아름답다는 것을 말하려는 것입니다. 노부부를 보고 마음이 묵직하게 움직이는데요. 오래된 한옥의 툇마루에 달팽이 한 마리가 천천히 기어가는 것 같기도 하지요. 제가 공원에서 본 노부부를 닮은 영화가 《아무르》입니다. 그것은 생의 끝자락에 선 노인들의 사랑, 죽음을 대하는 늙은 사람들의 이야기입니다.

우리가 사는 동안에는 경험할 수 없는 것이 있습니다. 그건 닥치기 전까지는 전혀 예상하고 싶지 않은 일인데, 죽음처럼 사랑하는 사람과의 결 별도 반드시 찾아옵니다. 그때 우리는 삶에 대해서 어떤 포즈를 취할 수 있을까요.

미하엘 하네케 감독의《아무르》는 바흐의 무반주 첼로 연주처럼 조용하지만, 묵직한 인생의 현으로 심금을 울리면서 우리에게 '삶과 죽음을 보여주고' 있습니다. 앙리 카르티에-브레송은 바흐의 〈무반주 첼로 조삭〉을 듣고나서 "이 곡은 죽기 직전에 춤을 추기 위한 음악이다"라고 했습니다. 이 영화와 어울리는 문장이군요. 영화를 보고 나서 그들의 음성과 대사보다는 배우들의 표정이나 행동들이 왜 이리 오래 가슴에 남는지 모르겠습니다. 유럽을 여행하다가 유명 박물관에서 그림을 보고 난 기분이었습니다. 먼 훗날, 나에게도 저런 날이 올 것이라는 예감이 드는군요. 하지만 내일이 항상 새롭지는 않을 것이라는 생각에 시달리는 요즘에 이런 자극은 신선하기도 했습니다. 더불어 사랑의 종말이랄까, 우리 생에 대한 진지한 성찰의 시간을 가질 수도 있군요.

2

"열린 창으로 비둘기가 들어 왔다. 그 전에 언젠가 들어왔을 때는 들어온 문으로 내보내 줬다. 그러나 두 번째는 비둘기를 잡았다. 비둘기를 잡는 것은 쉬웠다. 하지만 날려 보냈다."

이 대사는 영화의 주인공 조르주의 독백입니다. 마치 유언과도 같은 느낌이 듭니다. 노인인 그가 비둘기를 바라보는 모습을 통해 우리는 짐작할 수 있지요. 그에게 공동주택 거실 창을 통해 두 번 날아온 비둘기를 날려 보내는 마음과 품는 마음입니다.

처음엔 대수롭지 않게 날려 보내지만, 두 번째는 일단 품었다가 날려 보냅니다. 비둘기는 환한 빛과 더불어 천상의 존재처럼 여겨지는데요. 비둘기를 날려 보내는 감독의 마음이 관객에게 죽음에 저항할 수 없는 삶의 가련한 몸부림, 몸서리치게 퍼득거리는 날갯소리처럼 들립니다. 인생에 두 번 정도는 당신에게도 비둘기가 날아갑니다. 창문을 열 준비가 되셨는지요. 이 영화는 그런 창문을 내는 시간을 줍니다.

간혹 추상적인 어떤 것이 구체적으로 느껴질 때가 있습니다. 음악이 그러한데요. 연주자가 악기를 연주하는 순간 추상적인 음률들이 구체적인 어떤 것으로 다가옵니다. 애잔한 마음으로 감상에 젖기도 하고, 간혹 숭고한 정신적인 느낌을 받으면서 전율하기도 합니다. 그런 감동을 받으면 음악은 이제 허공을 떠다니는 음표가 아니라, 손으로 만질 수 있는 연인처럼 느껴지기도 하는데요. 이 영화에서 흐르는 음악들이 그런 역할을 합니다.

두 노인도 음악을 사랑하는 사람입니다. 그래서 영화의 도입부에 연주회장이 등장합니다. 안느와 조르주 부부가 피아노 연주를 감상하고 집으로 돌아옵니다. 안느의 제자이기도 한 피아니스트는 연주를 마치고 노부부를 찾아옵니다. 안느는 자신을 찾아온 제자 피아니스트에게 베토벤의 피아노 소품곡인 〈바가텔〉을 연주해달고 부탁하는 장면이 있는데요. 슈베르트 스페셜리스인 유명 피아니스트로 성장한 제자에게 옛 시

절 자신이 가르쳤던 연주를 부탁을 하는 안느의 모습은 분명 아름다웠던 시절을 반추하고 싶은 마음이지요. 이런 연주는 아주 구체적인 이야기를 담고 있습니다.

이런 이야기들이 스크린이라는 열린 창문을 통해 날아오는 비둘기처럼 보입니다. 음악이나 부부간의 애정, 혹은 사랑이라는 감정도 죽음 앞에서는 그저 열린 창문으로 날아가는 한 마리의 비둘기일 뿐입니다. 안락하게 노년을 보내고 있던 노부부에게 시련의 날들이 다가옵니다.

어느 날 갑자기 치매를 동반한 마비증세가 찾아온 안느를 보살피면서 조르주는 혼란스러워합니다. 자신이 감당하기에는 너무나 엄청난 일이지요. 아름다운 부인은 점점 병이 깊어가고, 어느 순간 그는 감당할 수 현실 앞에서 좌절합니다. 간병인을 비롯한 모든 사람은 그저 타인일 뿐이었습니다. 그래서 선택한 것이 잠든 부인을 베개로 눌러 안락사시키

고, 자신도 함께 생을 마감하는 극단적인 방법입니다.

　이 노부부의 죽음이 두 마리의 비둘기로 느껴지는데요. 이런 감정의 덩어리를 비둘기로 표현한 감독의 안목이 놀라울 따름입니다. 눈에는 보이지 않은 어떤 에너지가 형태도 없이 나를 옥죄어 옵니다. 공포, 연민, 슬픔……, 그리고 사랑. 이것은 인간을 움직이는 감정입니다. 감정이 없다면 인간은 우주에서 말 그대로 티끌과 같은 존재일 겁니다. 조르주는 늙고 병들어 버린 아내에게 연민의 감정을 느꼈을 겁니다. 한 시절을 함께 살아온 피앙세는 이제 늙고 추한 상태로 변해버렸지만, 그는 그런 아내의 곁에서 죽음의 자리를 스스로 마련하고, 그 자리를 꽃으로 아름답게 치장합니다. 꽃이 만발한 아내의 주검 옆에 모로 누워 있는 조르주의 모습은 인상적인 장면이지요.

3

       영화는 외로운 노인이 사랑하는 사람의 곁에서 생을 마감하도록 하고 있습니다. 그것은 사랑하는 사람을 대하는 다정다감한 마음이고, 인간적인 행위입니다. 짐승은 절대 제 죽음을 결정하지 않습니다. 자연스럽게 가는 거지요. 하지만 인간은 자연에 도전합니다. 자살은 이러한 행위입니다. 그는 죽음을 선택합니다. 그리고 둘만의 공간을 아무에게도 들키고 싶어 하지 않습니다. 침실의 문을 테이프로 봉인하는 장면은 이제 자신의 생도 봉인해 버리고, 연인과 함께 세상을 떠나는 것을 말해줍니다. 둘이 사랑을 나누었던 침실은 이제 그들의 못질을 한 관처럼 변해버렸습니다. 거기에 수를 놓은 꽃은 아름답고, 연인은 잠들었습니다. 노인이 눈을 감고 바라본 세상, 두 사람이 피안의 세상으로 떠나는 장면은 오랫동안 관객들의 가슴에 남아 있지요.

  이 세상에서 가장 아름다운 엔딩 크레딧, 이것은 사랑하는 사람에게 남기는 유언입니다. 하지만 현실에서는 유언을 듣기가 쉽지 않습니다. 죽음은 한밤중에 도둑처럼 다가와 슬그머니 사라지기 때문이지요.

  저 역시 아버지가 돌아가시는 모습을 곁에서 지키지 못했습니다. 어느 날 새벽 슬그머니 주무시다가 돌아가셨으니까요. 갑작스럽게 문자 메시지로 도착하는 선후배들의 죽음 앞에서도 무기력할 따름입니다. 하지만 영화는 다른 사람의 생을 통해 간절한 유언을 우리에게 남기고 있습니다. 관객들은 마치 관처럼 깜깜한 극장 안에서 한 노인이 사랑을 완성하고 떠나는 모습을 바라봅니다. 단순히 아름답다고만은 말할 수 없는 그 무엇이 영상에 남아 있습니다. 지금도 그 장면을 떠올리면 가슴 한쪽이 먹먹해 지면서 배우의 표정 연기가 온 세상을 바라보는 그의 눈빛이, 쭈글쭈글한 피부가, 숭고한 인간의 사랑을 대변하고 있기 때문입니다.

노인이 되지 않더라도 우리는 안타까운 연인의 죽음을 받아들여야 할 때가 있습니다. 우리 주위에는 청천벽력과 같은 일들이 9시 뉴스의 사건 사고 속에 숨어 있습니다. 이 영화를 보니 프랑스의 지성 앙드레 고르의 책《D에게 보내는 편지》가 자연스럽게 떠오릅니다. 앙드레 고르는 죽어가는 아내와 동반자살을 합니다. 두 사람이 침상에 나란히 누워 손을 잡고 '다른 세상'으로 가는 모습은 이 책의 마침표입니다.

그는 이렇게 말합니다.

세상은 텅 비었고, 나는 더 살지 않으려네.
우리는 둘 다.
한 사람이 죽고 나서 혼자 살아가는 일이 없기를.

사랑이
흔들릴 때

디센던트 The Descendants, 2011

"굿바이 엘리자베스……,
굿바이."

1

　　헐리우드의 스타 조지 클루니는 소띠입니다. 미합중
국 대통령인 버락 오바마 역시 소띠입니다. 저는 간혹 이들을 친구처럼
여기기도 하는데요. 오로지 너나 나나 61년생 소띠라는 이유뿐입니다.
이들이 미국에서 활동하는 모습을 보면 '난 지금 뭐 하고 있지' 하는 생각
이 들면서 실소가 나오기도 합니다. 특히 조지는 최근 미녀 변호사와 신
접살림을 차렸다면서 이탈리아 베네치아에서 놀고 있는 모습을 보고, '저
놈은 전생에 나라를 구했나' 싶기도 하더군요. 그렇습니다. 제가 헐리우
드 스타인 조지 클루니에게 집중하는 것은 바로 동갑이라는 이유지요.
　영화 《디센던트》는 참으로 여러 가지 생각을 하게 했습니다. 그는 장

삼이사의 중년 남자, 즉 가장 역할을 하고 있기 때문입니다. 베르사체를 입고 나와서 눈빛 하나로 금발 미인을 후리는 플레이보이도 아니고, 일당백의 전사도 아니고 그저 딸 둘을 둔 미국 하와이의 중산층 가장입니다. 배도 조금 나와 보이고, 머리는 반백이며, 두 딸의 돌발적인 행동에 상처받고 당황하는 중년의 사내. 대한민국의 중년 아빠들과 비슷한데요. 이쯤 되면 동년배 친구로서 연대감이 생깁니다. 멀리 외국의 사는 가장의 눈으로 이 영화를 보고, 병상에서 죽어가는 아내에게 그가 남긴 한 마디가 남습니다.

"굿바이 엘리자베스……, 굿바이"

식물인간이 되어 병원에서 온갖 의료기기에 의존해서 생명을 연장하는 아내와 결별할 때 그가 아내에게 건넨 마지막 한 마디입니다. 그는 사랑하는 가족과 친구들이 모인 자리에서 아내의 생명 연장 장치를 제거하겠다고 발표를 하지요. 그리고 서서히 죽어 가는 아내를 바라보다가 기어이 가까이 다가가 입을 맞추고 결별을 하는 모습입니다. 이제는 당신과 헤어져야 한다. 당신을 사랑했고 그 사랑으로 행복했고, 불행했으면서 고통스러웠다고 하지요.

사랑하는 여자와 결혼을 하고, 아이들을 둔 그는 변호사로 일하면서 바쁘게 살았습니다. 그 와중에 아내가 가정을 버리고 유부남과 바람을 피웁니다. 그 사실을 알았을 때 이미 아내는 보트 사고로 식물인간이 되어 병원에 누워 있지요. 엄마의 사고 소식을 듣고 수영장의 물속에서 오열하는 딸의 모습도 인상적인데요. 사방이 고요한 물속에서 울음을 터트리는 모습에서 관객들은 축축하게 마음이 젖어 갑니다.

도대체 어떤 녀석이 자신의 아내를 후려내고 말았는가? 배반감에 분노하고 병상에 있는 아내에게 신경질을 내기도 하지요. 하지만 이미 식물인간이 된 아내는 아무런 반응을 하지 않습니다. 그는 잠시 하던 일을 내려놓고, 아내의 불륜남을 만나러 하와이 섬 중 하나인 카우아이로 갑니다. 자기의 아내를 꼬인 녀석이 그곳에서 휴가 중인 것을 알아낸 거지요. 여행길에는 두 딸과 딸의 남자 친구가 함께하는데요.

하와이는 훌라춤을 추는 미녀들이 연상되는 세계적인 여행지이기도하지요. 거기에 가면 세상에서 가장 아름다운 풍경과 더불어 휴식을 취할 수 있을 것 같은 느낌이 듭니다. '하와이에 간다.'는 말은 '나 놀러 간다', '휴가 간다'는 의미가 있지요. 우리 영화 《친구》에서도 '니가 가라, 하와이'가 인상적이지요. 힘든 일 그만하고 좀 쉬었다 오라는 뜻이지요. 하지만 그에게 하와이는 그런 곳이 아닙니다. 말 그대로 생활전선이지요. 아무리 풍광이 좋은 곳에 가도, 아무리 좋은 차를 사도 일주일이 지나면 일상이 되어 버리지요.

익숙해진다는 것은 그런 것입니다. 그의 결혼 생활 역시 그러한 것이었지요. 하와이에서 아내와 뜨거운 연애를 하고, 그녀가 세상에서 가장 멋진 여자라고 생각하고 있었지만, 실제로 먹고살기 바쁜 생활에 익숙해지다 보면 보물 같던 아내가 거실에 항상 있는 가구처럼 느껴지는 법입니다. 하긴 매일 연애감정을 유지하면서, 또 그녀에 대해 긴장하면서 사랑하는 결혼 생활을 유지하기는 힘들 겁니다.

2

결혼 생활이란, 특히 중년 남자에게 아내와 가족이란 무엇인가? 우리나라의 가정 역시 이 영화에 등장하는 결혼 생활과 별반 다르지 않을 겁니다. 조선 시대의 성리학 이념에 입각한 가부장제도는 이제 완전히 마모되어 버렸기 때문입니다. 물론, 미국의 중산층 가정과 한국의 가정이 문화적인 차이가 있긴 하겠지만 말입니다.

그는 바쁜 직장 생활로 큰딸을 좋은 사립학교에 입학시켜 놓고도 아이가 연극에서 무슨 배역을 했는지 알지 못합니다. 겨우 초등학교에 입학한 작은딸이 포르노 영화를 보면서 어떤 아이의 물건이 커졌는지 보았다는 이야기를 듣고는 혼란스러워합니다. 그렇다고 이 아이들이 문제아들은 아닙니다. 세상이 그렇게 돌아가고 있는데 바쁘게 먹고 살다가 어느 날 문득 멈추어 보니까. 어, 이거 뭐야? 하는 기분인 거지요.

그중에서도 압권은 역시 현숙하다고 믿었던 아내가 찌질한 부동산 업자 유부남과 바람을 피운 것입니다. 그의 정체를 알고 남편은 코마 상태에 빠진 아내에게 가서 겨우 그딴 놈하고 불륜을 저지르느냐고 소리를 지르지요. 하지만 그녀는 아무런 반응이 없습니다. 자신과 비교해서 뭐하나 잘 난 게 없어 보이는 남자입니다.

유부녀들이 바람을 피우는 대상은 남편보다 우월한 존재보다는 허접스러운 사람이 많다고 하는데요. 유부녀의 바람은 사람마다 차이가 있겠지만 거의 외롭기 때문입니다. 잠시의 외로움을 달래 줄 상대로 바람을 피우다가 쑥 빠져 버리기도 하겠지만, 많은 여자가 적당한 선에 정리하는

걸로 알고 있습니다. 이건 남자도 마찬가지입니다. 어떤 사람은 부인이 참으로 탁월한데도 끊임없이 바람을 피우더군요. 그가 데리고 나온 애인과 한자리에 앉았는데 전 이해가 되지 않았습니다. 하긴 세상에 내가 이해할 수 있는 일이 얼마나 되겠습니까. 항상 읽던 책이나 꼼꼼하게 읽고 이해하는 게 빠를 겁니다. 세상은 정말 알 수 없어요.

하여간, 그는 카오스 상태에 빠집니다. 비로소 자신이 서 있는 자리를 발견하게 됩니다. 아내의 부정과 부재가 혼란스럽지만, 오랜만에 마주한 두 딸의 모습은 생경하고 황당합니다. 더군다나 큰 딸이 남자친구라고 데려온 녀석은 꼴통입니다. 도대체가 눈치라고는 어디에다 팔아먹었는지 타인의 고통이나 주위의 분위기 따위는 안중에도 없이 주접을 떠는 바람에 남자의 장인에게 주먹으로 얻어맞고 기절을 하기도 하지요. 그리고 왜 자기가, 그것도 할아버지에게 얻어맞았는지보다, 어떻게 할아버지의 펀치가 그렇게 세느냐고 투덜거리는 녀석이니까요. 그런데 가만히 들여다보니 나름대로 다 인생철학이 있고, 삶의 태도가 다른 것이었습니다. 그가 생각한 카오스 상태도 일정한 질서가 있었습니다. 그것은 카오스가 아니라 또 다른 코스모스였던 거지요.

남자는 자신에게 아무런 잘못이 없다고 분노했지만, 이들과 함께 여행하면서 생기는 모든 일은 자신으로부터 비롯된 것임을 알게 됩니다. 우선 그는 아내와 가족에게 무관심이라는 죄를 지었습니다. 그는 가족뿐 아니라, 주위의 모든 사람에게도 무관심했습니다.

그가 아내의 부정에 충격을 받고 한동네에 사는 아내의 친구 집으로 달려가는 장면이 나오는데요. 아주 적절한 심리묘사였습니다. 그는 달려갑니다. 그것도 슬리퍼를 신고 거실에서 안방을 가는 것처럼 달려가지요. 하지만 가깝다고 생각한 그 집은 먼 거리였습니다. 분노가 치밀어 올라 달려가는 동안 그곳은 금방 뛰어갈 수 있는 곳이 아니라, 차라리 차를 타고 가면 더 편한 거리였지요. 이런 격한 감정의 상태에서 흐르는 영화의 배경음악은 평화로운 하와이 송입니다. 느릿하고 낙관적인 음악 소리에 맞추어 그의 분노는 우스꽝스러운 것이 되지요. 그나마 다행인 것은 아내의 불륜현장을 발견하고 총으로 그녀를 쏴 죽인다든지, 혹은 그런 계획을 세울 생각을 할 수 없다는 겁니다. 불륜에 대한 벌이라도 받았는지 아내는 사고를 당해 코마 상태에 빠져 있으니까요.

3

영화 《쇼생크 탈출》에서 주인공은 아내를 죽였다는 누명을 쓰고, 20년을 복역하고 나서 어쩌면 자신이 아내를 죽게 했는지도 모른다고 말하지요. 아름답고 훌륭한 여자였는데 너무 애정 표현을 하지 않았고 외롭게 만들었다고 자책합니다. 20년의 감옥 생활로 그 죄를 갚았다고 생각한 주인공은 드디어 탈출하는데요. 어찌 보면 세상의 죄란 죄는 모두 이런 사소한 행동에서 발현하는 것인지도 모르지요. 한강의 발원지인 검룡소에서 솟아 나오는 몇 방울의 물방울이 바다로 가는 과정처럼 말입니다. 작은 것이 큰 것이고, 사소한 것이 위대한 것입니다. 지금 곁에 있는 사람에게 아주 작고 사소한 말 한마디나, 선물 하나 하세요. 있을 때 잘하란 말입니다. 당신의 부인이라고 예외가 아닙니다. 뭐 딱히 할 게 없으면 발이라도 주물러 주세요. 참 고마워할 겁니다. 단 원 수처럼 보인다면 그냥 무관심하세요. 그럼 알아서 멀어집니다. 사람 관 계라는 게 그런 겁니다.

수인공은 조상으로부터 물려받은 하와이의 풍광 좋은 대지를 공동소 유자들인 친척들과 함께 팔기로 하는데요. 가족들과 소통하기 위해 노력 하는 과정에서 특히, 아내의 생명 유지 장치를 제거하고 나서 마음을 바 꿉니다. 영화 제목인 《디센턴트Descendant》는 '후손'이라는 뜻을 가지고 있 는데요. 아무리 돈이 좋아도 팔아서는 안 되는 것들이 있지요. 친인척들 이 모인 자리에서 그는 서명만 하면 되는 부동산 거래서를 앞에 놓고, 이 땅의 위탁 관리인으로서 조상의 땅을 팔지 않겠다고 거부합니다. 자신이 변호사니까 소송을 하려면 하라고 하지요. 그는 드디어 자신이 지켜야 할 것에 대해 생각을 하게 된 겁니다. 가족 역시 마찬가지지요.

코마 상태에서 생명 유지 장치를 제거하자 아내는 서서히 죽어 갑니 다. 주인공은 자식들에게 이제 엄마가 세상을 떠나고 있다고 말해주지 요. 엄마가 식물인간 상태로 있을 때는 철없이 굴던 막내가 드디어 사태 의 심각성을 깨닫고 울기 시작하지요. 아이의 눈물을 닦아주면서 그는 아마 자신의 내면에 흐르는 눈물을 어쩔 수 없었을 겁니다. 그리고 마지 막 말을 하지요. '굿바이 엘리자베스'라고 말입니다. 아내가 세상을 떠나 자 모든 상황이 다시 정리됩니다. 다시 일상으로 돌아온 주인공은 소파 에 비스듬히 누워 있는 귀여운 작은딸에게 아이스크림을 주고 자신도 그 옆에 안아 TV를 시청합니다. 그저 멍하니 화면을 응시하지요. 아이가 덮

고 있던 담요를 같이 덮습니다. 그때 큰딸이 주방에서 걸어 나와 아빠의 담요를 덮으면서 같이 간식을 먹습니다.

가족의 소파에는 모두 6개의 발바닥이 나란히 보입니다. 이제 다시 이 세상을 딛고 뛰고 걷고 달려가야 할 6개의 발바닥이 허공으로 올라가고 편안합니다. 영화는 끝납니다. 참 조용합니다. 그때 저의 눈에는 이들을 감싸는 부인의 모습이 보였습니다. 물론 저의 빈약한 상상력이지요. 부인은 TV가 되어 그들을 보고 있는지도 모릅니다. 남편에게 이런 말을 할 수도 있겠군요.

'지금처럼 조금만 더 당신이 나를 보았더라도 내가 그런 짓은 안 했을 텐데 말이야. 안녕 내 사랑. 이제부터라도 잘 살아라, 나에 대한 분노는 멀리 날려버리고 말이야……, 이 가여운 사람아.'

지금, 소중한 사람에게
안부를 전하세요.

러브레터 ラヴレター, 1995

1

　　　　　　한겨울 눈밭에 잠자리가 얼어붙어 있습니다. 투명한
얼음 속에서 박제가 되었다고나 할까, 얼음 속에 잠자리는 온전한 모습
을 간직하고 있습니다. 《러브레터》를 떠올리면 먼저 떠오르는 이미지입
니다. 아빠의 장례식을 치르고 돌아오는 길에 딸은 그 잠자리를 보고선
고개를 돌려 가족들에게 이렇게 말합니다.

'아빠가 돌아갔지요'

겨울 하늘에서 떨어진 눈송이 같은 그녀의 이름은 후지이 이츠키. 아
버지가 급성폐렴으로 돌아가신 후, 유전인지 그녀도 항상 감기를 달고
사는 귀엽고 발랄한 여성입니다. 지금도 그녀가 콜록거리는 모습을 생각

하면 안쓰럽기까지 한데요.

그녀에게는 중학교 시절 같은 반 동성동명의 후즈이 이츠키라는 남자가 있습니다. 중학교 시절 같은 반으로 삼 년을 보낸 추억의 친구인데요. 사춘기 청소년들의 아슬아슬한 감정의 여운이 있지만, 따로 추억할 정도는 아닌 그냥 친구입니다.

이 청년의 3주기 추모 식장에서 영화는 시작되는데요. 이렇게 두 사내의 죽음이 영화에 배경으로 깔렸고, 남자 후지이 이츠키를 사랑하고 잊지 못하는 와타나베 히로코가 있습니다. 여자 후지이 이츠키와 와타나베 히로코는 쌍둥이처럼 닮은 여자입니다. 이 역할을 한 여배우 나카야마 미호의 1인 2역 연기도 참 좋았습니다.

와타나베 히로코는 겨울 산행 중 조난을 당해 사망한 연인 후지이 이츠키를 잊지 못하는데요. 그녀의 러브 레터는 추모식이 끝난 후 그의 중학교 졸업 앨범에 수록된 옛 주소를 손바닥, 아니 팔뚝에 적는 것으로 시작됩니다. 지금은 그 집터가 국도로 바뀌어 배달 불능의 편지가 되리라는 것을 알면서도 천상에 있는 남자에게 편지를 보내는 거지요. 한번쯤 생각할 만 그리움의 행동입니다.

저도 가끔은 그런 짓을 합니다. 이미 죽은 사람들에게 편지를 보내는 대신에 작업실에 있는 1930년대 웨스턴 전화기를 들고 통화를 하곤 합니다. 앤틱 소품인 전화기는 영화 《원스 어폰 어 타임 인 아메리카》에서 로버트 드 니로가 아편에 취해 있을 때 요란하게 울리던 전화벨 소리가 인상적이어서 황학동 벼룩시장에서 제법 값을 치르고 산 애장품인데요. 단지 장식품인 전화기를 들고 단테와 같은 '죽은 시인'들과 통화를 시도하는 겁니다.

혼자 있는 작업실에서 이런 짓을 하는 저의 모습을 보면 약간 돌아버린 사람처럼 보이기도 하겠지요. 그런데요, 정말 천상에 있는 아버지에게만은 전화를 못 걸었습니다. 뭔가 죄송하다고 말을 하고 싶은데, 차마 다이얼을 돌릴 수가 없었습니다. 전화번호는 고인의 생몰연대로 정했습니다. 예를 들면 베토벤은 17701827입니다. 아버지는 19292009입니다. 수동식 다이얼에 손가락을 넣고 1929까지만 돌리고 그만 수화기를 내려놓곤 했지요. 왜 그랬을까? 돌아가신 지 5년이 지났는데, 아직도 통화를 못하고 있습니다. 언젠가는 하겠지요. 제가 이 글의 도입부에 얼음 박제가 된 잠자리 이야기를 했습니다. 그건 그 장면이 아버지를 생각나게 했기 때문입니다. 저는 그 장면을 보면서 배우가 한 말, '아빠가 돌아가셨지'를 되뇌어서 말했습니다. 잠자리처럼 아버지는 돌아가셨다. 나비처럼 아버지는 돌아가셨다.

2

　　　하여간, 그녀는 후지이에게 잘 지내고 있느냐고 간단한 편지를 보냅니다. 천상에 있는 연인에게 애도의 마음을 전하는 겁니다. 결국은 자신에게 보내는 편지이기도 하지요. '너 잘 지내야 된다. 너무 힘들어하지 마라'라고 자기 스스로 고통에서 벗어나고자 하는 글쓰기이기도 합니다. 깊은 상처라 할지라도 때론 간단한 문장 하나로 치유하기도 하는데요. 그녀의 편지는 그런 식의 자기 위안이었습니다. 답장은 꿈도 꾸지 않았습니다.

　그런데 어느 날, 죽은 사람에게서 답장이 옵니다. 감독은 이 지점에서 판타지 기법을 사용할 수도 있겠지요. 영화의 상상력으로 천상이 아니라 지옥에 있더라도 감독이 만나게 하고 싶다면 만나는 거지요. 하지만 그녀에게 도착한 편지는 판타지가 아니라 현실입니다.

　후지이의 중학교 시절 여자 친구였던 동명의 후지이가 답장을 한 겁니다. 히로코는 답장을 보낸 사람이 동성동명의 중학교 동창생인 걸 알고 나서 두 여자는 편지를 주고받기 시작합니다. 히로코는 후지이의 과거에 대해 알고 싶어 합니다. 그 마음을 알고 여자 후지이도 중학교 시절 보았던 그의 모습을 하나둘 이야기하면서 동창생에 대한 추억을 떠올리는데요. 그녀 역시 그 시절을 가만히 되돌아보니 인생의 가장 아름답고 순수했던 순간들입니다.

　둘은 학교 도서관에서 같이 지내면서 여러 가지 추억을 만들어 내지만, 내성적이고 과묵한 여자 후지이는 한 번도 자신의 속마음을 드러내

지 않습니다. 친구들이 동성동명이라고 놀린 기억이 강렬할 뿐입니다. 이제는 지나가 버린 시절들을 복원하는 모습. 그것을 편지로 적어 보내면서 마치 천상에 있는 후지이가 지상에 있는 후지이에게 대필이라도 시키는 것 같은 느낌도 받습니다.

한편, 남자 후지이는 대학 시절 와타나베 히로코를 보자마자 고백을 했고, 두 사람은 사귀게 되는데요. 그것이 혹시 중학교 시절에 후지이, 즉 그녀와 완전히 닮은꼴 때문은 아닌지 모르겠습니다. 어쩌다 오타루를 떠나는 바람에 중학교 시절 이후로는 후지이를 한 번도 본 적이 없는 여자 후지이는 새삼스럽게 중학교 시절을 추억하면서 행복해합니다. 그리고 그가 사랑한 여자에게 자신의 모든 기억을 적어 보내지만, 마지막 편지는 보내지 못합니다.

그가 도서관에서 대출한 책의 대출카드에 이름을 적는 장면이 여러번 나옵니다. 그 이름은 자신의 이름이기도 하지요. 즉 자신의 이름이면서 동시에 그녀의 이름입니다. 오랜만에 찾아간 학교에서는 후지이의 이름이 적힌 도서관 대출 서적을 찾아내는 후배들이 나옵니다. 그들은 남자 후지이가 여자 후지이를 사랑했다고 확신합니다.

모든 사랑에는 증거가 있기 마련이지요. 한 번도 '좋아한다', '따로 만나자'고 한 적은 없지만, 그는 대출 카드에 이름을 적어 그녀를 불렀던 것인지도 모릅니다. 오로지 속으로만 순백의 사랑을 해 온 사춘기 후지이는 사랑한다는 말과 글 대신에 그녀의 얼굴 초상을 대출 카드의 뒷면에 그려 놓고는 전학을 떠나지요. 그리고 그 책은 직접 그녀에게 전해 줍니다.

그때 그녀는 무심코 대출카드에 적힌 이름만 확인하고 서가에 책을 넣었습니다. 뒷면을 볼 생각을 안 했지요. 영화 말미에 프로스트의 소설 《잃어버린 시간을 찾아서》의 대출 카드 뒷면을 확인해 보라는 집에 찾아 온 후배들의 앙증맞고 귀여운 얼굴들이 선배의 표정을 바라보고 있습니다. 거기에는 자신의 초상이 그려져 있었고 앞면에는 후지이라는 이름이 적혀 있었지요. 그 시절 후지이가 대출카드에 적은 이름은 자신의 이름이 아니라 그녀의 이름이었습니다.

이 영화는 두 여자가 자신의 사랑을 찾아가고, 또 그 사랑과 결별하는 모습을 잘 보여주고 있습니다. 역시 영화의 압권은 히로코를 사랑하는 대학 선배의 모습입니다. 그 역시 산악부원으로 후지이와 함께 산행을 했다가 살아난 남자입니다. 그는 그녀에게 이제 후지이를 떠나야 한다고 하면서 조난당한 산을 보고 말을 하라고 하지요. 그녀는 이제 그리움을 마감해야 하니까요. 그녀는 산을 향해 소리칩니다.

"잘 지내시나요, 난 잘 지내요."

온통 눈으로 뒤덮여 있는 겨울 산. 거기에 후지이는 한 마리의 잠자리처럼 박제되어 있겠지요. 그의 영혼은 그녀의 목소리를 듣고 하늘나라로 날아갔을 겁니다. 선배 역시 후지이에게 말하지요.

"내가 히로코를 잘 챙겨 줄 테니 걱정마라."

사랑에 대한 질문은 많지만, 대답은 오로지 한 가지입니다. 그건 자기 자신만이 그릴 수 있는 그림이거나 편지이기도 할 겁니다. 그것은 오로지 내 손으로만 그릴거나 쓸 수 있는 거지요. 아무도 대신할 수 없는 내 영혼의 한 부분입니다.

　러브레터 ラヴレター, 1995

3

죽음이 갈라놓은 연인들의 애절한 마음을 그린 영화 《러브레터》는 많은 사람의 심금을 울렸는데요. 이 영화는 고 김대중 전 대통령 시절에 일본 문화 개방 정책으로 국내에 개봉되었습니다. 《러브레터》는 그동안 우리가 접하지 못한 일본 문화에 대한 관문이기도 합니다. 일제 강점기나 친일파의 이데올로기에서 벗어나 오로지 문화로 다가가는 첫걸음이기도 했습니다. 《러브레터》를 통해서 일본 문화를 접한다는 건 어떤 의미에서 대단한 발견입니다.

사실 일본은 포르노의 천국이기도 합니다. 일본의 포르노 산업은 아마 세계적인 규모이고 배우들 역시 대단하지요. 어떤 사람은 일본 영화 하면 포르노를 떠올리기도 하는데요. 이 작품은 말 그대로 남극과 북극처럼 대척점에 있는 영화입니다. 순백의 사랑, 영화에 나오는 키스신이 어색할 정도로 순수한 사랑의 결정체로 느끼고 있습니다. 문화는 이렇게 아름다운 겁니다. 일본에 대한 반감은 우리나라 사람들이라면 어느 정도 품고 있을 겁니다. 안중근 의사의 전기를 쓰면서 저는 이 사실을 절감했기 때문이지요. 안중근 의사와 대척점에 있는 이토 히로부미에 대한 글을 한 편 썼다가 마치 민족반역자라도 된 기분이 들었습니다.

일부 독자들은 글도 읽지 않고, 무조건 이토는 안 된다는 식인데요. 안중근 의사를 이야기하면서 어떻게 이토를 공부하지 않을 수 있는지 참, 통탄할 일이었습니다. 안중근은 허상을 쏜 것이 아니라 이토라는 실체를 쏘았고, 사람을 쏘았지만 결국, 제국주의와 폭력을 향해 격발한 것입니다. 그 타깃이 바로 이토이고, 이토에 대해서 알아야 안중근 의사의 마음 한 편이라도 알 수 있지요. 하여간 일본 문화에 대한 불편함이 과거보다는 많이 좋아졌지만 지금도 여전합니다.

망언과 망발을 하는 일본 우익 정치인과 정책은 분명히 잘못된 것이지만, 그것이 문화로 이어지면 곤란합니다. 얻는 것보다 잃는 것이 많이 있지요. 《러브레터》에서 보여준 순백의 감성은 우리 영화 《건축학개론》으로 이어지니까, 이런 계보도 참 흥미로운 일입니다. 그리고 요즘 타이어 광고에도 《러브레터》의 영상을 그대로 쓰고 있더군요. 개봉하고 나서 140만 관객이 이 영화를 보았습니다. 저는 개인적으로 일본과 프랑스를 비롯한 유럽 영화들, 인도와 아시아 영화가 좀 더 많이 개봉되었으면 하는 바람입니다. 그게 우리 영화를 잠식하지는 않을 겁니다. 오히려 영화 산업이 더 풍요로워지는 길이기도 하겠지요.

하여간 《러브레터》는 일본 대중문화의 첫걸음이면서, 일본에 대한 편견에서 벗어나도록 역할을 한 대단한 영화입니다. 인터넷으로 블로그를 검색해보니 스무 번 이상 보았다는 분들도 있더군요. 저 역시 세 번을 보았으니까, 이심전심입니다.

당신의 첫사랑은 잘 있습니까? 당신이 잊었다고 생각한 가장 아름다운 순간과 감정은 어쩌면 지금 깊은 겨울 산에 박제되어 있을지도 모릅니다. 눈이 내리면 항상 생각나는 사람이 있다면 영화의 주인공처럼 그곳에 가서 잘 지내시는지요? 라고 고함이라도 지르면 어떨까요. 그 대사는 슈베르트의 가곡처럼 음악이 되었습니다. 겨울이 되면 생각나는 사람처럼 이 영화도 추억의 명작으로 남았습니다.

열정적인 사랑이 만든
영혼의 성장판

아웃 오브 아프리카 Out Of Africa, 1985

"감사합니다.
이곳에서 행복하시길.
전 행복했습니다."

1

　　서재에서 많은 시간을 보내는 저에게 아프리카는 광
활한 대륙이면서 자유의 바람이 부는 유토피아입니다. 비록 그 땅에 사
는 사람들이 기아나 질병으로 고통받고 있어도, 내 마음속에 아프리카
는 원시림이 우거지고 짐승들이 어슬렁거리는 먼 이상향의 이미지를 간
직하고 있습니다. 아프리카는 저에겐 그런 곳입니다.

　귀족 부인 카렌이 아프리카 케냐를 떠나면서 남긴 마지막 한 마디가
제 마음에 쉼표를 찍어 줍니다. 그녀는 행복과 추억을 아프리카에 남겨
두고 떠납니다. 유럽인인 그녀에게 아프리카는 어떤 행복을 주었을까
요. 우선 그녀는 케냐에서 커피 농장을 하면서 안락한 생활을 누렸습니

다. 그리고 앞으로 살아갈 힘을 얻었습니다. 여자이면서 동시에 작가로서 살아갈 방향을 가늠한 것입니다. 거기에는 한 남자가 있었습니다. 그의 이름은 데니스.

바람 같은 남자 데니스가 그녀에게 펜과 나침반을 선물합니다. 당신은 뛰어난 작가가 될 수 있다는 용기를 주고, 여자가 앞으로 갈 길을 열어준 남자이면서, 그녀가 진정으로 사랑했던 남자입니다. 하지만 그녀의 남편은 그저 남작이라는 귀족일 따름이고, 뭐 하나 제대로 하는 것이 없는 한량처럼 보입니다. 간혹 여자에게 와서 돈이나 가져가는 그런 사람이지요. 그는 아내가 다른 사람을 사랑한다는 사실을 알고도 돈만 가지고 떠납니다. 이미 절단이 나버린 부부관계라고 할 수 있지요.

그녀에게 아프리카의 자유로운 바람과 같은 사내가 나타나는데요. 그녀에게는 그와 함께 지낸 아프리카 시절이 바로 '행복'이라는 말로 정의할 수 있는 겁니다. 모든 영화는 영화음악이 있습니다. 때론 영화가 지나가도 그 음악이 따로 남기도 하는데요. 이 영화의 주제곡이 모차르트의 《클라리넷 협주곡 A장조 K.622》입니다. 이 음악이 영상과 함께 오랫동안 관객의 마음에 남아 있습니다.

2

　　두 사람은 아프리카의 평원에서 축음기를 통해 이 음악을 틀고 있습니다. 데니스는 음악을 듣고 원숭이들이 어떤 반응하는지 알고 싶어서 숨어서 지켜보지요. 원숭이들은 음악 소리가나자 가까이 다가와서는 축음기를 손으로 툭 쳐버립니다. 그 모습을 보고 놀란 데니스가 달려가 원숭이들을 쫓아버리지요. 음악을 듣는 자세가 사람과 원숭이는 다릅니다. 원숭이는 음원이 어디에서 나오는지 확인하고자 하는 개구쟁이 아이와 같은 모습입니다. 사랑에 빠지기 전에 그 사람은 원숭이의 모습을 닮았습니다. 연인들은 처음엔 짐승처럼 앞뒤 가리지 않고 서로에 대한 호기심에 뭐가 뭔지 모르고 그냥 만나는 거지요.

　두 남녀가 가까워지는 순간이 반드시 있는 법인데요. 영화에서는 사자를 등장시킵니다. 사자는 죽음을 의미하기도 합니다. 사자가 사람을 공격하면 그 자리에서 절명하는 거지요. 자신들과 가까운 곳에 있는 사자를 발견한 남녀는 조금씩 그 자리를 벗어나려고 하는데요. 그때 암사자가 무서운 기세로 그녀에게 달려듭니다. 생전 처음 총을 손에 쥔 여자는 거의 본능적으로 암사자를 향해 총을 쏩니다. 무섭게 다가오는 암사자를 향해 총을 겨누고 격발을 하는 순간 반동으로 입술에 상처가 나는데요. 사냥에 익숙하지 않은 남작 부인이 총기를 잘 다루지 못해 생긴 사고이지요. 암사자가 죽자 수놈이 갈기를 휘날리며 달려들고, 남자는 익숙한 솜씨로 사자 사냥에 성공합니다.

　사자가 죽고, 남자가 여자의 입술에 난 상처를 손수건으로 닦아주는 장면이 인상적입니다. 여성의 상징이라고 할 수 있는 입술에 남자의 손이 닿았고 여자는 아찔한 기분이 듭니다. 아주 절묘한 연기인데요. 메릴 스트립이 잠시 당황하면서 사랑을 받아들이는 모습이 눈에 선하군요. 두 사람의 운명이 이 사냥에서부터 달라지기 때문입니다. 이날 이후 두 사람의 사랑은 열정적으로 타오르기 시작합니다. 어제 비행술을 배우고 오늘 비행기를 산 남자의 비행기를 타고 아프리카의 케냐의 상공을 내려다보면서 그녀는 황홀한 감정에 휩싸이고, 이 감정은 침대에까지 이어지지요. 두 사람이 침대에서 나누는 두 마디의 대사는 제가 본 러브신 중에 가장 에로틱한 말입니다. 여자가 '움직이고 싶어요' 라고 이야기하자 남자는 움직이지 말라고 하면서 침대에 누워있고, 카메라는 두 사람의 얼굴을 클로즈업시키지요. 짧은 장면이 이어지지만, 오랫동안 기억되는 장면입니다. 화면에는 여성의 몸을 자세히 보여주지 않습니다. 마치 방문 앞에 놓인 남녀의 신발 한 쌍처럼 상상력을 자극하고, 사랑의 경험이 있는 사람이라면 자신의 침대를 기억해 낼 것입니다.

사랑의 기승전결은 빠르게 전개됩니다. 절대 자유를 추구하는 데니스와 그를 소유하고 싶어 하는 카렌. 두 사람의 의견 차이는 좁혀지지 않습니다. 이런 경우 결국 종말은 예견되어 있습니다. 결혼과 안주를 원하는 여자, 자유를 원한다면서 떠나는 데니스는 서로 다른 길을 가기로 합니다. 활화산처럼 타오르던 열정을 집안으로 옮기고 싶어 하는 여자와 사랑과 물은 고이면 썩는다는 진지를 깨달았는지 바람처럼 떠나려 하는 남자 사이에 갈등의 증폭되지요. 이러한 갈등을 잘 정리해주는 일이 벌어집니다.

그녀의 커피 농장에 화재가 발생합니다. 그녀의 모든 것이라고 할 수 있고, 아프리카에서 사는 이유이기도 한 커피 농장의 화재는 바람과 대지와의 결별을 의미합니다. 활활 타오르고 있는 커피 농장의 각종 기구와 건물을 바라보면서 여주인공은 어떤 생각을 하고 있을까? 그녀는 원인도 알 수 없는 화재사고로 전 재산이 불길 속으로 사라지는 경험을 통해 사랑의 열정도 사라질 수 있다는 생각이 떠오르지 않았을까요? 하지만 불은 우리 삶의 에너지를 제공해주는 연료이기도 하지요. 불의 의미는 태우는 것이기도 하지만 죽은 기운을 되살려 내는 소생과 정열을 의미하기도 합니다.

그녀는 자신의 열정을 태웠던 사랑의 불길이 재로 남아 있는 모습을 다음 날 봅니다. 모든 것이 타버리고 난, 폐허가 된 그 자리에 서서 그녀가 바라보았던 것은 무엇이었을까? 이제는 때가 되었다는 반성과 성찰의 시간을 가지게 됩니다. 그리고 주변에 있는 사람들의 자리를 살피게 됩니다. 여주인공이 성숙한 모습은 가난한 흑인에 대한 배려심으로 나타납니다.

백인들이 원주민을 노예처럼 부리는 그 자리에서 그녀는 자신이 데리고 있던 원주민들에게 살 땅을 마련해 주고 아프리카를 떠납니다. 새로 부임한 총독에게 무릎까지 꿇으면서 사정을 하지요. 식민지 법에는 원주민들에게 땅을 내어줄 수 없었던 겁니다. 당황한 총독은 남작 부인을 잘 구슬려서 보내려고 하지만 그녀는 굽히지 않습니다. 그때 총독의 부인이 나서서 자신이 약속하겠다고 합니다. 여성의 섬세한 마음이 권위적인 남성의 불길을 잠재우는 장면입니다.

그녀는 아프리카를 떠나지만, 그녀의 손에는 펜과 나침반이 있지요. 그것이 있다면 어디에 가든 글을 쓰고 여행을 할 수 있을 겁니다. 그녀가 행복했었다고 한 이유는 이곳에서 사랑했지만, 그 사랑을 적어 문학으로 만들 수 있는 도구인 펜과 나침반을 얻었기 때문입니다.

3

이 영화는 덴마크의 소설가 이자크 디네센(본명은 카렌, 1885-1962)의 자전적인 이야기입니다. 그녀의 인생에 결정적인 순간은 아프리카에서 만난 영국인 사냥꾼 데니스 핀치 해튼(1887-1931)에게 펜과 나침반을 선물 받았을 때입니다.

사람마다 영화를 보는 시선이 있을 겁니다. 이 영화는 아름다운 아프리카의 풍광을 배경으로 귀족 부인과 멋진 자유인의 사랑에 포커스가 맞춰져 있습니다. 모차르트의 감미로운 음악이 흘러나오면서 두 남녀가

서로 가까워지고 멀어지는 이야기가 꿈결처럼 아름답습니다. 두 사람의 사랑은 느리지도 빠르지도 않습니다. 서로의 감정에 다가가고 또 멀어지는 모습이 아프리카 대륙의 석양처럼 아름다우면서도 장엄하고 숭고한 감정을 느끼게 합니다.

우리는 어떤 시기, 어떤 장소에서 한 인생을 다 살아버리기도 합니다. 어떤 순간을 열정적으로 살고, 나머지는 여생이 되는 그런 추억이 살아갈 힘을 주기도 하지요. 그녀에게는 아프리카가 그러한 장소였고 한 남자와 보낸 사랑의 시간이 행복이라는 말을 하게 했습니다. 우리는 결국 아무것도 소유할 수 없다는 것에 대해 생각을 하게 하는데요. 바람과 같은 남자인 데니스는 어쩌면 그녀의 인생에서 영원히 머무는 존재이기도 할 겁니다. 바람은 언제 어디서나 불어오니까요. 영화의 후반부에서 아프리카를 떠나려는 그녀를 데니스가 데려다주겠다고 하지요. 하지만 데니스는 비행기 추락사고로 죽고 맙니다.

비록 영화적인 설정이지만 인생이 참 묘합니다. 만약에 데니스가 마음을 바꾸어 그녀와 결혼이라도 했더라면, 연인의 죽음으로 인한 트라우마는 극복하기 힘들었을 겁니다. 가끔 영화보다 더 영화 같은 일이 벌어지곤 하는데요. 연인들의 사랑과 결별에는 극적인 반전이랄까……, 영혼의 충격이 있는 법입니다. 그녀는 아프리카 커피 농장을 잃어버리고, 더군다나 이혼을 했기에 더는 남작 부인도 아닌 상황에서 연인 데니스마저 죽고 맙니다. 그녀는 말 그대로 빈 털털이가 됩니다. 그래서 아프리카를 떠나는 겁니다. 하지만 그녀는 아프리카에서 행복했다고 말합니다.

간혹, 제가 아이들에게 하는 말이 있습니다. 살면서 너에게 기쁜 일이 많이 일어나면 겸손하고 조심해라, 기쁨의 얼굴 뒤에는 악마가 숨어 있다. 슬픈 일이 일어나면 오히려 희망을 품어라, 슬픔의 얼굴 뒤에는 천사가 숨어 있다고요. 이건 순전히 저의 경험입니다.

어쩐 일인지 작가로 살게 되면서부터 가난은 평생의 친구이고, 뭐 좀 기쁜 일이 생기면 오래가지 않더군요. 반대로 힘든 일이 생기면 좋은 일이 생길 거라고 스스로 위안합니다. 여러분도 그런 경험을 간혹 하셨을 겁니다.

그녀는 아프리카에서 모든 것을 얻은 듯했지만, 어느새 빈손으로 초원 위에서 사자 앞에 서 있는 모습이 됩니다. 하지만 그녀의 두 손에는 가혹한 운명에 대항할 무기가 있습니다. 그것은 사냥꾼의 엽총이 아닙니다. 그것은 펜과 나침반입니다.

아프리카에서 그녀는 행복했고, 인간으로서 자존감을 회복했으며, 오히려 남성에게 구속당하는 남작 부인이 아니라, 작가 '이자크 디네센'이 되었습니다. 모든 것을 잃고 아프리카를 떠나서 그녀는 세계적인 작가로 성장합니다. 《바베트의 만찬》, 《아웃 오브 아프리카》, 《일곱 개의 고딕 이야기》 등의 소설책을 출판하고, 비록 수상은 하지 못했지만 두 차례나 노벨 문학상 후보에 올랐습니다. 그녀는 세계 문학사에서 맥이 사라져버린 민담적 전통을 계승한 마지막 작가이며 20세기의 위대한 이야기꾼으로 자리 잡았습니다.

여러분에게 행복하시라는 인사를 하고 싶습니다. 결국, 저의 이 에세이도 읽는 사람의 행복을 위해, 그들에게 도움이 되기 위해 펜과 나침반을 가지고 타인의 삶과 내 삶을 가늠하는 행위와 다름없을 겁니다. 지금 누군가를 사랑한다면 이별과 죽음을 염두에 두시고, 그와 결별했다면 앞으로 다가올 영혼의 성장을 기다리며 애도하시길 바랍니다.

지나간 청춘의
라스트 콘서트

라스트 콘서트 Dedicato A Una Stella, 1976

"연주해 주세요.
나를 위해……."

1

　　　　　기차역 사거리에는 홍콩반점이라는 중국집이 있었습
니다. 중고교 시절에 친구들과 자주 들락거렸던 곳입니다. 홍콩반점에
는 주인의 따님이 있었는데, 사춘기 시절 나 혼자 짝사랑했던 여학생이
었습니다. 지금 기억에 연상인가 싶기도 하고, 하여간 멀리서 그녀를 보
면서 가슴이 콩닥거리기도 했는데요.

　그녀와 교회 친구이기도 한 급우가 소개해 주겠다고 해도 마다했습니
다. 참 오래된 빈티지 메모리 입니다. 그녀의 인상은 잘 조각된 기억의
흉상으로 아직도 제 가슴에 남아 있습니다. 그녀가 손이라도 조금 움직
이면 주위에 공기들이 살아나 요정으로 변하는 것 같기도 하고, 그녀가

걸어 다니면 거리가 천상의 정원으로 변하는 것 같은 환상도 보았습니다. 그즈음에 소월과 릴케, 그리고 카프카를 읽었으니 문학적 상상력과 결합해 한 여자가 완벽한 이상형으로 자리한 소중한 추억입니다.

　그녀를 만난다는 것은 저에게는 불가능한 일이었지요. 나와 친했던 급우가 그녀는 성격도 좋다면서 만남을 주선하겠다고 몇 번인가를 이야기했지만, 나중에는 화를 내면서 그러지 말라고 했지요. 제가 조금 심하게 화를 냈는지, 급우는 그 이후로 그런 이야기를 하지 않았습니다. 막상 만난다고 생각하니 두렵기도 하고, 하여간 멀리서 바라보는 여신 같은 존재였지요. 참 예쁘고 아름다운 여자였다는 생각이 드는데요. 그 이유는 아주 간단합니다. 그녀가 영화《라스트 콘서트》의 여배우 파멜라 빌로레시Pamela Villoresi를 많이 닮았기 때문입니다. 예술고등학교에 다니던 그녀는 단발머리만 허용되던 당시 여학생의 헤어스타일과 달리, 세련된 커트머리에 교복도 허리가 잘록하게 멋을 부린 예쁜이였습니다.

제 빈티지 시네마의 시작은 파멜라 빌로레시의 《라스트 콘서트》, 진추하의 《원 썸머 나이트》, 이소룡의 《정무문》, 장국영 · 왕조현의 《천녀유혼》 같은 작품임을 어쩔 수 없있습니다. 어느 날 밤, 이 글을 쓰기 위해 《라스트 콘서트》를 다시 보기에 앞서 당연히 기차역 사거리와 홍콩반점, 그리고 그 여학생의 추억을 떠올리며 감상을 했습니다. 영화가 끝나고 나서 저는 놀라운 경험을 했습니다. 우선 그 시절에 그렇게 자주 보았던 이 영화의 영상이 매우 생소하다는 것이었습니다. 마치 처음 보는 영화처럼 느껴졌습니다.

저런 장면이 있었나, 바닷가 풍경이 저렇게 길었나, 두 사람이 저기서 키스를 하는구나, 아, 맞아 콘서트장에서 저런 모습으로 죽는구나. 하여간 그 영화는 제가 난생처음 보는 듯한 느낌이 들었고, 작품의 완성도나 배우의 연기, 대사를 비롯해 뭐 하나 마음에 드는 것이 없었습니다. 너무나 뻔한 신파조의 러브 스토리이고, 《라스트 콘서트》라는 영화음악 역시 쇼팽이나 슈베르트의 소나타를 연상시키지만, 이미 수많은 음악을 들은 나의 귀에는 그저 그런 배경음악에 지나지 않았습니다. 한마디로 이 영화는 전혀 나의 마음을 움직이지 못했고, 오히려 실망만 하고 말았습니다. 차라리 처음 보았던 기분으로 영화를 추억하고 있었더라면 좋지 않았겠냐는 생각마저 하고 우두커니 노트를 바라보았습니다. 그리고 이렇게 적었지요.

'파멜라 빌로레시, 그리고 스텔라.'

그녀는 어두웠던 사춘기 시절의 하늘에 떠오른 별이었습니다. 제가 본 영화는 오로지 스텔라, 파멜라 빌로레시 만이 있었던 겁니다. 그래서

영화의 줄거리도 장면 장면들도 그토록 생소했던 것이지요. 그녀가 웃
는 모습, 우는 모습, 잠자는 모습, 뛰어다니는 모습, 그리고 죽는 모습
만이 온통 내 머리와 마음을 차지하고 있었기 다른 것들은 모조리 지워
버렸던 겁니다. 참 이상한 일입니다. 아무래도 이건 아니다 싶어서 다시
한 번 영화를 보기 시작했습니다. 탁자에 노트와 연필을 놓고, 떠오르는
문장이나 좋은 대사를 적어야 되겠다는 생각으로 말이지요. 이제는 진
짜 관객으로 여배우와 영화를 동시에 봐야 되겠다. 한 시절 나의 영혼을
모조리 흔들어 놓은 여자의 실체를 다시 확인하고 싶었습니다. 그것은
거울을 보는 일이기도 합니다. 내 사춘기의 거울, 앞에 이제는 중년의
나이가 되어 그 앞에 섭니다.

2

프랑스의 아름다운 수도원 몽셸미셸을 배경으로 그
녀가 등장합니다. 바닷가의 아름다운 섬과 건축물은 1979년 유네스코
세계문화유산으로 지정되기도 했습니다. 이 수도원의 풍광이 화면을 꽉
채우는군요.

손가락 부상과 좌절감으로 무기력하게 사는 중년의 피아니스트 리처
드가 병원을 찾습니다. 그리고 손을 치료하기 위해서 대기하던 그의 앞
에 스텔라가 등장하지요. 그녀는 리처드 때문에 가려져 있던 자신의 가
방과 모자를 찾으면서 두 사람의 만남이 시작됩니다. 그녀가 병원에서
떠난 후 리처드가 진료실로 들어가니, 의사는 그 환자가 백혈병이고, 3
개월 정도 살 수 있다는 엉뚱한 이야기를 합니다. 방금 나간 아가씨는
의사에게 밖에 아버지가 있다고 거짓말을 했고, 리처드를 그녀의 아버
지로 착각한 의사는 스텔라의 안타까운 진료결과를 알려준 것이지요.

백혈병, 피아니스트, 아름다운 아가씨와 멋진 중년 예술가. 이미 이
영화의 기본 틀은 이렇게 정해져 있습니다. 스텔라는 어린 시절 집을 나
간 아버지를 찾는 중이었고, 아버지를 찾을 때까지 두 사람은 함께 지내
기로 합니다. 리처드는 자신은 이제 한물간 피아니스트라는 자포자기의
심정에 빠져 연주에 대해 아무런 의욕이 없습니다. 반면에 스텔라는 매
우 활발하고 생기 넘칩니다. 전혀 어울리지 않을 것 같은 두 사람의 사
랑은 스텔라의 적극적인 행동으로 점점 깊어지고, 리처드는 그녀를 통
해 재기의 에너지를 충전합니다.

두 사람은 파리로 가서 함께 생활하고, 리처드는 스텔라를 위해 피아노 협주곡을 작곡하지요. 몇 번의 고비가 있었지만, 그것은 두 사람의 사랑을 더욱더 밀착시켜주는 고리에 지나지 않았습니다. 드디어 화려하게 재기를 하는 무대가 마련되고, 파리교향악단의 협연으로 리처드는 피아노 연주를 하게 됩니다. 바로 '라스트 콘서트'인데, 이것은 스텔라와의 마지막 순간을 공연장에서 함께하기 때문입니다. 파리에서 재기하기 위해 노력하다가 다시 좌절하는 순간에 스텔라는 리처드에게 이런 말을 합니다.

'연주해 주세요. 나를 위해.'

이것은 상처투성이의 예술가에게 치유의 손길이었습니다. 자신이 사랑하는 여자가 죽음을 앞두고 있고, 자신의 천재성을 인정해주면서 당신은 반드시 좋은 곡을 쓰고 연주할 수 있다는 희망의 메시지이기도 하지요. 리처드는 다시 힘을 내서 작곡에 몰두하고 스텔라를 위한 피아노 협주곡으로 재기에 성공합니다. 그리고 그 자리에 지는 꽃처럼, 스텔라가 세상을 떠납니다.

3

이들의 러브 스토리는 파멜라 빌로레시라는 여배우에게 초점을 맞추었습니다. 이루어지지 못한 사랑의 모티브는 고대로부터 지금까지 비극의 원형으로 계속 이어져 오고 있습니다. 역시 다시 한 번 보아도 그때의 감동은 되살아나지 않습니다. 이제는 아주 선명하게 이 영화를 이야기 할 수 있습니다.

'나는 영화를 본 것이 아니라, 한 여배우를 보았다. 그녀를 사랑하게 되었고, 그것이 지금까지 이어지고 있다. 하지만 이제는 이 여배우의 그늘에서 벗어날 수 있겠다. 어쩌면 이 《라스트 콘서트》는 내 사춘기와의 결별일 수도 있겠다. 이 영화는 이제 내 지나간 청춘의 라스트 콘서트이다. 더는 돌아오지도, 돌아갈 수도 없는 그런 기억의 절벽이다.'

며칠 전에 홍콩반점이 있던 자리를 다시 찾았습니다. 기차역이 있고 학교가 있어 금방 찾아갈 수 있었습니다. 그 거리를 기억하면서 그 자리를 다시 찾았습니다. 아……, 다음 문장을 쓰지 않으렵니다. 세상에 변하지 않는 것은 단 한 가지가 있습니다. 그것은 죽음입니다. 살아있는 모든 것들은 변화하고 성장하기 마련이지요. 태어나고 자라고, 병들고 늙고 죽기 마련입니다. 우리 기억만이 어느 지점에 머물러 있지요. 때론 확인하지 않아야 할 것들이 있습니다. 세상에 오래된 것들은 모두 나무처럼 나이테를 가지고 있습니다. 하늘의 별처럼 영원히 빛나는 것들이 있지요. 저는 추억의 짜장면을 먹고 있습니다. 한입 가득 짜장면을 먹고 단무지를 집어 드는데, 뚝 눈물이 나네요. 누군가를 위해 살아갈 수 있다면 그 사람은 청춘입니다. 누군가를 위해 연주할 수 있다면 그 사람은 예술가입니다. 사실 나의 첫사랑이자 짝사랑의 베아트리체, 혹은 스텔라는 이후에 동네 건달과 사귀는 것을 보고는 그만 정이 떨어져 다시는 주변을 서성거리지 않게 되었습니다. 건물의 계단에 쭈그리고 앉아서 친구가 도시락 뚜껑에 소주를 따라주고 마시라고 해서 마신 기억이 나고요. 한동안 힘들어서 머리를 빡빡 밀어버려 다니던 학교에서 징계를 받았던 기억도 나는군요.

하하, 이젠 웃음이 납니다. 지나간 청춘은 괴테의 소설 《친화력》처럼 뭔가를 변화시키는 화학작용이 일어나나 봅니다. 그녀에게 느꼈던 친밀감이 분노로 바뀌고 난폭하게 행동하면서 잠깐 정신줄을 놓았으니까요. 물론 적당한 선에서 마무리를 지었습니다. 그때 자포자기의 심정으로 기차에 무임승차를 해서 부산까지 간 기억도 나는군요. 하여간 재미있는 추억이었고, 제가 시인으로 성장하는데 자양분을 공급한 유치찬란하지만 너무나 소중한 첫사랑, 그것은 스텔라, 즉 하늘의 별처럼 영원불멸의 공간이자 시간입니다.

이런 생각도 합니다. 영화 속의 리처드 정도의 나이가 된 지금의 나에게 혹시 스텔라와 같은 아가씨가 나타난다면 어떨까? 이성을 잃고 감상에 빠지다 보니 주책을 부리는군요. 하여간, 사랑은 네버엔딩 스토리, 인간의 마음은 끝 간 데가 없습니다. 다행히 저는 천재도 아니고 피아니스트도 아니며, 더 중요한 것은 리처드처럼 외로운 독신이 아니라는 점입니다. 그럴 가능성은 제로에 가까운데요.

'연주해 주세요. 나를 위해서' 영화 속에서 스텔라가 한 이 말이 '좋은 작품을 쓰세요. 당신의 첫사랑을 위해'로 번역되어 들립니다. 이런 감정을 가지고 좋은 연애소설을 써야 되겠다는 생각이 드는군요. 이제는 그럴 수 있을 것 같습니다.

마음으로 하는
대화

화양연화 花樣年華 In the Mood for Love, 2000

"그는 지나간 날들을 기억한다.
먼지 낀 창틀을 통하여 과거를 볼 수 있겠지만,
모든 것이 희미하게만 보였다."

1

과거를 다른 말로 부른다면 '침묵의 시간'입니다. 침묵은 나만의 이야기를 담아 놓은 봉인된 상자처럼 저기에 있습니다. 이 세상의 그 누구에게도 들려줄 수 없는 이야기가 우리를 침묵하게 합니다. 그것이 생의 가장 아름다운 순간인, 화양연화라면 좋겠습니다. 사실, 우리에게 이러한 침묵과 비밀이 있다면, 여생을 버티고 살아갈 수 있을 겁니다.

비밀이나 침묵이 없는 사람이 사는 세상은 황무지입니다. 비밀은 숲이고 침묵은 강처럼 우리 생을 풍요롭게 합니다. 철학자 자크 데리다는 '만일 비밀에 대한 권리가 유지되지 않는다면, 우리는 전체주의 체제 아래 놓여 있는 것이다.'는 말을 하기도 했지요. 비밀이 없는 사람을 상상해보십시오. 그에게 우리가 무슨 이야기를 할 수 있겠습니까? 타인의 비밀을 잘 간직하고, 자신의 비밀을 소중히 여기는 사람의 표정은 온화합니다. 우리는 그런 사람과 만나고 싶은 겁니다. 왕자웨이 감독의《화양연화》가 그런 영화입니다.

2

　　　　　여자와 남자는 이사를 하면서 만납니다. 두 사람은 홍콩의 공동주택으로 보이는 집에서 서로 만나게 되고, 같은 날 이사를 하는데요. 남자는 부인이 바쁘고, 여자는 남편이 출장을 가는 바람에 두 사람은 각기 혼자 이삿짐을 부리게 되지요. 이사를 하면서 두 사람은 서로 인사를 나눕니다. 그들은 모두 결혼을 했지만, 아이가 없기에 마치 독신 남녀처럼 보이기도 하는데요. 영화에서는 배우자들의 얼굴을 보여주지 않아, 그들의 심리상태를 적절하게 보여주고 있습니다. 배우자들은 등과 뒷모습만을 관객에게 보여줍니다. 이러한 분위기에서 '부부'는 이야기의 중심이 아니라, 그저 배경이라는 느낌이 듭니다. 부부생활이란, 피아노와 바이올린이 서로 어울리는 소나타 같은 것이어야 하는데, 이들의 피아노 독주곡처럼 조용하고, 혼자서 자신의 곡을 연주하는 사람들 같습니다.
　공동주택에 사는 두 사람은 자주 만나게 되는데요. 예의 바르게 서로 적당한 거리를 조율하면서, 특별한 감정은 드러내지 않습니다. 여자는 아름다운 여인입니다. 감독은 여배우의 가장 아름다운 모습을 잡아내는 탁월한 재능이 있습니다. 그녀의 화양연화가 외롭고 고독한 공간에서 빛나기 때문에 더욱 애잔하고 아름답게 보입니다. 화면에 비칠 때마다 같은 옷을 입지 않는 여자는 자신의 가장 아름다운 순간만을 보여주는 영화적 장치이기도 하지요. 남자 역시 항상 말끔하고 단정합니다. 그의 눈빛은 상대의 마음을 바라보는 것인지, 투명합니다.

그리고 두 사람의 평범한 일상이 그려집니다. 남녀의 아름다운 의상과는 달리 그들은 좁은 골목길을 걸어 내려가 혼자 국수나 만두를 먹고 귀가합니다. 특히 여자가 국수를 사서 혼자 걸어오는 장면, 남자가 혼자서 음식을 먹는 장면은 두 사람의 심리상태를 잘 보여주고 있습니다. 특히 양조위의 목울대가 꿀꺽대면서 국수를 먹는 모습은 배고픔보다는 뭔가에 목말라 하는 사내의 모습을 잘 보여주고 있습니다. 세상 누구나 살면서 부족한 것이 많기 마련인데, 그 부족한 것이 빈 곳을 채우기 마련입니다. 남녀가 서로 사랑을 하는 이유는 마음 한구석이 비어있어 외롭기 때문입니다. 외로우면 외로울수록 둘의 사랑은 강렬합니다. 두 사람의 고독한 공간이나 심적인 외로움은 사랑의 열정을 불태우는 동기이기도 합니다.

어느 날, 두 사람은 자신들의 배우자가 서로 만나고 있다는 사실을 알게 됩니다. 서로 같은 핸드백과 넥타이가 있다는 것을 알고, 두 사람은 대화하기 시작합니다. 공동주택에 살면서 인사만 하던 사람들이 대화를 시작하는 동기가 매우 쓸쓸합니다. 그들은 배우자에게 버림을 받았고,

어떻게 자신들의 배우자인 두 사람이 가까워졌을까를 생각하면서, 서로가 가까워지고 있습니다.

배우자의 불륜에 대한 설명은 영화에서 나오지 않습니다. 이 영화가 조용한 이유이기도 합니다. 필름을 되감기 하는 것처럼 어떤 장면이 반복 되기도 하는데요. 상대에게 직접 확인하지 않고 이런저런 생각에 시달리는 괴로운 마음을 조용히 보여주고 있습니다.

영상은 마치 꿈결처럼 흐르는데요. 그 이유는 현실적인 불륜과 배신에 대한 이들의 태도가 직접적인 증오나 분노로 이어지지 않기 때문입니다. 이것은 서로가 배우자들에 대한 적당한 선을 지키면서, 타인을 인정하는 태도가 있기 때문입니다. 남자는 아내의 거짓말을 회사에 가서 확인하고도, 가짜 미소를 지으면서 자신이 뭔가 잘 못 알고 있는 것 같다며 돌아 나옵니다. 그녀가 옆집 사내와 함께 있는 사실을 알고 멍하니 허공을 바라보면서 담배를 피우는 남자. 남편의 불륜을 알고서도 혼자서 그것을 견디는 여자. 두 사람 사이에 묘한 사랑의 감정이 싹틉니다.

동시에 두 사람은 일정한 거리를 유지합니다. 외로움을 달래기 위해 같은 방식으로 서로를 대하는 것이 아니라, 자기 앞에 있는 한 '인간'에게 다가가기 위해 조심스럽게 발걸음을 떼는 모습이 아슬아슬하게 이어지는데요. 이런 두 사람의 동작을 슬로우 모션으로 보여주고, 같은 상황을 반복하면서 이야기를 만들어내기 때문에, 잠깐 딴짓을 하면 영화의 흐름이 끊겨져 버립니다. 천천히 화면이 움직이지만, 그것은 느린 것이 아닙니다.

사랑이라는, 바람처럼 순간적으로 지나가는 감정을 온전히 드러내기 위해, 감독은 두 남녀의 움직임을 매우 세밀하게 잡아내고 있습니다. 양조위의 표정과 눈빛, 걸음걸이와 태도가 사랑을 잃고 또 다른 사랑을 찾아가는 남자의 모습을 조용하게 그리고 있지만, 격정적인 러브신에서는 볼 수 없었던 숨은 정열을 보여주고 있습니다. 장만옥의 아름다운 자태와 의상, 그리고 목소리는 다가가고 싶지만, 손을 내밀지는 않는 여자의 마음을 잘 보여주고 있습니다.

두 사람은 일정한 거리를 유지하면서 비슷한 사랑의 자세로 서로를 바라보고만 있고, 이 상태에서 벗어나 서로의 손을 잡으려고 시도하는 두 사람의 목소리는 울림이 큽니다.

> 남자— "나요? 티켓이 한 장 더 있다면 나와 함께 가겠소?"
> 여자— "나예요. 내게 자리가 있다면 나에게 올 건가요?"

그러나 어느 순간, 남자는 여자의 곁을 떠나려고 합니다. 이런저런 핑계를 대면서 그녀에게 다가갔지만, 문득 현실의 견고한 벽과 마주한 기분이 들었고, 자신이 그녀 곁을 떠남으로써 그녀를 더 사랑할 수 있다는 생각이 들었는지도 모를 일입니다.

그때 남자는 자신과 함께 떠나가지 않겠느냐는 독백을 합니다. 여자는 자신에게 올 수 있겠느냐는 독백을 합니다. 두 사람은 서로에게 말하지 않고, 이렇게 독백으로 자신의 마음을 털어놓고는 헤어집니다. 이 영화에는 「매디슨 카운티의 다리」와 비슷한 외형을 지니고 있지만, 사랑의 기쁨이나 고통보다는 그들을 감싸는 비밀스러운 분위기만을 보여줍니다.

관객은 관찰자의 시선으로 이들을 바라볼 겁니다. 두 사람이 뜨거운 사랑을 침대에서 나누고 모습을 상상할 수도 있고, 그들의 배우자와 서로 이혼을 하고 혼자 산다는 상상을 할 수도 있을 겁니다. 하지만 영화는 그런 일상적이고 법적인 문제에서 한 발 벗어나 어떤 상황에 처한 분위기만을 보여 줍니다. 이 영화의 영어 제목이 《In The Mood For Love》, 사랑을 위한 감정인 것은 매우 적절한 표현입니다. 감정이나 분위기가 중심에 있고, 사랑은 희미하게 그림자처럼 너울거리기만 합니다.

두 사람이 헤어진 후 몇 년이 지나고, 이사를 갔던 여자는 아이 하나와 함께 다시 그 집으로 이사를 오고, 남자 역시 그 집을 찾아오지요. 두 사람은 서로 만나지 못하고, 남자는 앙코르 와트의 유적지로 가서 폐허가 된 유적지의 담 구멍에 입을 가까이 대고 뭔가를 속삭입니다. 그리고 그 구멍을 풀이 돋아 있는 흙덩어리로 막아버립니다. 그 모습을 담장 위에 앉아있는 동자승이 물끄러미 내려다보고 있습니다. 그리고 엔딩 크레딧이 올라옵니다.

"그는 지나간 날들을 기억한다. 먼지 낀 창틀을 통하여 과거를 볼 수 있겠지만, 모든 것이 희미하게만 보였다."

3

이 영화를 보면서 사랑에 대한 잠언을 하나 떠올렸습니다. 러시아의 영화감독 안드레이 타르코프스키는 사랑에 관해 이야기합니다.

전면적인 파괴에 저항할 수 있는 유일한 힘은 사랑과 아름다움이다. 나는 사랑만이 세계를 구원할 수 있다고 믿는다. 사랑 없이는 모든 것이 끝장이다.

이 글은 타르코프스키가 쓴 일기의 한 구절입니다. 타르코프스키는 예술영화의 거장으로 마니아 관객이 많은 감독입니다. 하지만 그의 영화는 너무 느리고 어려워서 어려운 공부를 하는 느낌을 받는다고도 하지요. 그래서인지 그는 '영상시인', '순교자'라는 별명을 가지고 있습니다. 화양연화의 느린 분위기가 그를 떠올리게 했는지도 모르지요.

타르코프스키는 1932년 러시아 볼가 강변에서 태어나 모스크바에서 살았습니다. 시인인 아버지의 영향을 받아 시적 감수성이 뛰어난 그는 음악학교에서 7년간 음악교육을 받았고, 이 음악학교에 대한 추억을 《로울러와 바이올린》에서 다룹니다. 그리고 동양어학부에 진학하지만, 체육 시간에 사고를 당해 학업성적이 뒤처지게 되지요. 이것이 그에게 영화감독의 길을 걸어가게 합니다. 모자라는 학점을 대신해서 극동탐험대의 일원으로 자원하여 투르칸 지역을 1년간 답사를 하고 돌아와 소련 국립영화학교에 입학하게 되니까요.

그때 타르코프스키는 자기소개서를 이렇게 적었습니다.

> 이국적인 밀림에서의 체험들은 젊은 청년의 감성을 낭만으로 가득 채워 주었으며 나로 하여금 영화감독이 되겠다는 결심을 굳혀 주었다.

길고 험한 여행이 감수성이 예민한 젊은이의 인생을 바꾸었고, 독보적인 예술영화의 거장을 만들었습니다. 그리고 그가 영화를 만들던 시기가 러시아의 영화발전 과도기라고 합니다. 그때부터 정부는 영화제작 편수를 늘리기 시작했고, 그 이전에는 거장일지라도 영화를 만들 기회가 거의 없었습니다. 타르코프스키가 사회주의 국가에서 자신이 만들고 싶은 예술 영화를 만들 수 있었던 건 이러한 시대적인 배경도 있습니다. 하지만 그의 영화 인생은 당국과의 끊임없는 마찰로 바람 잘 날이 없었습니다.

세계적인 영화감독이 되었지만, 고국에서의 예술 활동에 한계를 느껴 1984년 이탈리아로 망명하고, 2년 후 파리에서 고향을 그리워하면서 쓸쓸하게 눈을 감지요. 타르코프스키의 영화 《노스탤지어Nostalgia》에서 고르차코프가 사람들의 영혼을 위로하기 위해 화면의 이쪽에서 저쪽까지 촛불을 나르는 장면이 나옵니다.

바람 불어 촛불이 꺼지면 그는 처음 출발했던 장소로 되돌아가 다시 촛불을 켜고 조심스럽게 저쪽까지 운반하지요. 그런 마음, 바람 부는 날 촛불을 들어 옮기는 시인의 마음이 바로 영상시인 타르코프스키의 사랑법입니다. 때론 우리 삶과 사랑도 바람 부는 날 촛불을 옮기는 모양입니다. 그의 느린 영화는 천천히 그런 생각을 하게 합니다. 그리고 자연스럽게 《화양연화》의 두 남녀를 떠올리게 합니다. 두 사람이 촛불을 들고 강가를 거니는 것처럼, 서로에 대해서 '너무' 조심스럽게 다가가는 그 모습이 이 영화의 울림으로 남아 있습니다. 《화양연화》의 두 남녀는 고독한 사람들입니다. 《노스탤지어》의 작가 역시 고독한 사람이지요. 서로 관점은 다르지만 사랑과 고독에 대해 진실한 사람이라는 점은 같습니다. 《노스탤지어》에서 이런 대사가 나옵니다.

광기란 대체 무엇일까. 외면당하고 천대받고 아무도 그들을 이해하려 하지 않아. 그들은 지독하게 고독할 수밖에 없어. 하지만 분명히 그들은 진실에 보다 가까이 있어.

조용하고 고독한 사람들의 사랑법은 남다릅니다. 초고속 정보 시대에 타르코프스키와 화양연화는 저 멀리에 홀로 핀 꽃처럼 외롭게 보입니다. 하지만 그 향기가 너무 진해 지금까지 많은 사람이 그의 영화를 보면서 생각을 하지요. 인생이란 무엇인가? 사랑이란 무엇인가? 그 생각의 시간을 영상으로 천천히 조심스럽게 옮기는 인생을 저는 사랑합니다.

《화양연화》를 이야기하면서 《노스탤지어》의 한 장면을 이어 붙였습니다. 영화는 영화를 생각나게 하고, 남자는 여자를 생각나게 합니다. 화양영화는 매우 느리고 감정만 가득한 영화입니다. 하지만 감상적인 영화는 아닙니다. 그들의 느린 걸음걸이와 사랑에 대한 감정이 지금 우리에게 깊은 생각의 자리를 마련해 주기 때문입니다. 그곳에 인생에서 가장 아름다운 꽃 한 송이 던지는 마음이 바로 사랑, 우리 인생의 화양연화가 아닐까요?

공주가 사랑한
남자

로마의 휴일 Roman Holiday, 1953

"삶이란 것이 자기 뜻대로 되는 것은 아니죠"

1

여자들에게 '신데렐라 콤플렉스'가 있다면, 남자들에겐 '그레고리 콤플렉스'가 있습니다. 우연히 로마에서 오드리 헵번을 만나고 사랑하는 순간을 한 번쯤은 꿈꾸는 겁니다. 절대 다른 여배우여서는 안 됩니다. 당대 스타였던 소피아 로렌, 메릴린 먼로, 비비안 리 등 어떤 여배우도 아니고, 공주님은 영원히 오드리 헵번일 따름이지요. 하지만 우리는 잘 알고 있지요. 이런 바람이 현실로 이어지지 않는다는 사실을 말입니다. 간절한 바람이 현실로 이어지지 않아서 콤플렉스가 되는 겁니다. 그레고리 콤플렉스는 오드리 헵번의 상대 배우였던 헐리우드의 신사 그레고리 펙의 이름에서 따온 것입니다.

삶에 지친 어느 날, 그저 그런 일을 하는 내가 그레고리가 되어 로마에서 공주 오드리를 만나 사랑을 한다. 그것이 진정한 인생의 휴일이 아니냐고 생각한 거지요. 사랑하면서 사는 날들이 삶의 휴일이기도 합니다.

《로마의 휴일》은 흑백영화인데요. 저의 기억 속에는 파스텔 톤으로 채색된 신비한 영화이기도 합니다. 제 기억이 화가가 되어 배우들과 로마에 아름다운 색깔을 덧입히는 그런 기억의 영화이기도 하지요.

우리는 뭐든 될 수 있었던 유년시절을 지나 세상 어디라도 달려갈 것 같았던 청년기를 지납니다. 때론 사랑이나 행복과 같은 파랑새를 찾아 정신없이 살 다 보면, 중년이 된 어느 날 문득 깨닫게 되지요. 반백이 된 머리카락을 쓸어내리면서 거울을 보면 내가 나를 보고 있는데 낯선 사람이 쳐다보는 것 같은 느낌. 아, 인생은 내가 읽어버린 몇 권의 책과 같구나…….

그때 저는 로마의 휴일이라는 영화를 찾아보곤 합니다. 그리고 그때 읽었던 나의 사랑과 그때 만났던 공주님을 떠올리면 잠시 휴식을 취하곤하지요. 영화는……, 그중에서도 나만의 빈티지 시네마는 아름다운 사랑의 선물입니다.

2

　　　　　　미국에서 파견 온 신문기자인 조는 포커판에서 판돈을 잃고 투덜거리면서 집으로 가는 길입니다. 광장을 지나는데 벤치에 잠들어 있는 아가씨를 발견하고 집으로 데려다주려고 하지만 아가씨는 이상한 이야기만 중얼거리면서 잠에서 깨어나지 않는데요. 결국 그녀를 택시 기사에게 부탁하려다가 자신의 하숙집으로 데려옵니다.

　이 겁 없는 아가씨는 조의 잠옷을 입고 깊은 잠이 들었고, 조는 자신의 침대에서 자고있는 아가씨를 손가락 하나 대지 않고 모포를 뒤집어서 옆의 소파로 던져버리듯이 옮기고는 침대에서 잠을 자지요.

　다음 날 아침, 그는 늦잠을 자서 오전에 예정된 공주와의 인터뷰에 나가지 못하게 됩니다. 늦게 출근한 신문사에서 공주가 아파서 모든 일정을 연기한다는 기사와 사진을 보고 그는 서두르기 시작합니다. 편집장에게 공주와의 단독 인터뷰를 제안하고, 거액의 원고료를 요구하면서 집으로 돌아옵니다.

　그는 소파 한구석에 잠들어 있는 얼굴과 신문의 얼굴을 대조해 보고 나서 다시 조심스럽게 자신의 침대로 공주로 옮기고는 시치미를 뚝 떼고 욕실을 빌려주고 잠시 자리를 비웁니다. 그때 하숙집에 청소부 아줌마가 들어와 욕실을 문들 벌컥 열고는 목욕하고 있는 아가씨를 훈계하고, 심지어 내가 엄마였으면 너의 볼기짝을 두들겨 줬을 거라고 막말을 합니다. 유럽 순방 중인 우리의 공주님은 순식간에 청소부 아줌마에게 볼기짝을 맞을 수도 있는 상황인데요. 여러 번 보아도 귀엽고 다정한 공주님의 모습이 소박하게 그려집니다. 저절로 웃음이 나오면서 기분이 경쾌해집니다.

만약에 이 역할을 메릴린 먼로나 소피아 로렌이 했다면 왠지 거북했을 것 같다는 생각이 드는 거지요. 그녀들에게는 볼기짝이라는 말이 어울리지 않습니다. 애플-힙이라고나 할까, 왠지 섹스가 연상되는 몸매이지요. 그런 걸 섹시하다고 하나요. 하여간 공주님은 난생처음 서민들의 생활을 보고 그 첫 경험을 미국 출신의 신문기자와 함께합니다. 공주님도 잠결에 본 그를 잘 생긴 남자로 기억하지요.

특종기사를 위해 조는 그녀와 헤어지는 척하면서 우연히 다시 만나는 연기를 하는데요. 이런 수법은 나만의 공주님을 만나기 위한 세상의 신사들이 자주 쓰는 수법이지요. 공주님은 왕실의 엄격한 규율과 대외 행사 일정으로 노이로제에 걸린 상태였기 때문에 가벼운 발작을 하고 의사의 도움으로 진정제를 맞고 잠을 자려다가 숙소에서 겨우 빠져나온

상태였습니다. 그러다가 약 기운에 광장의 벤치에 쓰러져 잠이 든 것이었고, 조가 그녀를 발견한 거지요.

잠에서 깨어난 공주는 자신에게 주어진, 어쩌면 마지막이 될 수도 있는 '휴일'을 즐기기 위해 조와 함께 로마의 여기저기를 돌아다니면서 두 사람은 조금씩 친밀감을 느낍니다. 조의 첫인상은 잘 생긴 남자였고, 조는 그녀가 공주이고 자신의 특종감이기에 의도적으로 더 밀접하게 다가가고 있지요.

두 사람이 로마의 유적지에서 〈진실의 입〉이라는 조각상 앞에서 손을 집어넣으려는 장면이 있습니다. 거짓말을 하고 진실의 입에 손을 넣으면 그 손을 먹어버린다는 전설이 있다는 거지요. 자신의 신분을 숨긴 공주는 손을 넣으려다가 조에게 먼저 하라고 하지요. 공주는 장난스럽게 손을 감춘 조의 가슴을 치면서 품에 안기는데요. 아, 정말 그레고리 펙이 부럽습니다. 나의 공주님과 장난치고 포옹까지 하다니 그거면 충분한 게

아닐까요. 두 사람은 오토바이를 타고 로마 시내를 쑥대밭으로 만들어 경찰에 불려가기도 하고, 결혼할 사이라고 거짓말을 하기도 합니다.

한편, 공주님의 실종으로 본국에서 비밀요원들이 마치 《모모》에 나오는 시거맨처럼 검은 양복과 모자를 쓰고 등장합니다. 이들은 한 선상 파티장에서 공주를 발견하고 모셔가기 위해서 춤을 청하지요. 조는 동료인 사진가자 어빙을 불러 몰래카메라의 원조 격인 라이터 사진기로 특종사진을 촬영하기에 여념이 없습니다.

비밀요원이 은밀히 공주를 모시려고 할 때, 공주가 비명을 지르면서 구원을 요청하고 조와 어빙, 그리고 공주의 머리를 만져 주었던 이발사가 공주를 구출합니다. 두 사람은 강물에 뛰어들어 겨우 위기를 모면하는데요. 비록 단 하루의 만남이지만, 두 사람은 많은 것을 함께 했고 서로에 대해서 아무것도 모르는 상태에서 사랑의 감정을 느끼게 되지요. 공주가 돌아갈 시간이 되었다고 하고, 조는 묵묵히 그녀를 배웅합니다. 공주는 내가 골목에 들어가면 그냥 돌아가라고, 더 이상 나를 보지 말라고 약속을 받습니다. 조는 그대로 합니다. 그녀를 배웅하기 전에 자신의 숙소에서 그는 이런 말을 합니다.

"삶이란 것이 자기 뜻대로 되는 것은 아니죠."

3

아름답고 신비로운 여배우의 대명사이기도 한 잉그리드 버그만의 마지막 작품인 베르히만 감독의 《가을 소나타》에서 '어른이란 자신이 원하는 것을 더 이상 하지 못하는 것'이라고 말하는 장면이 나옵니다. 우리의 삶에서 자기 뜻대로 되는 건 그리 많지 않습니다. 특히 어른인 경우에는 마찬가지지요. 조는 그녀가 공주라는 사실을 알고 접근을 했지만, 결국 공주가 아닌 사랑하는 여인으로 그녀를 가슴에 품습니다.

그가 공주로서 접근했던 모든 기록을 포기하고 어빙 역시 친구의 모습에 공주의 비밀이 담긴 사진을 다음 날 열린 기자회견장에서 몰래 전해줍니다. 기사 회견장에서 조의 모습을 보고 당황하는 공주의 모습과 간절하게 그녀를 바라보고 있는 두 사람의 사이에 긴장감이 감도는데요. 이 장면에서 우리는 이룰 수 없는 사랑에 대한 반전을 기대하기도 합니다.

공주가 단상을 차고 나와 조의 품에 안긴다든지, 혹은 조가 기자의 포토라인을 끊어버리고 공주에게 달려가 손을 잡고 도망가는 그런 반전 말입니다. 하지만 공주는 예정에 없던 기자단과의 인사를 스스로 청하고 아래로 내려갑니다. 조를 다시 한 번 가까이에서 보고자 하는 마음으로 충분한 겁니다.

조와 앤 공주는 가볍게 악수하고 영원의 눈빛을 나눕니다. 공주가 퇴장하자 세계 각국에서 모여든 기자들이 빠져나간 웅장한 회견장을 쓸쓸히 빠져나오는 겁니다. 인생은 이런 겁니다. 이것이 사랑의 본질입니다. 나보다는 타인을 배려하는 내가 하고 싶은 것보다는 타인이 하기 싫은 것을 하지 않는, 인간관계의 믿음입니다. 공주는 기자회견장에서 한 기자의 질문에 이렇게 선문답과 같은 대답을 합니다. "인간관계에 믿음을 갖고 있듯이 저는 모든 인간관계를 믿습니다." 그리고 조는 질문하지요. 유럽 순방 중에서 가장 인상적인 곳이 어디였냐고, 그녀는 대답합니다. "로마입니다! 로마, 내가 살아있는 한 이곳을 방문한 기억은 영원할 겁니다."

공주는 공주의 자리에서, 조는 조의 자리에서 서 있을 때 두 사람의 짧은 사랑은 막을 내리고 각자의 길을 걸어가지요. 한여름 밤의 꿈과 같았던 사랑이 지나간 자리는 조용합니다. 텅 빈 궁전을 빠져나오는 조의 걸음걸이가 쓸쓸합니다. 사는 게 그런 거지요.

4

오드리 헵번, 발레리나를 꿈꾸던 한 소녀가 헐리우드의 스타가 되는 입지전적인 그녀의 시네마 스토리와 더불어 사람을 대할 때 인간관계에 대한 믿음을 저버리지 않았던 스타로서의 일화들, 예를 들면 당신에게 명성이라는 무엇이냐는 질문에 대해 그녀는 스타로서의 명성은 자신이 들고 있는 샤넬 백과 같은 것일 뿐이라고 했지요.

그녀가 정말 아름다운 여자로서 성숙한 모습을 보여주었던 만년의 모습, 온통 주름진 얼굴로 아프리카에서 굶어 죽어가는 아이를 품고 있는 오드리 헵번. 그녀는 전후 상처투성이의 사람들에게 요정처럼 나타나은 가루를 뿌리면서 은막의 스타로 우리를 위로해주고, 꿈을 심어 주었습니다. 그녀의 육체에 주름이 지고 젊음이 사라지자, 자신이 가진 명성을 모조리 가난한 사람들에게 나누어 주는 낮은 자리로 내려와 공주에서 여왕으로 등극합니다.

그녀는 빈티지 시네마의 아이콘이기도 합니다. 영화가 어떻게 사람들을 위안하고, 힘을 주는지 몸소 실천하였고, 스크린에서 내려와서는 영화보다 더 아름다운 삶을 주름진 얼굴 그대로 보여주었습니다. 여배우들이 현대 의학 기술에 의존해서 피부와 몸매를 유지하려고 애쓰는 동안, 그녀는 자연스럽게 자신의 늙음과 질병을 받아들여, 마치 신하를 다루는 공주의 품위를 죽는 순간까지 잃지 않았습니다. 그녀가 평소에 사랑했다는 시 한 편을 인용하면 나의 공주님을 이만 보내드리겠습니다. 이 시는 그녀가 아들에게 유언으로 남긴 글로도 유명합니다.

아름다운 입술을 가지려면 친절한 말을 하라

사랑스러운 눈을 가리려면 사람들의 좋은 점을 찾아보아라

날씬한 몸매를 위해서는 배고픈 사람과 음식을 나누어라

아름다운 머릿결을 가지고 싶다면 아이들이 머리를 쓰다듬게 하라

아름나운 사세는 셜코 혼자 걷고 있지 않다는 사실을 알고 걸어라

사람들은 상처를 치유하고, 새로워져야 하며, 배우고 구원받아야 한다.

누군가를 도와줄 손이 필요하다면 네 팔 끝에는 손이 있다는 것을 기억
하라.

나이를 먹으면 너 자신을 돕는 손과 다른 사람을 돕는 두 손이 있다는 것
을 알게 될 것이다.

여자의 아름다움은 옷이나, 외모, 헤어스타일이 아닌 눈에서 나온다.
눈은 사랑스러운 마음의 문이기 때문이다.

여자의 진정한 아름다움은, 선행이나 보여주는 열정, 나이를 먹을수록
더 나아집니다.

– 샘 레븐슨의 시 〈Time tasted beauty tips〉

모차르트, 바흐, 비틀즈……,
그리고 당신을 사랑해요

러브 스토리 Love Story, 1970

"사랑은 미안하다고 말하지 않는 거예요."

1

지난 1970년대는 저의 사춘기 시절입니다. 이제 세상으로 나아가려고 하는 청소년이 인생의 골목길에서 서성거리던 모습이기도 하지요. 낯선 사람을 만나고 이상을 꿈꾸면서 고치 속에 있는 애벌레처럼 나비의 비상을 꿈꾸곤 했지요. 이 시절에 누구나 인생의 바다에 나가는 항로를 결정합니다. 중학교 시절에 교정의 벤치에서 소월을 만났고, 고등학교 시절 스크린에서 보았던 여배우를 짝사랑하면서 사랑이 뭘까? 나에게도 사랑은 오는 것인가 라는 단순한 질문들을 하면서 사랑을 찾아가던 시절이었지요.

그때 나에게 각인된 한 마디가 바로 모차르트, 바흐, 비틀즈… 그리고 당신을 사랑해요. 라는 말입니다. 사랑 고백에 대한 문장은 참으로 여러 가지가 있지만, 미국의 명문대 학생들의 고백은 조금 특별하군요. 이 말을 한 여자는 영화 《러브 스토리》의 여주인공 제니입니다. 가난하지만 총명하고 아름다운 여자입니다.

그녀가 올리버를 사랑한다는 밀을 하기 위해 거론한 인물들은 아름나운 음악이면서 죽은 사람들입니다. 하지만 이 말에 어두운 그림자는 없습니다. 그들은 음악으로 영원하기 때문입니다. 인류 역사가 지속하는 한, 어떤 형태로든 이들의 음악은 존재할 겁니다. 이처럼 자신의 사랑도 영원하다는 은유인데요. 순수하고 젊은 두 남녀의 사랑이 영원하리라는 맹세입니다. 이것이 현실적으로 부질없고, 만물은 변화한다는 자연의 법칙에 어긋나는 것이라고 할지라도 말이지요. 이성 간의 사랑처럼 빨리 변하는 것도 흔치 않습니다. 그래서 이들의 짧은 사랑이 더 각별한지 모르겠습니다. 제니는 25살에 죽었습니다.

2

       이 영화는 도입부에는 "25살의 아름답고 총명한 여자가 죽었다. 그녀는 모자르트, 바흐, 비틀즈…… 그리고 나를 사랑했다"라는 내레이션이 나오면서 그녀와의 짧았던 한 시절을 추억하는 올리버의 모습이 나옵니다. 인간의 힘으로는 어쩔 수 없는 운명에 대한 중얼거림입니다. 그는 기형도의 시처럼 사랑을 잃고 나서 사랑에 대해서 쓰고 있습니다. 베스트셀러 소설로도 유명한 이 작품은 청춘과 사랑, 부자와 빈자, 삶과 죽음이라는 제법 묵직한 주제를 순수한 사랑을 통해서 환하게 그리고 있습니다.

  하버드 대학생 올리버와 레드클리프 대학생 제니는 서로 다른 환경에서 자란 사람들입니다. 올리버는 하버드 대학교에 대강당을 기부한 명문가 아들이고, 제니는 이탈리아에서 미국에 이민 온 가난한 집안의 딸이지요. 두 사람은 여자 하버드 대학이라고 불리는 레드클리프 대학 도서관에서 만나고 교정에서 사랑을 나누는데요.

  명문대 학생이라는 공감대가 있어 적어도 이곳에서만큼은 신분제도의 벽이 허물기 때문입니다. 관객들이 기억하는 올리버와 제니의 모습은 눈밭에서 서로 뒹굴면서 장난을 치는 모습입니다. 가볍고 경쾌한 배경음악이 흘러나오면서 눈처럼 밝고 환한 두 젊은이가 눈싸움을 하면서 강아지처럼 눈밭에 뒹구는 모습이 사랑스럽습니다.

  하지만 올리버의 집안에서 제니를 받아들이지 못하지요. 명문 귀족 집안은 결혼을 단순한 사랑의 결실로 보지 않습니다. 하긴, 사랑으로 이루어진 결혼이라는 것은 근대문명이 만들어낸 인간의 발명품들이지요. 이전에는 신분에 맞는 사람들이 짝을 짓는 것이 결혼이었습니다. 올리버의 아버지는 이 전통을 지키려고 합니다. 올리버는 아버지와 의절을 하고 집안의 도움을 받지 않고 살아가려고 합니다.

올리버는 아버지와 집안을 버리고 그녀는 음악 공부를 위한 파리 유학을 포기합니다. 두 사람은 사랑과 결혼을 선택했고 행복한 결혼생활을 유지합니다. 하버드 로스쿨을 3등으로 졸업한 올리버는 변호사가 되어 가난한 대학생의 신분에서 벗어납니다. 이제 좀 살만하다 싶은데 가혹한 시련이 몰아칩니다. 올리버는 제니와 결혼했지만, 아내가 불치의 병에 걸려 시한부 인생을 살게 됩니다.

어느 날, 올리버는 제니에게 미안하다고 합니다. 제니가 올리버에게 걸려온 의절한 아버지의 전화를 연결해주려고 하자 올리버가 화를 내면서 난폭하게 굴고 맙니다. 충격을 받은 그녀는 집을 뛰쳐나가는데요. 금방 후회를 한 올리버가 그녀를 찾아 헤매다가 집 앞에서 열쇠를 잃어버렸다면서 추위에 떨고 있는 그녀의 손을 잡고 한 말입니다.

그때 그녀는 올리버에게 사랑은 미안하다고 말하는 게 아니라고 합니다. 이 말이 오랫동안 가슴에 남습니다. 참으로 성숙한 여인의 모습이고 죽음을 앞두고 삶을 바라보는 현자의 모습처럼 보이기도 합니다. 우리는 사랑하는 사람에게 미안한 것이 참 많습니다. 뭔가 해주고 싶은데 부족하고, 받고 싶은 것이 많은데 또한 부족합니다. 그래서 미안한 마음이 드는 건데요. 그녀는 이 말을 하지 말라고 합니다.

그녀가 올리버와 우리에게 남긴 사랑의 명언은 어떤 의미가 있는 것일까?

이런 말에 대해서는 굳이 대답하지 않아도, 말 자체가 주는 힘이 있어 듣는 사람만이 알 수 있는 그 무엇이 있을 겁니다. 하지만 이런 생각을 할 수 있을 것입니다. 사랑의 보편성이랄까 하는 의미에서 말이지요. 우선 올리버는 잘못한 게 없습니다.

그는 온전히 한 여자를 사랑했고, 자신이 가진 모든 것을 내려놓고 그녀 앞에 있기에 그런 것이고요. 현실적으로 보면 오히려 그녀가 미안하다고 말하고 싶었을지도 모릅니다. 사랑하는 당신을 남겨 놓고 내가 먼저 가서 정말 미안하다. 하지만 그녀는 그런 말을 하지 않습니다. 대신에 사랑하는 사람과 조금이라도 더 가까이 있으려고 합니다. 한 마디라도 더 나누려고 합니다.

그녀는 죽는 그 순간까지 죽음에 관해 이야기하지 않고, 음악과 사랑에 대한 이야기를 합니다. 이것이 제니의 사랑법입니다. 사랑하다가 죽어버리라는 시인의 절창이 생각납니다. 그녀가 떠나간 자리에서 올리버는 살아남았고, 눈밭에 발자국을 남기듯 사랑스러운 제니를 향해 천천히 걸어가는 기억의 영화, 한 남자의 러브 스토리입니다.

영화 말미에 제니가 백혈병에 걸려 죽어간다는 소식을 듣고 아버지가 서둘러 병원을 찾아옵니다. 병원의 출입구에서 만난 부자는 서로를 어색하게 바라보는데요. 아들을 바라보는 아버지의 가슴 역시 미어지는 거지요. 아들이 사랑하는 여자가 죽어간다니 그동안 그에게 모질 게 대했던 것에 대해서 미안한 마음이 듭니다. 그때 권위적이었던 아버지는 아들에게 '미안하다'라고 하는데요. 명문 귀족인 아버지의 입장에서는 굉장히 하기 힘든 말일 겁니다. 그때 올리버가 "아버지…… 사랑은 미안하다고 말하는 것이 아니에요"라고 말하면서 길을 걸어갑니다.

3

최근에 개봉한 인도 영화 《세 얼간이》에서 주인공이 사랑에 대해서 말을 하는 장면이 인상적이지요. 부유한 집안의 교수의 딸이 미국 명문대 유학파 출신의 약혼자에게 시계를 선물 받는 장면이 나옵니다. 그녀는 고가의 명품시계를 선물 받고 기뻐하는데요. 시계를 물건이 아닌 사랑의 증표로 여기기 때문입니다.

그때 그녀에게 나타난 주인공이 그녀의 시계를 뺏어 숨기고 약혼자에게 잃어버렸다고 말하고 다시 하나 사달라고 하라고 합니다. 그녀의 손목에 시계가 없자, 약혼자가 엄청나게 화를 내면서 그 시계의 가격을 운운하면서 너 같은 여자에게 절망 실망했다면서 본색을 드러냅니다. 주인공이 보기에 그녀의 약혼자는 엘리트 은행원답게 철저하게 계산을 해서 그녀와 결혼을 하려는 것이었지요. 명품 시계가 사랑이라고 생각하고 주인공의 말을 듣지 않던 그녀는 약혼자의 모습을 보고 사랑에 대해서 크게 깨달았습니다. 그래서 그들은 그 자리에서 파혼하는데요. 사실 이것이 현대인들의 사랑이기도 합니다.

이런 계산과 조건들이 두 사람의 사랑을 이어주는 끈이 되기도 하므로, 결혼 생활을 하다가 경제적으로 위기가 오면 결별을 택하기도 하지요. 주위에 많은 사람이 그렇습니다. 결혼은 현실이라는 이유 때문인데요. 그 현실을 어떤 각도로 보느냐에 따라 사람과 사랑의 모습이 달리 보입니다.

인생의 어떤 한 시기에 우리는 눈처럼 순수한 시간을 선물로 받습니다. 그때 사랑을 만나야 합니다. 그 시기의 키스는 인생의 자양분이 됩니다. 사실 이러한 쾌락과 즐거움이 있기에 남녀 간의 사랑은 숭고한 자리까지 올라가지 못합니다. 부모의 사랑이나 신의 사랑과 비교하자면 한참 뒤떨어진 자리에 있지요. 이 시기의 감정은 금방 사라집니다. 마치 한겨울에 내린 함박눈처럼 봄이 오면 모조리 사라지고, 그 자리에 나무와 풀들이 자라지요. 하지만 역설적으로 그 순간에 영원성이 있습니다.

한순간이 영원으로 이어지는 것, 현실적인 계산을 하지 않는 순수한 사랑에 대한 보답입니다.

타인에게 미안하다는 말을 하지 않는 사랑을 한 올리버. 그는 아내의 죽음과 슬픔을 견디고 남은 긴 생을 살아가겠지요. 하지만 그에게 사랑이 두 번 찾아오지는 않을 겁니다. 인생에서 단 한 번의 사랑을 한다는 것도 매우 특별한 일이기 때문입니다. 그것이 살아남은 자의 슬픔이기도 하군요.

짧은 시 한 편도 세월이 지나 다시 읽으면 그땐 안 보였던 의미가 보이는 법이지요. 소설이나 음악, 미술, 역시 마찬가지입니다. 청년 시절에 보았던 《러브 스토리》와 중년의 나이에 본 《러브 스토리》는 많이 달랐습니다. 우선 이 영화에 두 번 나오는 대사인 '사랑은 미안하다고 말을 하는것이 아니다.'가 피아노와 바이올린의 협주곡처럼 조화롭게 들렸습니다. 이제는 가슴 아픈 러브 스토리에서 벗어나 좀 더 큰 의미를 품고 있었습니다.

제니가 자신의 행동을 사과하는 올리버에게 한 말과 올리버가 아버지에게 한 말이 영화의 무게 중심을 잡고 있습니다. 젊은 연인들의 소통의 언어였던 이 문장이 의절한 부자 관계를 비롯한, 좀 더 과장하자면 신과 인간의 관계까지 연결되어 있더군요. 마치 뿌리 깊은 나무의 가지나 줄기처럼 보였던 겁니다. 그동안 세상을 살면서 나름대로 겪었던 애증의 나날들과 분노, 슬픔의 감정들을 감싸고 있는 희망과 사랑의 언어입니다. 이것이 한 광주리에 들어있는 과일처럼 선명하게 보였습니다.

사랑하는 사람에게 미안하다는 말을 하는 순간, 그 감정이 깊은 골을 만들기도 합니다. 그렇다고 미안한 짓을 전혀 하지 않고 살 수 있는 걸까요. 불가능한 일입니다. 대신에 미안하다는 말을 하지 말고 다른 방식으로 진정성을 보여주면 되는 거지요. 어떤 경우에는 간절한 눈빛이 작은 선물하나가 공허하게 울리는 미안하다는 말보다 낫습니다. 인간관계에서 가장 밀접한 두 사람 사이에는 이 정도의 신뢰가 있어야 된다는 거지요. 물론 공적인 관계나 대인 관계에서 잘못했으면 정중하게 사과를 해야 합니다.

올리버와 아버지 관계도 숭고한 사랑의 모습입니다. 이 영화를 다시 보면서 남다르게 본 것은 올리버와 제니의 아버지입니다. 이들의 모습이 젊은 시절에는 보지 못했던 사랑의 모습으로 다가왔습니다. 25살의 총명하고 아름다운 딸을 잃은 제니의 아버지, 아내를 잃고 좌절하는 아들을 바라보는 올리버의 아버지. 이들의 러브 스토리 역시 대단히 아름다운 장면이었습니다.

영화의 후반부에 제니의 아버지가 딸의 임종을 지키기 위해 병실 문밖에서 기다리다가 올리버와 대화를 나누는 모습을 보고 가슴이 무너졌습니다. 올리버의 아내가 된 딸을 사위 곁에 두고 자신은 잠시 병실을 비우지요. 제니는 올리버에게 안아달라고 하면서 두 사람은 병상에서 나란히 누워 있습니다.

그녀는 사랑하는 남편인 올리버의 품에서 세상을 떠났지만, 이 모든 것을 병실 문 밖에서 우두커니 서서 딸을 기다리는 아버지의 심경은 어떤 것일까요? 사위의 말을 통해서 제니가 죽었다는 말을 듣고 있는 모

습은 세상에서 가장 슬픈 아버지의 모습이기도 했습니다. 제니와 올리
버는 일 년을 함께 살았지만, 아버지는 그녀와 25년을 함께 살았던 가
난한 사람입니다. 그의 성숙한 모습, 무너지는 가슴을 부여잡고, 슬픔을
참으면서 사위 올리버와 대화하는 아버지의 모습이 아름다웠습니다.

또한, 보수적인 명문가문의 전통을 지키려는 아버지 올리버 3세, 아
들인 올리버 4세에게 한 인간으로 우뚝 설 수 있는 강한 아버지의 모습
도 보았습니다. 그가 품은 슬픔 또한 남다르게 보이더군요. 사랑은 가난
한 사람이나 부자나 같은 의미입니다.

서로 다른 이들이 사랑하고 어울리면서 서로에게 미안하다는 말을 하
지 않고 마음으로 통하는 그런 세상이 되었으면 좋겠습니다. 이제는 세
상이 한 울타리가 된다고 하니, 우리 판소리를 좋아하는 젊은이와 모차
르트와 바흐를 좋아하는 젊은이가 서로 사랑하듯이 말입니다. 타인의
다른 면을 받아들이고, 타인의 아픔을 그대로 지켜보는 사랑. 이것이 러
브 스토리가 우리에게 주는 힐링 메시지입니다.

Sequence

3

행복은 희망이라는 구름이 아니라,
용기라는 대지에서 솟아난다.

행복은 용감한 사람에게 주는 신의 선물

행복을 찾아서 The Pursuit of Happyness, 2006

1

우리나라 중년 남자들에게는 이른바 '노숙자 콤플렉스'가 있습니다. 일등만이 살아남는 절대 경쟁의 사회 구조 속에서 절대 빈곤층으로 추락할지 모른다는 불안감이지요. 이러한 현상은 점점 더 확산하고 있습니다. 다만, 숨 가쁘게 돌아가는 일상 속에서 경주마처럼 달려가기 바빠서 잠시 잊고 지낼 따름이지요.

몇 년 전에 있었던 일입니다. 적어도 내가 보기에는 상당한 재산이 있는 지인이 우울증을 호소해 왔습니다. 오랜만에 그를 만나서 이런저런 이야기를 들어보니 문제의 핵심은 미래에 대한 불안감이었습니다. 이제 50대에 접어든 그는 서울에 30평대의 아파트가 있고, 매월 수입도 상당한데 원인불명의 불안감이 간헐적으로 엄습한다고 합니다. 자신이 노숙자가 되어 길거리를 방황하다가 죽어버리면 어쩌나 하는 걱정이었습니다. 나는 웃으면서 네가 그럴 리가 없을 것이라고, 통장 잔액을 확인하고 안심하라고 했지요. 또한, 너의 능력이면 그럴 가능성이 제로에 가까운 것 같다. 나도 잘 살고 있는데 무슨 엄살이냐고 핀잔도 주고, 위안을 해도 그 불안감은 어쩔 수 없는 거지요.

솔직히 지인의 이야기를 듣고 처음엔 화가 났습니다. 이 자식이 가난한 내 앞에서 돈 자랑하나? 하는 생각이 들었던 겁니다. 만약에 나에게 그 정도의 재산이 있다면 일 년 정도 아무 일도 안 하고 독서와 집필에 몰두해 '세계의 명작'을 쓸 수 있을 거라고 허풍을 떨기도 했습니다. 그런데 곰곰이 생각하니 그에게 찾아온 원인불명의 불안감은 우리 사회의 시스템에서 연유할지도 모른다는 생각이 들었습니다.

언론에서도 보도하듯이, 이제 우리 사회는 절대 빈곤층의 구조가 콘크리트보다도 단단하기 때문입니다. 이러한 정보가 주는 미래에 대한 불안감은 조울증을 유발하고, 극단적인 경우도 발생합니다. 최근에 강남의 고급 아파트와 10억대의 재산이 있는 상황에서도 살아갈 길이 보이지 않아, 자신의 가족을 살해한 한 가장의 심리 상태에서도 극명하게 드러났지요. 그에게 10억 원이라는 재산은 필자가 생각하는 10만 원 정도의 가치를 가졌는지도 모르겠습니다. 하긴 통장에 잔액이 10만 원이 있고, 앞으로 예정된 수입이 없다면 불안할 겁니다.

그렇다고 그것이 가족 살인으로 이어질 이유가 무엇인지 모르겠네요. 부인과 자식들이 왜 죽어야 했는지 정말 답답한 노릇입니다. 우리 사회

는 조선 시대의 신분제도보다 더 견고한 신분제도를 예감하고 있습니다. 빈자와 부자의 계급으로 나누어져 절대 그 경계선이 허물어지지 않을 것 같다는 거지요. 이 사람 역시 절대 빈곤층에 대한 개념이 다를 뿐 신분 추락에 대한 불안감이 있었을 겁니다.

이런 생각에 시달리는 사람들은 적어도 불행한 사람들입니다. 그렇다며 행복이 무엇일까요? 미국이나 한국이나 중년 남자의 행복의 조건은 바로 '돈'입니다. 그렇다면 《행복을 찾아서》는 《돈을 찾아서》라고 바꾸어 말해도 되는 걸까요? 아닙니다, 그건 아닙니다. 윌 스미스가 주연을 한 영화 《행복을 찾아서》는 절대 빈곤층으로 추락한 주인공이 찾아가는 행복을 통해서, 지금 당장 우리에게 필요한 행복의 가치를 생각해보게 합니다.

2

크리스 가드너는 28살에 아버지의 얼굴을 처음 볼 정도로 불우한 유년시절을 보냈습니다. 어린 시절부터 수학에 재능이 있는 똑똑한 젊은이였지만, 가난해서 공부를 계속할 수는 없는 성장 시절을 보냈지요. 그러던 그가 장성해서 가정을 이루었고 아들을 얻습니다. 그리고 자기 아들만은 그렇게 키우지 않겠다고 다짐합니다. 가정 생활도 원만합니다. 비록 가난한 생활을 하지만, 부부가 열심히 살고 있습니다. 맞벌이 부부이기 때문에 아들을 어린이집에 데려다주면서 출근을 하는데요. 크리스는 어린이집 벽에 낙서가 된 쓴 '행복'이란 단어의 철자가 틀렸다고 지적하지요. 행복의 가운데 철자가 Y가 아니라 I라고 여러 번 이야기합니다. 하지만 사람들은 고칠 생각을 안 합니다. 여기에 행복을 문을 여는 첫 번째 열쇠가 있습니다.

크리스는 정확하게 쓰는 사람입니다. 자신이 뭘 원하고 있는지 정확하게 적어야 합니다. 이토록 작은 습관 하나가 큰 변화를 일으킵니다. 작가가 글을 쓰는 것과도 비슷한데요. 위대한 사상과 세계의 명작도 정확한 철자법을 지키면서부터 시작됩니다. 아마도 이 영화의 영문 제목을 보고 당황하시는 분들도 있을 겁니다. 행복을 happyness로 적고 있습니다. 바로 아들 크리스토퍼가 어린이집 벽에 한 낙서입니다. 가운데 Y가 틀렸지요. happiness에 대한 의도된 오자입니다. 감독이 제목을 이렇게 한 이유가 뭘까요?

크리스는 무엇이 틀린 것인지를 잘 알고 있습니다. 만약에 어려운 처지가 되면 자신이 적어 놓은 인생 철자에서 틀린 글자를 빨리 찾아내야 합니다. 행복을 찾고 싶은데, '행북'으로 쓴다면 마음가짐이 뒤틀린 겁니다. 그런 상태로는 행복이 아니라, '헹복' 혹은 '행북'을 찾아가게 됩니다. 결국은 잘못된 길로 가는 겁니다. 이런 의미에서 그는 적어도 좋은 습관이 있는 사람입니다. 더불어 아들에 대한 애정이 각별합니다. 아들은 나와 관계를 맺고 있는 타인이면서 세상을 바라보는 창문이 되기도 합니다. 가까이 있는 타인을 멀리하면, 멀리 있는 타인은 더 멀어져 버립니다. 이것이 행복의 문을 여는 두 번째 열쇠입니다. 가족을 사랑하라.

그의 추락은 천천히 다가와 모든 관계를 단절시키면서 공포와 불안감을 유발합니다. 그는 자신의 전 재산을 털어 고가의 의료장비를 구입해 병원에 파는 외판원 일을 하고 있습니다. 회사의 정식직원이 아니라 물건을 파는 대로 수당이 떨어지는 임시직입니다. 한 달에 두 대는 팔아야 생활이 유지됩니다. 물건을 구매하고 부인과 행복한 미소를 지으면서 기념촬영까지 합니다.

우리가 그리는 미래에 대한 희망은 현실이 되기가 힘든 법이지요. 몇 달 동안 한 대도 팔지 못하자, 월세와 세금이 계속 밀리기 시작합니다. 세상의 모든 불행은 무리 지어 무자비하게 다가옵니다. 생활이 어려워지자 아내 역시 가난한 생활을 견디지 못하고 집을 떠납니다. 그는 아들과 월세에서 모텔로, 모텔에서 지하철 화장실로 추락하고 맙니다. 밀린 숙박비를 내지 못해 모텔에서 쫓겨나 지하철역 화장실의 문을 잠그고 아들과 함께 노숙할 수밖에 없지요. 더는 내려갈 곳이 없는 지하철역 대기실에서도 크리스는 유머를 잃지 않습니다.

그는 아들에게 의료장비가 타임머신이라고 이야기합니다. 아이는 버튼을 누르고 두 사람은 과거로 시간여행을 떠난다고 상상합니다. 영화는 이 장면을 사실적으로 보여줍니다. 이들이 공룡들이 돌아다니는 과거로 떠나는 장면을 좀 따뜻하게 처리하면 좋을 수도 있을 겁니다. 영화로 그런 장치는 얼마든지 할 수 있지요. 하지만 감독은 이들의 현실을 보여주면서 어떤 컴퓨터그래픽도 동원하지 않습니다. 감독은 냉정하게 텅 빈 심야의 지하철역 대기실을 보여줍니다. 부자가 말로만 '공룡이 나타났다, 어서 동굴로 피하자'면서 화장실로 가는 장면은 끔찍한 우리 현실이기도하지요. 안데르센의 성냥팔이 소녀가 보았던 환상의 세계를 크리스는 꿈꾸지 않습니다. 그는 아들 때문이라도 자리에서 얼어 죽을 수가 없기 때문입니다.

크리스는 이러한 현실을 환상으로 대치하는 마법의 손을 가지고 있습니다. 이것이 행복의 문을 세 번째 열쇠입니다. 부자는 화장실 바닥에 휴지를 깔고 하룻밤을 지새웁니다. 자신의 무릎에 아들을 누이고, 화장실 문을 노크하는 사람들을 피해 숨을 죽인채 긴 다리로 문을 가로막으면서 흐느끼는 그에게 무슨 행복이 있겠습니까. 하지만 그는 '행복'이라는 철자를 정확하게 쓰는 사람입니다. 생활이 힘들고 고단하다고 아무렇게나 적지 않습니다. 그리고 현실을 순간적으로 바꾸어 판타지를 제공합니다. 무거운 짐을 들기 위해 잠시 엎어진 자리에 이야기를 만들어 냅니다. 공룡과 같은 현실을 피해 몸을 숨기고 눈물을 흘리면서 견딥니다.

그리고 그는 항상 달립니다. 이것이 행복의 문을 여는 네 번째 열쇠입니다. 가난한 동네에 말도 많고 탈도 많은 법입니다. 생명과도 같은 의료 장비를 도둑맞고, 그것을 찾아 그는 열심히 달립니다. 취직하고 싶은 회사 간부에게 접근하기 위해 택시에 동승을 했다가 그가 그냥 내리는 바람에 택시비를 못 내고 죽기 살기로 도망칩니다. 빈민 구제 시설에 하룻밤을 자기 위해 아들의 손을 잡고 달립니다. 조금이라도 늦으면 노숙을 해야 하기 때문이지요. 하여간 그가 어느 날 도둑맞은 '행복'을 찾아 그는 끊임없이 달립니다. 크리스는 이 시절을 회고하면서 '뜀박질'이라고 합니다. 그는 달리고 또 달립니다.

빈민 구제 시절에서 겨우겨우 생활하던 그가 주식 중개인 인턴으로 취직하지만, 무보수이고 60명의 경쟁자가 있습니다. 하루 벌어 하루를 살아야 하는 그에게는 가혹한 처사이지만, 특유의 낙천성과 유머로 회사에서 인정을 받고, 때론 매혈을 하고, 고장 난 의료장비를 고쳐 팔아 생활을 하면서 행복을 찾아 끝까지 '뜀박질'을 합니다. 그의 목표는 오로지 정식 직원으로 취직하는 겁니다. 취직이 되면 아들과 함께 살 수 있는 거지요. 그의 곁에는 항상 아들이 있습니다. 그는 '행복'의 끈을 당기게 하는 유일한 존재이고 이유이기도 합니다. 그는 시험을 보기 위해 공부를 하는데요. 때론 지하철을 타고 밤새 돌아다니면서, 시간이 되면 불을 끄는 빈민구제 시설의 한구석에서 의료장비에 붙어있는 조명으로 책을 보고 시험 준비를 합니다.

그는 '행복'의 철자를 정확하게 쓸 수 있는 사람이라고 소개해 드렸습니다. 이런 습관과 정신이 한 치 앞을 보게 합니다. 그는 먼 미래를 보지 않습니다. 그렇다고 오늘만 바라보고 연명하지 않습니다. 무겁고 두꺼운 인생의 책을 열고 첫 줄부터 정확하게 읽어내려 갑니다. 그는 구사일생으로 회사의 정식 직원으로 취직되고, 자신의 회사를 차려 현재 미국의 백만장자가 되었습니다. 이러한 경험을 회고하면서 그는 말합니다.

"내 인생에 이 순간을, 이 작은 부분을 '행복'이라 부릅니다."

이 영화의 엔딩 크레딧은 그가 회사를 나와 자신의 투자회사를 설립해서 백만장자가 되었고, 마지막으로 2006년 자신의 회사 지분 중에서 수억 달러를 매각했다는 간단한 문장을 보여주고 올라갑니다. 1달러가 없어서 노숙하던 그가 재산의 일부인 수억 달러를 매각했다는 문장은 북소리처럼 우렁찹니다. 이 문장이 오늘도 비정규적 직원들에게 어떤 희망의 빛을 보여주는 걸까요? 아니요. 적어도 이런 관점으로 이 영화를 보면 많은 것을 못 보는 겁니다. 이 영화가 보여주고 싶은 것은 삼류 자기계발 서적의 허황된 메시지가 아닙니다. 그는 이 영화에서 돈을 버는 법을 한마디도 말하지 않습니다. 대신에 행복을 찾는 자신의 경험을 솔직하게 이야기하고 있습니다.

행복의 기준을 어디에 두고 있습니까? 이게 중요한 키워드입니다. '나는 행복하다.' 라고 말하는 순간이 언제인가요? 크리스는 절대 빈곤에서 벗어나는 순간을 행복이라고 이야기합니다. 그가 백만장자가 되어 어떤 생활을 하고 있는지는 모르지만 '행복'은 지속적인 상태가 아니라, 어느 한순간이라고 하는데요. 이것이 바로 힐링 메시지가 아닌가 싶습니다. 그가 만약 나는 백만장자가 되어 이런 생활을 하고 있는데 아, 행복하다. 라고 이야기했다면 이야기는 달라집니다.

등반가들이 가장 희열을 느끼는 순간이 정상 정복이 아니라, 정상의 바로 아래라고 합니다. 한 발만 더 가면 정상을 정복할 수 있다는 '이 작은 부분'입니다. 이 영화의 카메라가 쓰고 있는 메시지는 당신도 노력하

면 백만장자가 될 수 있다는 것이 아니라, 당신 인생의 행복한 순간을 찾아보라는 이야기입니다. 정확한 문장으로 행복을 적으라는 거지요.

부자가 되면 빈자와는 다른 모습으로 또 다른 고통이 찾아옵니다. 부자는 부자 나름의 절망과 좌절에 시달리기도 하지요. 명예와 권력, 명성도 마찬가지입니다. 장국영을 비롯한 스타들의 자살, 모 그룹 회장의 투신자살, 권력자들의 자살 등등 우리는 이러한 징표를 잘 볼 수 있습니다. 우리의 목표 지점이 최정상의 권력과 부라면, 행복은 영원히 오지 않을지도 모릅니다.

행복은 부자를 피해간다는 속담은 세계 공통의 메시지입니다. 반대로 빈곤 속에서도 행복은 가까이 오지 않습니다. 찢어지게 가난한 사람이 뭐가 행복합니다. 단 그가 고흐나 슈베르트와 같은 천재라면 몰라도 말입니다. 그 천재들도 행복한 순간은 작품의 창작이라는 우리에게는 다소 멀리 있는 신선놀음일 수도 있습니다. 너무 가난해도 안되고 부자라고 해서 행복한 것도 아닙니다. 행복은 가진 것이 있다면 나누어주고, 모자란 것이 있다는 채우려고 노력하는 그 적당한 순간에 찾아옵니다. 이것을 조율하는 사람이 행복한 사람이 아닌가 싶습니다.

4

이 영화를 아내와 같이 보았는데, 아내가 그런 말을 하더군요. 저 사람 부인은 어떻게 되었을까? 다시 만나서 살까? 같은 여자의 입장에서 부인에 대한 연민이 솟아났을 겁니다. 저는 아내에게 아마도 아닐 거라고 했습니다. 크리스의 아내가 집을 떠난 이유는 분명합니다. 절대 빈곤 때문입니다. 우리 주위에도 경제적인 이유로 가정 파탄이 나는 경우를 많이 봅니다. 그건 충분히 이해가 되는 행동입니다만 그 시절을 같이 보내지 못하면, 나머지 생도 같이 할 수 없다는 생각이 듭니다. 중국의 한 고사가 떠오릅니다.

고대 중국 제나라의 시조인 강상, 즉 강태공으로 유명한 사람인데요. 이 분은 환갑이 넘도록 공부만 하고 돈벌이는 하지 않아 어려운 집안 살림을 부인이 평생 꾸렸다고 합니다. 강태공은 나이 80세가 되도록 직장 생활을 하지 않았습니다. 그는 오로지 공부만을 했지요. 그러던 어느날, 낚시하는 자신을 찾아온 주나라 서백의 스승이 되어 서백의 아들인 주 무왕이 은나라를 정복하는데 일등공신의 역할을 합니다.

이 공로로 거지와 같았던 강태공이 제나라의 왕이 되어 금의환향합니다. 그런데 강태공의 아내는 노인이 된 남편을 떠나고야 맙니다. 어려운 살림살이를 견디는 동안 몸과 마음이 지쳐서 그런 거지요. 일흔 살이 되도록 공부만 하고 집안을 돌보지 않으니 어떤 부인인들 견딜 수 있을까요. 크리스 부인은 몇 년도 견디지 못합니다. 사실 이게 현실이지요. 누가 그녀들에게 돌을 던질 수 있겠습니까.

하여간 팔순이 넘어 제나라의 왕으로 돌아온 강태공이 그의 아내를 다시 만났다고 합니다. 노파가 된 아내가 자신을 받아들여 줄 것을 간청했지만, 강태공은 일언지하에 거절하고, 물 사발을 아내에게 주고 쏟아 버렸습니다. 그리고 아내에게 그것을 다시 담으라고 말하곤 돌아섭니다. 어찌 보면 참으로 비정하지만, 인간관계가 쏟아진 물과 같을 때가 있는 겁니다. 또한, 이런 고생을 함께 견딘 부부가 있기 마련이지요. 이럴 때 어떻게 처신을 하는지 잘 보여주는 중국 고사가 있습니다. '빈천지교불가망, 조강지처불하당'貧賤之交不可忘 糟糠之妻不下堂이라는 말입니다. "어려운 시절의 친구는 잊지 않고, 가난한 시절을 함께 한 아내와는 헤어지지 않는다"입니다. 세월이 아무리 변해도 인간관계를 만들어주는 행복에 대한 기준은 엄정한 모양입니다.

미국의 투자전문가로 성장한 크리스와 강태공은 비슷한 구석이 있습니다. 당대 최고 권력인 정권과 금권을 장악한 인물이기도 하고, 행복한 순간을 자신의 손으로 만들어 낸 인고의 시간을 견딘 사람들이기도 합니다. 강태공 역시 평생 공부를 해 준비를 하고, 한 나라의 정책을 담당하는 정식직원이 되는 순간 '행복'했을 겁니다. 그 순간을 위해 팔십 평생을 버틴 걸 생각하면 후세의 모범이 되고, 절대 빈곤 속에서도 희망과 유머를 잃지 않고 책을 읽고 공부를 한 크리스 역시 마찬가지입니다. 영화에서 그가 책을 읽는 장면이 매우 감동적이지요.

너무 빨리 성공하려고만 하고, 행복의 철자법도 틀리게 쓰는 사람은 행복의 순간을 만날 수 없을 겁니다. 어쩌다 편법을 써서 잠시 졸부가 되었다고 해도 그것이 행복은 아닙니다. 그건 분명하지요. 만약에 이런 가치가 사라지는 사회구조가 된다면 그 사회는 반드시 파멸할 것입니다. 이것 역시 분명합니다.

자신만의 걸음으로
자기 길을 가라

죽은 시인의 사회 Dead Poets Society, 1989

"오 캡틴,
마이 캡틴!"

1

그리스의 철학자 피타고라스는 태양과 다른 별들이 지구 주위를 돌면서 우주의 음악을 우레와 같이 연주한다고 했습니다. 하지만 우리는 날마다 우주에서 들려오는 음악 소리를 다 듣지 못한다는 거지요. 인간이라는 한계가 있기 때문입니다. 우리보다 청력이 뛰어난 고양이는 우주의 음악을 더 많이 들을 수 있을 겁니다. 고양이가 가만히 앉아서 조는 모습을 보면 꼭 연주회장에서 음악을 감상하는 진지한 관객처럼 보이기도 합니다. 고양이처럼, 시인은 사람들이 듣지 못하고 보지 못하는 것을 노래하는 사람입니다.

사람들은 성장하면서 한 시절을 어떻게 보내느냐에 따라 나머지 생이 결정되기도 합니다. 예를 들어 청소년기에 공부를 열심히 해서 좋은 대학에 들어가 그 사회의 상류층으로 진입하기 위해 노력하는 일도 가치 있는 일입니다. 그런데 그것보다 더 중요한 것이 있다면 어떻게 될까요?

인생에 가장 가치 있는 것들을 생각하게 하고, 스스로 성장하게 도와주는 것이 바람직한 선생의 모습이기도 합니다. 황무지 같은 세상을 견디고 굳세게 살아가기 위해서 필요한 것이 있지요. 우리에게는 좋은 선생이 필요합니다. 성인이 되어서도 그러하지만, 유아기와 청소년기에는 그것이 가장 간절한 것이기도 하지요.

멀리 외국의 예를 들 것도 없이 우리에겐 '입시지옥'이라는 말이 있습니다. 대학 진학을 위해 잠시 모든 것을 포기하고 오로지 학과공부에만 매진하는 학생들이 있습니다. 저 역시 고등학교 시절에는 숨이 막히는 입시 공부를 해야 했지만, 그 시절에 도서관에서 카뮈나 카프카를 읽었던 기억이 납니다. 이미 대학 진학의 꿈은 접어 버렸다고 담임선생에게 말씀드리고, 여름방학에 학교 도서관에서 문학을 읽었습니다. 그러다가 미술을 전공하는 여대생이 정문에서 기다린다는 소리를 듣고, 학교에서 빠져나와 청량리역에서 기차를 타고 강촌으로 놀러 가기도 했습니다. 한마디로 한심한 학생이었지요. 그때 나의 행동을 이해해주는 국어 선생이 한 분 계셨습니다. 시인이셨지요.

2

존 키팅은 미국의 명문가 자제들이 진학하는 웰튼 고등학교에 영어 교사로 부임합니다. 그는 첫 수업 시간부터 교단에서 학생들을 내려다보는 권위적인 수업방식이 아니라, 학생들의 책상 가까이 다가가며 미소 짓는 특이한 선생이었습니다. '카르페 디엠Carpe Diem'을 외치면서 지금 이 순간을 즐기라고 말하고, 교과서를 찢어버리는 파격적인 행동을 합니다. 이러한 수업방식에 예민하게 반응하는 학생도 있고, 기존의 교육방식에 순응하는 학생들도 물론 있습니다. 학생 중에서 닐과 토드를 중심으로 학교에 새로운 기운이 솟아납니다. 봄날의 새싹 같은 모습입니다.

키팅 선생의 교육방식에 흥미를 느끼고 존경하는 한 무리의 학생들이 형성됩니다. 이들이 〈죽은 시인의 사회〉라는 비밀 클럽의 주인공들이지요. 이 문학 동아리는 키팅 선생이 웰튼 고등학교 학생이던 시절에 만든 고전 시인 연구 독서클럽이기도 하지요. 죽은 시인은 고전이 된 문학작품을 의미하기도 합니다. 하지만 입시와 무관한 독서 클럽의 전통은 사라져 버린 지 오래되었습니다. 학생들은 오로지 경마장에서 달리는 경주마처럼 학과공부에만 매진합니다.

학생들은 학교의 눈을 피해 일주일에 한 번 학교 인근의 동굴에 모여서 촛불을 켜고 시를 낭독하며, 문학의 세계에 흠뻑 빠집니다. 어둡고 깊은 동굴 속에는 학교에서 배울 수 없었던 사랑과 자유, 낭만과 희망이 촛불처럼 불타오르고 있었습니다. 오로지 대학 진학이라는 미래를 담보로 지금 이 순간을 잃어버렸던 아이들은 '카르페 디엠'의 의미를 깨닫고 알 속의 새처럼 조금씩 굳어버린 사고의 틀을 깨고 있습니다. 하지만 언제나 이런 움직임에는 반작용이 있기 마련이지요.

보수적인 집안의 아버지 밑에서 자란 닐은 연극에 재능이 있었지만, 몰래 공연 준비를 할 수밖에 없습니다. 의사가 되기를 바라는 아버지에게는 상상도 할 수 없는 일이었지요. 연극공연은 성공적으로 이루어지고, 닐은 배우가 되고 싶어 합니다. 그러나 아버지는 이 모든 사태의 배후로 키팅 선생을 지목하고 아들을 더 엄격한 군사학교로 전학을 시키려고 합니다.

이상은 멀고, 현실의 무게를 감당하기에는 닐은 무기력합니다. 닐은 결국 자살을 택하면서 학교는 혼란에 빠집니다. 아들이 권총 자살하는 소리를 듣고, 놀라 오열하는 닐의 아버지의 모습도 인상적입니다. 자신의 모든 것을 바쳐서 아들이 성공하기만을 바라는 부모의 마음도 한 편으로는 측은합니다. 아버지는 자신이 살았던 세상과 앞으로 아들이 살 세상이 다르지 않을 것이라는 확신으로 아들을 사랑했지만, 사랑은 타인을 배려하는 것, 아들 역시 자신의 소유물이 아니라 타인임을 인정하지 않는 그의 모습이 이 시대의 불편한 모습이기도 합니다. 불통의 세상이지요.

하여간, 닐의 자살 사건으로 키팅 선생은 해고당합니다. 학교는 그가 품은 교육 정신을 불온한 것으로 여기고, 아이들이 공부를 방해하는 위험 요소로 판단합니다. 그는 결국 세상에서 추방당하는 시인의 모습으로 학교를 떠나고야 말지요. 학교와 그는 소통이 되질 않습니다. 학교는 열리지 않는 문이었고, 키팅 선생은 열심히 문을 두들겼지만, 문을 열어보지도 못한 채 쓸쓸하게 떠나고 맙니다.

교장 선생님이 키팅 선생을 대신해서 수업에 들어오고, 마지막으로 제자들을 보고 싶은 키팅 선생은 잠시 교실로 들어옵니다. 그리고 여전히 아름다운 아이들의 모습에 미소 지으며 돌아섭니다. 돌아서는 선생을 부르는 학생들의 모습이 눈물겹지요.

이때, 소심하고 사색적인 토트가 벌떡 일어나 책상 위로 올라갑니다. 이것은 스스로 교탁 위로 올라가 권위를 무너뜨리고, 학생들에게 너희도 책상 위로 올라와서 세상을 보라고, 인생의 멀고 험한 길을 가기 위해서는 서로 다르게 보아야 한다. 어서 일어나 책상 위로 올라서 보라고 재촉하던 키팅 선생의 첫 모습을 떠올리게 합니다. 그때 하나둘 책상위에 올라가는 학생들, 저절로 가슴 한구석이 먹먹해지면서 응어리진 감정의 덩어리가 생깁니다. 교장 선생은 학생들의 돌발행동에 당황하면서 어서 내려오라고, 복종하지 않으면 퇴학시키겠다고 엄포를 놓지만 토드와 다른 학생들이 책상 위로 올라가 외칩니다.

오 캡틴, 마이 캡틴! Oh Captain, My Captain!

그러한 제자들의 모습을 보고 캡틴 키팅은 교실 문을 나섭니다. 그는 그렇게 우리가 잃어버린 아름다운 세상을 보여주는 죽은 시인의 모습으로 추방당하고 있습니다. 그리고 이런 자막이 스크린 위로 떠오릅니다.

그 누구도 아닌 자기 걸음을 걸어라. 나는 독특하다는 것을 믿어라. 누구나 몰려가는 줄에 설 필요는 없다. 자신만의 걸음으로 자기 길을 가거라. 바보 같은 사람들이 무어라 비웃든 간에.

3

       키팅 선생이 제자들에게 "오 캡틴, 마이 캡틴!"이란 시를 알려 주었습니다. 제자들은 선생이 떠나는 자리에서 이 시의 한 구절을 외쳤습니다. 어떤 의미가 있을 겁니다. 이 시의 한 단락을 읽어 보겠습니다.

오, 함장이여! 나의 함장이여!

우리의 무서운 항해는 끝났습니다,

배는 온갖 난관을 무릅쓰고,

우리가 추구한 상을 획득했습니다,

항구는 가깝고, 종소리가 들리고,

사람들은 모두 기뻐하고 있습니다,

한편 사람들은 든든한 선체로 눈길을 돌립니다,

엄숙하고 용감한 배로,

그러나, 오, 심장이여! 심장이여! 심장이여!

오, 나의 함장이 싸늘하게 죽어 쓰러져,

누워 계신 갑판 위에,

뚝뚝 떨어지는 붉은 핏방울이여.

– 《휘트먼 시선》, 윤명옥 옮김

휘트먼의 시집을 펼쳐 읽으니 새로운 감회가 드는군요. 미국의 계관 시인인 월트 휘트먼은 링컨 대통령이 1865년에 암살당하자, 그를 추모하는 시 4편을 쓰는데 그중의 하나가 바로 위의 시입니다. 평생 한 권의 시집에 몰두하면서 불멸의 시집인 《풀잎》을 남긴 시인이 추모시를 쓴 것 자체가 대단히 흥미롭습니다.

그가 존경한 링컨 대통령이 암살범에 의해 저격당하자 엄청난 충격을 받았을 겁니다. 그의 가치관이 폭력에 의해 쓰러지는 순간입니다. 시인으로서 펜을 들어 그 비통한 마음을 종이에 적었겠지요. 시인은 링컨을 침몰 직전에 있는 미국이라는 난파선을 이끌었던 함장으로 노래합니다.

저는 이 시를 보면 김구 선생의 휘호 〈사무사思無邪〉가 떠오릅니다. 선생의 탄신 130주년 기념 특별전에서 전시된 '思無邪, 생각함에 삿됨이 없다, 사심 없이 일한다'라는 휘호에는 선생의 붉은 핏방울이 얼룩져 있습니다. 경교장에서 이 휘호를 쓰고 나서 암살을 당했기 때문입니다. 손님으로 맞이했던 대한민국 군인의 권총에서 흉탄이 날아왔고, 휘호가 펼쳐진 탁자위로 선생의 피가 튀었고, 그 핏방울은 지금까지 우리 가슴에 얼룩져 있습니다.

임시정부 시절 일제의 총탄도 견뎌낸 선생이 독립된 나라에서, 그것도 우리나라 군인의 손에 쓰러졌다는 점은 우리 민족의 최대의 비극이었습니다. 결국은 적은 밖이 아니라 안에 있었습니다. 이 휘호는 선생의 정신이었고, 그 정신을 향해 날아온 흉탄이 선생을 쓰러뜨렸습니다. 그리고 우리는 굴곡진 현대사의 막을 열었습니다. 그때부터 지금까지 이어져 온 선생의 정신은 이제 기념관에서나 만나 볼 수 있는 전시품이 되었나 싶은데요.

가끔 선생의 묘소에 참배하면서 참담한 마음을 금할 길 없습니다.

휘트먼 역시 링컨 대통령이 흉탄에 쓰러지자 비통한 마음을 참을 수 없었던 거지요. 우리는 이 시의 한 대목을 영화에서 만나게 되는데요. 어떤 문학 강연보다 막강한 영향력을 행사하는 선생님을 그 영화에서 만나기 때문입니다. 바로 키팅 선생님이지요. 키팅 선생 역시 이러한 지경이 되어 버립니다. 물론 저격을 당한 것은 아니지만, 권력에 의해 강제 추방을 당하는 시인의 모습이기도 합니다. 휘트먼의 존경한 링컨, 제가 존경하는 김구, 그리고 영화 죽은 시인의 사회의 키팅 선생의 공통점이기도 합니다.

이 영화는 25년 전의 작품이고, 미국과 한국의 교육 현실은 그리 다르지 않다는 것을 보여주었습니다. 안타까운 것은 지금도 여전하다는 거지요. 우리나라의 대학 입시도 그때그때 정책이 바뀌고, 이젠 점점 상류 사회의 학생들만이 소위 일류 대학에 진학하는 공식이 당연하게 받아들여지고 있습니다.

제가 고등학교에 다녔던 시절만 해도 가난한 학생이 영어 사전 하나 들고 코피를 쏟으면서 공부를 했고, 도시락을 못 싸서 운동장의 수돗물을 먹기도 했습니다. 내 친구이기도 한 그 아이가 서울대학교에 들어가던 시절이었고, 그런 모습을 개천에서 용 났다고 했지요. 하지만 이제는 그 개천마저도 복개공사로 모조리 사라져 버렸고, 돈과 권력이 바로 일류 대학이라는 공식이 만연합니다. 이런 시대에 가장 필요한 것이 키팅 선생과 같은 모습이 아닐까, 당시 극장에서 눈물을 흘리던 학부모들의 심경을 짐작할 수 있습니다.

미국에서 1989년에 만들어진 이 작품은 우리나라에서 1990년 개봉합니다. 개봉관은 피카디리 극장에서 개관한 '피카소 극장'이라는 소극장입니다. 이 극장은 이후에 '피카디리 2관'으로 바뀌었습니다. 피카소 극장에서 이 영화를 본 분들은 기억하시겠지만, 신상옥 감독의 《마유미》가 동시에 개봉되었습니다.

영화 《마유미》는 정부에서 국민들의 반공정신을 고취하기 위해 관여한 '국책영화' 정도 되는데요. 엄청난 제작비를 투여해서 당시에 피카디리를 비롯한 전국의 극장에서 대대적인 홍보를 한 영화이고, 공짜 표도 엄청나게 돌렸습니다. 공짜 표를 들고 가서 관람하고는 눈만 버렸다며 투덜거리던 사람이 한둘이 아니지요. 그때 극장 앞에 줄을 서는 진풍경이 벌어졌는데요. 소극장에서 상영하던 《죽은 시인의 사회》를 보기 위해서였습니다.

1990년의 우리나라 극장가 풍경이 이러했습니다. 이제는 《마유미》와 같은 영화를 만들지는 않겠지만, 특정한 영화에 대한 정부의 정책은 여전합니다. 죽은 시인의 사회는 학교에서 필요한 동아리만은 아니라는 생각이 듭니다. 요즘에 유행처럼 번지는 인문학 열풍도 죽은 시인의 사회에 촛불을 켜려는 사람들의 마음일 겁니다. 정말 중요한 건요, 스스로 공부하는 겁니다. 유명 강사의 현란한 말솜씨보다 조용히 한 권의 책을 읽기를 권합니다. 유행은 항상 권력을 만들어내기 때문입니다. 그리고 학자건 시인이건 권력을 잡으면 반드시 타락합니다. 그래서 진정한 예술가들 이 권력을 멀리합니다. '오 캡틴, 마이 캡틴'을 떠올리면서 다시 한 번 키팅 선생의 쓸쓸한 미소를 떠올립니다.

자신만의 걸음으로 자기 길을 가거라.
바보 같은 사람들이 무어라 비웃든 간에.

나비가 앉았다 간 자리

사랑의 기적 Awakenings, 1990

'다시……,
시작하죠.'

1

　　　　　　모진 세상을 살면서 불행한 생각은 안 하는 것이 건
강에 좋습니다. 그런 생각은 근심 걱정을 만들기 때문이고, 불행한 일들
은 닥치고 나서 대처해도 되기 때문이지요. 하늘이 무너지고 땅이 꺼질
것을 두려워하면서 골방에 숨어서 살 수는 없는 일입니다. 하지만 아주
가끔은 영화에서 본 타인의 불운을 나에게 적용해 보는 것도 좋은 일입
니다. 오늘은 우리가 도저히 어쩔 수 없는 질병에 대해서 생각해보겠습
니다.

　예를 들면 이런 생각입니다. 만약에 온몸이 경직되어 움직이지 못한
상태로 살다가 30년 만에 잠시 깨어난다면 기분이 어떨까요. 어느 날 문

득 깨어나 거울을 보니, 스무 살 청춘은 중년의 나이로, 서른 살 여인은 환갑이 지나 머리카락이 하얗게 세었습니다.

인생에서 30년은 한평생일 수도 있습니다. 예수도 서른 살에 세상을 떠났으니까요. 그 긴 세월을 치료할 수 없는 병에 걸린 채 의사의 도움으로 겨우 연명하는 일은 가족에게도 엄청난 고통입니다. 말이나 글로 형언하기 힘든 일입니다. 자기 의지대로 움직일 수가 없다는 것, 그것은 어떤 의미에서 죽어 있다는 말이기도 하겠지요. 하지만 심장은 움직이고 있기에 잠들이 있다고나 할까요. 가족과 대화도 할 수 없고, 화장실도 혼자서 갈 수가 없습니다. 갓난아이처럼 기저귀를 차고, 음식도 도움을 받아먹습니다. 지금 우리 곁에는 그렇게 살아가는 환자들이 있습니다.

2

저는 로버트 드 니로를 좋아하는데, 이 영화를 보고나서 제일 좋아하는 배우로 낙점했습니다. 세상에는 좋은 배우들이 많이 있는데 그는 매력이 넘치는 배우라는 생각이 드는군요. '연기를 잘하고 못하고'에 기준을 두는 평점은 로버트 드 니로 급의 배우들에게 어울리는 평가가 아닙니다. 그가 얼마나 매력이 있고, 영상 속에서 깨어있고 살아있느냐가 팬들의 사랑으로 나타나니까요. 그는 이 영화에서 멈추어 있었지만 끊임없이 움직였고, 움직였지만 어느 순간 우리 감정을 그대로 얼어붙게 하는 눈물겨운 감동을 주었습니다.

불행은 도둑처럼 찾아온다는 말이 있습니다. 건강하게 태어나 잘 자라서, 학업성적이 매우 우수하고 단정한 아이 레너드는 어느 날 자신의 이름을 쓰다가 손떨림을 감지합니다. 시험을 볼 때는 답안을 작성하지 못하고, 지렁이처럼 글자가 기어갑니다. 그때부터 아이는 세상과 격리되어 11살의 소년의 기억을 간직하고, 30년을 마비되어 살아갑니다. 참 오랜 세월인데요. 하지만 정작 환자는 그것을 의식하지 못하고 있습니다.

레너드는 이런 만성질환자들을 위한 시설인 배인브리지 병원에서 세상과 격리되어 있습니다. 30년이 지났지만, 어머니에게 레너드는 11살 소년일 따름입니다. 40대 중년 남자의 기억 속에 어머니는 '엄마, 엄마'일 뿐이지요. 그가 마지막으로 부른 사람이 바로 엄마이기 때문입니다.

이 병원에 연구원 출신의 닥터 세이어가 부임하면서 뭔가 살아 움직입니다. 그는 연구실에서 벗어나 처음으로 환자를 돌보는 의사 일을 하는데요. 그의 눈에 비친 환자들의 모습은 모두 잠들어 있는 사람처럼 보입니다. 눈동자조차 움직이지 않으니 그들이 무슨 생각을 하는지 알 수가 없지요. 하지만 세이어는 그들의 마음이 움직이고, 듣고 말하고 있다고 확신합니다. 그들을 치료하기 위해 동분서주 하던 세이어는 환자들의 반사 신경이 살아 있다는 사실을 알게 됩니다. 공을 던지면 한 손을 받고, 음악을 들려주면 반응하고, 이름을 부르면 뇌파가 변화한다는 사실을 알고 이들을 깨우고 싶어 합니다.

세이어는 그들이 '살아 있다는 사실'을 확신합니다. 그런 믿음이 그를 깨어 있게 하고 움직이게 합니다. 동료 의사들은 타성에 젖어 환자들처럼 경직되어 있습니다. 어제와 오늘이 다르지 않습니다. 그냥 멈추어 있는 환자들을 돌보는 것으로 만족하고 있지요. 이 조용한 병원에 깨어 있는 자가 등장합니다. 닥터 세이어, 그는 예수처럼 항상 깨어 있는 자세로 환자들과 교감하고 있습니다. 그리고 그가 주목한 환자가 레너드입니다.

파킨슨병 치료제를 설명하는 학술발표회에 참가한 세이어는 자신의 환자들이 파킨슨병과 비슷한 증상을 보이는 것을 깨닫고, 그 약을 환자에게 투여하기로 합니다. 하지만 고가의 약품이기에 병원의 허락이 떨어지지 않자, 단 한 사람, 레너드에게만 처방하고 투약하지요. 치료제는 복용한 레너드는 점점 반응을 보이기 시작합니다.

어느 날 밤에 환자 옆에서 잠들어 있던 세이어는 침대에 누워있던 레너드가 사라진 것을 발견하고 온 병원을 돌아다니면서 찾아다니는데요. 레너드는 혼자 일어나 테이블에 앉아 뭔가를 쓰고 있습니다. 병중에도 항상 책을 읽었다는 레너드가 뭔가를 혼자 쓰고, 세이어를 보며 미소를 짓는 모습은 바로 한 의사의 집념이 이루어 낸 기적이었습니다. 그는 드디어 깨어난 것입니다.

관객들은 순간적으로 그가 깨어나기까지의 일들을 모두 잊어버리고, 깨어나 웃고 걸어 다니고 자연스럽게 행동하는 그의 모습을 보면서 안도감에 젖습니다. 사랑의 기적이 일어났구나. 세상은 살만한 거야. 이것이 실화이기 때문에, 또한 제목이 《사랑의 기적》이기 때문에 기적이 일어날 일을 어느 정도 예상을 한 장면이지만, 직접 환자가 움직이는 모습이 이 심전심으로 느껴지는 거지요. 병원에 근무하는 모든 사람이 레너드의 기적을 확인하고 기뻐하는데요. 하지만 여기서부터 이 영화가 던지는 메시지는 무겁습니다. 그는 완전히 회복된 것이 아니기 때문입니다. 레너드, 즉 로버트 드 니로가 보여주는 불완전한 환자의 모습은 지금 우리가 살고 있는 모습을 단적으로 보여줍니다. 일희일비하면서 고통과 좌절, 희망과 환희가 교차하는 그런 모습이지요.

<h2 style="text-align:center">3</h2>

닥터 세이어의 역할은 로빈 윌리엄스입니다. 로버트 드 니로와 로빈 윌리엄스가 주연입니다. 두 배우가 함께하는 필름을 본다는 건 행운이지요. 말 그대로 명품입니다. 세이어는 전형적인 연구자의 모습입니다. 의학연구에 몰두하면서 자신의 연구실에서 벗어나지 못하는, 외롭고 쓸쓸하게 사는 사람입니다. 새로 부임한 병원에서 만난 간호사에게 관심이 가지만 쉽게 다가가지 못하는 소심한 학자입니다. 그의 모습 역시 어느 정도는 잠들어 있는 모습입니다. 그는 식물을 좋아하고 매우 정적인 사람입니다. 그와 레너드는 의사와 환자이지만, 서로 비슷한 구석이 있지요. 이것이 묘하게 공감대를 형성합니다.

하여간, 레너드의 기적적인 회복으로 자신감을 얻은 닥터 세이어는 병원장을 설득하고, 후원자들을 모아 비싼 의료비를 모금합니다. 그리고 다른 환자들에게도 약물을 투약해서 환자들이 깨어나기 시작합니다.

오랜 세월 정지되었던 모든 일들, 그들은 잃어버린 세월에 대해서는 무방비입니다. 마비가 오기 전에 기억만을 가지고 있기 때문이지요. 소녀시절에 마비되어 할머니가 된 환자가 자신의 모습에 충격을 받고, 레너드 역시 잃어버린 세월에 대한 충격으로 잠시 멈칫합니다. 하지만 레너드는 충격에서 빨리 벗어나 새로운 삶에 적응하기 위해 노력합니다. 그는 끊임없이 움직이고자 합니다. 좁은 병실에서 벗어나 산책하고 싶지만, 병원장이 허락하지 않습니다.

그가 산책하고 싶어 하는 이유는 아버지를 간병 온 여자를 만나고 싶어서입니다. 레너드는 그녀의 곁을 서성거리고, 그녀 역시 레너드에게 곁을 조금 내줍니다. 레너드는 점점 서울을 보는 시간이 늘어나고, 그녀가 오기를 기다리고 있지요. 한편 산책을 거부당한 것에는 거칠게 저항합니다. 병원의 입장에서는 아직 병의 경과를 모르기 때문이지만, 병원은 화를 내며 저항하는 레너드를 창살이 달린 별실에 가두어 둡니다. 하지만 레너드는 그곳에서도 병원장의 부당함을 성토하며 시위를 하고 있습니다. 그 와중에 그의 모습이 점점 이상해지기 시작합니다. 틱장애 증상이 보이고, 다시 손발이 조금씩 마비되기 시작합니다.

어느 날, 레너드는 잠시 온전한 모습으로 만났던 그녀를 만나 다시는 보지 못할 것이라며 결별을 통보하지요. 일그러진 얼굴과 틱장애 증상을 억눌러가며 겨우 결별을 통보하고, 뒤틀린 몸으로 일어나는 레너드에게 그녀는 다가가서 손을 잡고 춤을 춥니다. 아무 말도 하지 않고 두 남녀가 식당에서 배경음악도 없이 서로를 안고 춤을 추는데, 연인들은 조용히 눈물을 흘립니다. 그것이 어쩌면 마지막 만남이 될 수도 있다는 예감 때문이었지요.

레너드가 11살 이후로 마비되었다가 30년이 지난 후에 만난 그녀는 지상에서 만난 마지막 여인이자 최초의 여인입니다. 눈동자조차 움직이지 못하지만 살아있는 레너드에게, 그 영혼의 모습을 지켜본 세이어의 치료와 잠시 천사와 같이 나타난 그녀의 존재는 그가 살아있음을 증명하는 존재였습니다.

이 춤은 레너드에게 어둠 속의 빛이었고, 불통의 세상에서 소통하는 통로입니다. 이들이 환자들이 지켜보는 식당에서 춤을 추는 신은 격정적인 섹스이기도 하고, 따뜻한 포옹이기도 하고, 나비가 잠시 앉았다 간 자리 같은 입맞춤이기도 합니다. 절대 마비의 상태에서 한 여자의 손을 잡고 춤을 춘다는 것은 레너드에게는 전 생애에서 가장 황홀한 순간이었습니다. 동시에 그것이 마지막이라는 예감은 천 길 낭떠러지로 떨어지는 절망이지요.

황홀한 절망의 시간이 끝나고 그녀가 병원을 나서자, 창가로 달려가서 사라지는 그녀의 모습에 오열하는 레너드의 모습은 이 영화의 압권입니다.

한 사람이 완전히 마비된 상태, 조금 움직이는 상태, 잘 움직이는 상태에서 다시 마비로 가는 그 과정, 레너드의 이 모습을 로버트 드 니로는 최고의 연기로 감동을 주었습니다. 그의 표정과 웃음, 분노와 절망이 스크린을 가득 메우고, 거기에 닥터 세이어의 모습이 조용히 서 있지요. 어쩌면 그토록 따뜻하면서도 사랑스러운 모르겠습니다.

닥터 세이어는 환자가 아니지만, 영혼의 어떤 부분이 마비된 사람이어서 타인을, 특히 사랑을 만나지 못합니다. 그러나 레너드의 조언과 간호사의 헌신적인 모습이 세이어의 마음을 움직였고, 영화의 말미에는

퇴근하는 간호사에서 다가가 세이어가 데이트를 청하는 장면이 나오는데요. 이 우울한 영화에서 그나마 안도감을 주는 장면입니다. 닥터 세이어도 좀 행복했으면 좋겠습니다.

역시 가깝게 있는 사랑스러운 여자가 최고지요. 여자는 남자들에게 참 많은 것을 주는 고마운 존재입니다. 로빈 윌리엄스의 웃음은 저토록 따스한 인간이 우리 곁에 있었다는 증거이기도 하지요. 새삼스럽게 고인의 미소가 보고 싶어집니다.

4

기적의 순간이 흘러가고 몇 번의 고비가 지난 뒤, 점점 마비상태로 되돌아가는 레너드의 모습을 묵묵히 지켜보고 있는 세이어는 환자에게 점점 더 많은 약물을 투여하지만, 어쩐 일인지 레너드는 마비상태로 돌아가고 맙니다. 마치 장기수들이 잠시 외출하듯이 환자들의 즐거운 한때는 지나가고, 다시 원래의 모습으로 돌아오고 말지요. 화면에는 실화를 바탕으로 한 영화의 후기가 이어집니다.

닥터 세이어와 그의 동료들은 뇌염 후유증을 앓는 환자들을 치료하기 위해 약물 투여를 계속하고 있다. 레너드와 다른 환자들은 일시적으로 깨어났지만, 1969년 그해 여름만큼 놀라운 기적은 다시 일어나지 않았다. 닥터 세이어

는 브롱크스에 있는 만성질환자 병원에서 진료를 계속하
고 있다.

세이어는 '인간의 정신이 어떤 약보다 강하다.'는 말도 합니다. 그가 치료하고자 하는 것은 병리학적인 의사의 역할도 있지만, 인간의 잠들어 있는 영혼을 깨우고자 하는 연금술사의 모습도 있습니다. 하지만 현실은 가혹합니다. 치유할 수 없는 병마처럼 가족과 연인에게 고통스러운 것은 없지요. 지금 레너드가 어떤 생각을 하는지 우리는 알 수가 없습니다. 고정된 눈동자 너머로 그는 산책을 하고, 연인을 만나고 있을 겁니다. 그건 분명합니다. 그의 영혼은 깨어있기 때문입니다. 그런 확신이 없다면 치료를 할 필요가 없을 겁니다.

그리고…… 우리들의 모습을 한번 생각해 보지요. 비록 자유롭게 움직이는 우리가 잃어버린 것은 무엇일까? 우리의 영혼의 팔다리가 마비된 것은 아닌지……. 그렇다면 육체가 마비된 것과 영혼이 마비된 것의 차이는 무엇인지, 어떤 것이 더 무서운 형벌인지 곰곰이 생각해 봅니다. 내가 젊고 기운이 왕성해서 잘 움직일 수 있어도, 가난하고 가여운 사람에게 다가가지 않는다면 그는 영혼 마비 환자입니다.

영화의 속 깊은 뜻은 영혼을 일깨우라는 것입니다. 아주 간단하지요. 가까이 있는 사람의 손을 잡고 사랑을 나누는 겁니다. 이 영화는 상처받고 배반당하고 고통당하여 경직된 우리의 영혼에 아름다운 한 의사의 손으로 치유의 처방을 내리고 있습니다. 이렇게 말입니다.

자, 저기에 당신의 사랑이 있다. 산책길을 걸어서 가라. 자, 저기 당신

이 돌보아야 할 늙은 부모가 있다. 어서 가서 포옹하라. 아주 가까이
에 당신이 잃어버린 당신이 있다. 어서 깨어나 걸어가라. 실패를 두려워
하지마라. 그가 나를 밀어낼까 두려워하지 마라. 만약에 실패한다면 그
땐 자신에게 이렇게 말하는 것이다.

자, 다시 시작하죠.

이것이 우리가 사는 인생이 아닐까요?

누가 사무라이를
죽였나?

라쇼몽 羅生門, In The Woods, 1950

1

인간이란 무엇인가? 라는 질문에 대한 해답은 없습니다. 정답도 없지요. 하지만 대답은 할 수 있을 것 같습니다. 문학을 포함한 인문학은 '어떻게 살 것인가', '인간이란 무엇인가'에 대한 대답입니다. 영화도 같은 식으로 볼 수 있을 것 같은데요. 영화 《라쇼몽》은 인간에 대한 믿음이 사라진 자리에 던지는 중요한 질문들로 만들어진 영화입니다.

이 영화가 국제 영화제에서 수상하자, 흥행성이 없다고 제작을 꺼리던 제작자들이 마치 자신들이 적극적으로 나서서 영화를 만든 것처럼, 영화계의 발전을 위하여 과감한 선택을 한 것 같이 우쭐거렸습니다. 그런 모습을 보고 아키라 감독이 일본의 한 술집에서 이런 말을 합니다. '인간의 저런 모습을 영화에 담고 싶었다.' 어떤 일이 벌어졌을 때 인간이 보여주는 위선과 위악에 대한 깊은 성찰이라는 생각이 듭니다.

《라쇼몽》은 작가 아쿠타가와 류노스케의 소설을 원작으로 하고 있는데요. 단편 〈라쇼몽〉과 〈덤불속〉 두 편의 작품을 구로사와 아키라 감독이 시나리오로 만든 작품입니다. 그래서인지 영화 제목에도 《라쇼몽, In The Woods》라고 되어 있습니다. 두 편의 소설에 기대어 영화를 만들었다는 이야긴데요. 영화를 보고 소설 라쇼몽을 찾아 읽은 분들이 있다면 실망을 할 수도 있을 겁니다. 소설과 영화는 다른 서사구조를 가지고 있습니다.

감독은 두 작품에서 적당한 공간과 스토리를 빌려옵니다. 〈라쇼몽〉에서는 무대를 빌려오고, 〈덤불속〉에서는 이야기를 가져옵니다. 독립적인 두 작품은 절묘하게 어울립니다. 라쇼몽은 일본 헤이안 시대의 수도였던 교토의 중앙로 스자쿠 대로의 남쪽 정문입니다. 우리나라의 서대문이나 남대문을 연상하면 될 것 같습니다. 도시의 정문이니까 화려한 외관을 자랑할 것 같지만, 이미 쇠락한 도시의 모습을 보여주듯 쓰러져가는 흉물이기도 하지요. 이중각의 건물 2층에는 시체들이 즐비한 처참한 장소입니다.

《라쇼몽》은 원작과는 다른 작품으로 봐도 될 겁니다. 소설과 영화에는 굉장히 중요한 차이점이 있습니다. 그것은 인간에 대한 전언입니다. 소설 속에는 아무런 설명이 없습니다. 단지 사건만 이야기하고 끝납니다. 그리고 소설에서는 영화의 도입부와 마지막에 나오는 등장인물들이 없기 때문에 다른 작품처럼 느껴지기도 하는데요. 만약 원작의 뉘앙스를 살려내지 못했다면, 이 작품은 명작의 반열에 올라가지 못했을 겁니다. 영화의 미장센과는 별도로 매우 중요한 인간에 대한 메시지를 구로사와 아키라 감독은 관객들에게 이렇게 던지고 있습니다.

"인간에 대한 믿음을 다시 찾을 수 있을 것 같소"

2

무너져가는 라쇼몽에 폭우가 쏟아집니다. 비를 피하고 있는 승려와 나무꾼은 우두커니 초점을 잃은 눈동자로 인간에 대해서 알 수가 없다고, 무섭다고 중얼거리는데요. 때마침 비를 피해 뛰어든 부랑자가 그들의 이야기를 듣습니다. 한 남자가 살해되었다, 그런데 정말 모르겠다. 뭐가 뭔지 인간이 무섭다고 합니다. 부랑자가 여기저기 시체가 즐비한 시절이니, 사람 하나 죽은 이야기가 뭐 그리 대수냐고 이야기하는데요.

시체를 제일 먼저 발견한 나무꾼이 관아에 살인사건을 신고하면서 이야기는 시작됩니다. 우선 산도적이 용의자로 체포되어 자백한 이야기와 죽은 남자의 부인 이야기, 그리고 무당의 입을 빌린 죽은 남자의 이야기가 모두 다릅니다. 한 사람이 죽었는데, 그의 죽음에 대해 모두 다른 이야기를 하지요. 공통점은 모두 자신이 죽였다는 겁니다. 산도적은 부인이 너무나 아름다워 욕정이 일어나 그녀를 범하고 남편을 죽였다고 하고, 부인은 치욕을 당한 뒤 남편이 자신에게 모멸감을 주어 같이 죽을 생각으로 남편을 죽였다고 하고, 죽은 자의 영혼은 무당의 입을 빌려 아내의 배신에 모욕감을 느껴 스스로 자결을 했다고 합니다.

조금 더 자세하게 이들의 이야기를 들어 보지요. 우선 산도적 다조마루는 산들바람이 불지 않았더라면 살인사건은 일어나지 않았을 거라고 합니다. 우연히 마주친 사무라이와 말을 타고 가는 부인이 천으로 얼굴을 가리고 있었는데, 때마침 바람이 불어 살짝 보인 그녀의 얼굴이 너무나 아름다워 일을 저질러버렸다는 거지요. 우선 사무라이를 유인해 묶어 놓고 부인을 겁탈하려고 하자, 부인은 단도를 휘두르면서 격렬하게 저항했고, 그 모습 또한 매혹적이어서 결국 부인을 범했다는 겁니다. 사실 부인만 취하고는 그냥 돌아서려고 했는데, 부인이 자신의 치부를 아는 남자는 둘 뿐이니, 둘 중 한 사람은 죽어야 한다고 해서 사무라이를 풀어주고, 무사답게 겨루어 스물 세 번의 공격을 받아낸 후 찔러 죽였다면서 자신을 참수형에 처하라고 당당하게 소리칩니다.

한편, 부인은 겁탈을 당하고 나서 더러워진 몸이라 부끄러웠는데, 남편이 마치 버러지를 보듯이 자신을 차갑게 바라보아 그것이 너무나 무서워서 단도로 남편을 찌르고 자신도 자결하려고 했지만, 차마 죽지 못하고 있으니 어찌하면 좋을지 모르겠다면서 울부짖습니다. 그리고 처녀 무당의 입을 빌려 죽은 남자의 혼령이 하는 이야기는 또 다릅니다.

다조마루가 겁탈하고 나서 부인에게 다가가 자신은 진정으로 당신을 사랑한다고 고백하고, 그동안 도둑질을 해서 모아놓은 재산도 있으니 그녀가 원하면 도적질도 그만두겠다고 사랑 고백을 합니다. 그 이야기를 듣고 도적을 올려다본 아내의 모습은 더없이 아름다웠다고 합니다. 부인은 도적에게 빠져 자신을 데려가 달라고 하고, 또한 남편인 자신을 죽여 달라고 애원합니다. 그때 도적이 어떤 생각이 들었는지 부인을 걷어 차 버리고, 저런 여자는 싫다고 하면서 여자를 죽여 줄 수도 있다고 사무라이에게 이야기합니다. 그 와중에 부인은 도망을 치고 명예를 소중하게 여기는 사무라이는 몰려드는 배신감과 무사로서의 치욕에 시달려 자결했다고 합니다.

두 사람 모두 자신이 사무라이를 죽였다고 합니다. 심지어 죽은 사무라이의 영혼마저도 자신이 자결했다고 하니, 우리는 누구의 말을 믿어야 할지 알 수가 없습니다. 도대체 이들은 왜 거짓말을 하는 걸까, 왜 살인을 부인하지 않고 자신이 죽였다고 하는 걸까. 그들은 무엇을 감추고 싶었고, 또 무엇을 내세우고 싶었던 것일까요. 그렇다면 그들이 이야기하고 싶었던 것은 과연 무엇이었을까요?

3

베니스국제영화제 그랑프리, 미국 아카데미시상식의 외국어영화상 등 수상. 영화학도들에게는 반드시 공부해야 할 교과서와 같은 영화로 소개되는 등 라쇼몽은 영화사에서 중요한 지점을 차지하고 있는데요. 영화에서는 소설에서 행간의 의미로 남겨두었던 여백을 가득 채우고 있습니다. 아키라 감독은 인간에 대한 믿음을 저버리지 않았습니다. 바로 치유와 소통, 희망의 메시지를 던지고 있습니다. 나무꾼은 그들의 이야기가 다 거짓말이었다고 이야기합니다. 마을의 부랑자는 그에게 '진실'을 듣는데요. 그것이 영화에서 마지막으로 전해주는 메시지입니다.

나무꾼의 이야기를 다 들은 부랑자는 어디선가 들려오는 아이의 울음소리를 듣고 달려갑니다. 그는 아이를 감싸고 있는 강보를 훔치고, 아이를 찬 바닥에 내버려 둡니다. 이 모습에 승려와 나무꾼은 인간에 대해 절망합니다. 특히 나무꾼이 부랑자를 심하게 나무라면서 아이를 안으려고 합니다. 그때 부랑자가 이야기합니다. 너는 진실을 이야기하고 있느냐, 여자의 단도가 값비싼 것인데 그것이 발견되지 않았다, 그걸 네놈이 훔친 것이 아니냐, 너와 내가 다를 것이 무엇이냐면서 뺨을 후려칩니다.

결국 나무꾼의 말도 진실은 아니었던 것이지요. 그 역시 자신이 하고 싶은 이야기만 하고 숨기고 싶은 것은 숨긴 것입니다. 모든 것을 지켜보고 있던 승려는 두려움에 떨면서 아이를 품습니다.

그때, 나무꾼이 아이를 키우겠다고 합니다. 승려가 당신을 믿지 못하겠다고 하자, 나무꾼은 이미 아이 여섯을 키우고 있다고 합니다. 그는 여섯 명의 아이를 키우는 가장이었고, 짐작해 보면 그녀의 단도를 팔아서 생활비로 썼겠지요. 그것도 진실인지는 모를 일이지만, 승려는 그의 눈을 바라보고 아이를 내어 주면서 말합니다.

인간에 대한 믿음을 다시 찾을 수 있을 것 같소.

이 영화의 엔딩 크레딧은 승려가 한 이 말이고, 라쇼몽에 쏟아지던 폭우가 그치고 한 줄기 서광이 비치고 있습니다. 그 사이로 나무꾼이 아이를 품에 안고 걸어가는 것으로 영화는 끝납니다. 구루사와 아키라 감독은 소설에서 전하지 않은 메시지를 영화를 통하여 전하고 있습니다. 다 무너져 가는 교토의 정문 라쇼몽은 우리 인간의 내면을 상징하는 것이고, 한 사람의 죽음을 놓고 오가는 위선과 위악의 말들은 우리가 서로 나누는 대화를 의미하는 것입니다. 살인은 아니더라도 가만히 생각해보면 우리는 자신에게 유리한, 혹은 적당한 이야기를 만들어 거짓을 말하곤 합니다.

과연 저것이 진실일까? 이러한 문제는 우리 현대사를 놓고 보아도 한둘이 아닙니다. 대중들은 그냥 그런가 보다 하면서 사는 것이고, 매일 발등에 불이 떨어지듯 경제적인 압박으로 고통받고 있어서, 타인의 진실 따위는 그 순간이 지나가면 잊고 살기 마련이지요. 다행히 소수자들이 노력하고 있는 모습이 보이긴 하지만, 전체적인 틀을 바꿀 수는 없는 것입니다. 이때, 측은지심으로 아이를 안고 가는 나무꾼의 모습은 바로 우리 인간에 대한 믿음을 다시 찾을 수 있는 희망의 실마리를 제공하는 것입니다.

이 영화는 일본의 교토를 배경으로 하고 있지만 이미 세계적인 작품, 즉 세계성을 획득하고 있습니다. 가장 민족적인 색채를 띠고 있으면서도 방황하는 인간의 모습을 잘 그려내고 있기에 괴테가 주장한 '세계문학'의 보편성을 획득하고 있습니다. 문학과 영화를 비롯한 세계적인 작품에 대한 생각을 문학평론가 김주연 선생의 글을 통해 이야기해 볼까요.

> 1968년 일본 문학에 첫 노벨상을 안겨준 가와바타 야스나리의 소설은 죽음, 고독, 아름다움과 같은 인류 공통의 정서와 의식에 관한 문제였다. 수상작이 되었던 『설국』(1948)은 눈이 많이 오는 니가타 현을 배경으로 한 남녀 간의 애정 심리 묘사가 주조를 이루는, 어찌 보면 평범한 소설이다. 그러나 작가는 이 소설에서 관심을 두고 있는 남성, 혹은 여성의 섬세한 마음을 세밀하게 묘사함으로써, 거기서 발생하는 고독감과 절망을 예리하게 끄집어낸다. 그것은 문학만이 할 수 있는 일종의 아름다움으로, 이 작가는 이 비슷한 일련의 작품들을 통해 탐미주의 작가로 평가된다. 그는 수상연설에서 '일본의 아름다움과 나'라는, 비록 국적 있는 발언을 했지만, 수상의 배경은 역시

죽음, 고독, 아름다움이라는 인류 공유의 문학적 감성이
었다. 전쟁의 황폐와 패전의 좌절감이라는 당시의 사회적
분위기와 그/그의 작품은 직접적인 관계가 거의 없었다.
얼핏 보아 이러한 현상은 민족이나 사회현실을 외면한,
결코 바람직하지 못한 문학으로 연결되는 듯하지만, 세
계문학의 보편성은 훨씬 더 깊은 곳을 바라본다는 사실을
알아야 한다. 죽음과 사랑 이상의 가혹하고도 절절한 인
간의 현실이 어디에 있겠는가. 냉정한 비평적 자기 성찰
은 아무리 강조해도 절대 지나치지 않는다고 할 수 있다.
다른 한 사람의 일본 노벨문학상 수상작 가오에 겐자부로
의 경우도 마찬가지여서 그는 장애인이라는 인류의 실존
적 불행에 깊이 천착하였다.

이 글은 세계문학과 우리 문학을 논하는 문예지(시詩 월간지 《유심》)
에서 인용한 글이지만, 문학과 영화는 다르지 않습니다. 특히 《라쇼몽》
은 문학 작품은 원본으로 하고, 감독의 연출이 탁월한 작품이면서도, 위
에 인용한 세계문학의 보편성이 국제 영화제에서 화려한 수상을 한 계
기가 되었겠지요.

결국, 일본이라는 국가와 민족의 무대를 벗어나 인간이라는 무대 위
에 펼쳐진 죽음과 진실, 거짓과 탐욕의 인간군상이 단순한 무대와 이야
기에서 그 깊이를 더하고 있습니다. 최근에 본 《설국열차》는 이러한 연
출의 연장선으로 보아도 될 겁니다. 그는 아쿠다가와 문학에서 중요한

것을 발견하고 이런 발언을 합니다. 이 발언은 세계문학에 대한 은유라고 봐도 될 겁니다. 이제는 영화가 세계문학의 역할을 하기도 하니까요.

> 아쿠타가와의 이야기는 사람의 마음속 깊은 곳까지 비집고 들어온다. 마치 의사의 메스가 심장을 해부하듯이 말이다. 그리고는 그 안의 어두운 욕망과 기괴한 뒤틀림 속에서 발견되는 것들을 드러내 보인다. 인간이 가진 감성의 이 기이한 욕망들을 나는 빛과 그림자를 통해 조심스럽게 작품으로 형상화하고자 한다. 이 영화의 인물들은 자기 마음의 숲에서 길을 잃고 점점 저 깊은 곳으로 들어가는 것이다.

아키라 감독은 세계적인 거장으로 평가받고 있습니다. 예술의 아름다움은 국경의 틀 안에 가둘 수 없는 작품을 만들 때 그 가치가 더 빛나는 법입니다. 이 영화에서 아키라 감독이 작품을 대하는 태도는 인간에 대한 믿음을 저버리지 않는 깊은 눈동자에서 빛나고 있습니다.

아무리 세상이 험하고 황무지라도 인간이 인간을 바라보는 눈빛은 별보다 빛나고 있습니다. 우리는 이 영화에서 그것을 보고 있습니다. 흑백영화로 처리된 화면은 붓으로 그려낸 농담이 느껴지는 깊이가 있습니다. 간혹 흑백영화를 보고 싶으면 《라쇼몽》을 봅니다. 비가 내리고 천둥이 치는 어두운 하늘과 인간성이 무너진 자리에서 아이의 울음소리가 들려오니까요. 그래도 어린아이를 아무런 조건 없이 거두는 사람이 있어 인생은 살 만하다고 스스로 위안하기도 합니다.

날개가 없어도
희망은 날아간다

이티 The Extra Terrestrial, E · T, 1982

"이티, 집……,
전화……"

1

　　　　　스티븐 스필버그 감독은 사막에서 외계인에 대해 생각을 합니다. 사막은 어린 왕자가 외계에서, 즉 다른 별에서 지구로 날아와 잠시 사람을 만나고 사라진 자리이기도 하지요. 그는 헐리우드 영화에서 등장하는 외계인이 왜 무시무시한 모습으로만 그려지는지 고민합니다. 과연 외계인은 지구인을 파멸시키는 무섭고 기괴한 존재인가?
　이런 발상 자체가 남다릅니다. 외계인이 두려운 이유는 그 정체가 밝혀지지 않았기 때문입니다. 하지만 우리는 문학작품을 통하여 외계인을 만날 수도 있지요. 내가 본 첫 외계인이 어린 왕자이기 때문에 그의 고민을 충분히 이해합니다. 사막의 별은 우주와 우리가 소통하는 작은 문입니다. 그 문을 열고 우리에게 다가온 존재가 괴물인가? 동유럽의 시에서 별은 왕자가 공주를 찾아오는 장소이기도 하지요. 윤동주 시인이 일제강점기에 보았던 별은 어떤가요? 그가 생각에 잠겨있는 사막의 그 자리는 어린 왕자가 사라진 자리일 겁니다.

스티븐 스필버그는 사막에서 기발한 아이디어를 떠올립니다. 내 영화에 모든 아이가 사랑할 수 있는 착하고 연약한 외계인을 등장시키면 어떨까? 영화《E·T》의 착상은 이렇게 시작되었습니다. 지금도 보름달을 배경으로 날아가는 자전거와 아이들, 바구니에 모포를 뒤집어쓰고 커다란 눈동자를 지닌 외계인 이티는 생텍쥐페리가 그려낸 어린 왕자의 재탄생으로 볼 수 있습니다.

《E·T》는 개봉된 시점을 기준으로 영화사상 최고의 흥행기록을 올렸고, 이티 캐릭터 인형은 디즈니 만화 캐릭터 인형을 압도하면서 영화의 흥행 수입보다 더 많은 수익을 올렸습니다. 이티 인형은 당시 어린아이들이 침대에서 품고 자던 사랑스러운 꿈과 같았습니다. 미국 아이들은 악몽을 많이 꾼다고 하던데, 이티를 친구처럼 품고 자면서 깊은 잠속으로 들어갔을 겁니다. 솜방망이처럼 부드러운 몸과 늘었다 줄었다 하는 긴 목, 얼굴의 반을 차지하는, 눈물을 머금은 눈동자 그리고 럭비공처럼 생긴 머리와 짧은 발. 특히 긴 손가락으로 아이의 꿈을 어루만져주던 이티는 저의 빈티지 시네마에서 가장 사랑스러운 캐릭터기도 하지요. 영화는 캐릭터로 기억되기도 합니다. 최근에는《겨울 왕국》의 엘사가 그러하지요. 채플린, 메릴린 먼로, 이소룡 같은 캐릭터가 이티와 비교됩니다. 더불어 이티는 지금 우리 시대에 절실하게 필요한 캐릭터이기도 합니다.

2

미국의 한 중산층 가정에 이티가 등장합니다. 아버지가 다른 여자와 멕시코로 떠나 버려서 엄마가 두 아들과 딸 하나를 키우는 가정이지요. 이 집안의 둘째인 엘리엇이 앞마당에 있는 외계인을 발견하고 집안으로 데려옵니다. 외계인을 처음 본 아이들은 놀라고 도망가지만 조금씩 친밀감을 가집니다. 서로 모르는 존재들이 가까워지는 과정이 참 아름답습니다.

엘리엇과 이티는 어느 순간부터 서로 교감하게 되는데요. 엘리엇은 이티와 함께 자신의 장난감을 총동원해 이티의 고향별에 신호를 보내는 송출기를 만들다가 손가락을 다칩니다. 이티가 자신의 손가락에 불을 켜고 엘리엇의 상처를 어루만지자, 상처가 금방 아물게 되지요. 그때부터 둘은 한 몸처럼 서로 고통과 기쁨의 감정을 공유합니다. 상처와 치유를 통해 두 존재가 하나가 된다는 이야깁니다. 사람이 사람을 사랑하는 방법이기도 하지요.

아이들은 이티를 고향별로 돌려보내기 위해 고군분투합니다. 외계인 이티는 기이한 외모를 가지고 있지만 뛰어난 두뇌, 생명을 살리는 심장과 긴 손가락이 있습니다. 이티가 지나가면 죽은 꽃도 환하게 되살아나지요. 이티는 창조자의 손길을 가지고 있습니다. 어린아이와 예수님, 부처님을 비롯해 세상의 모든 성자들은 이런 손가락을 가지고 있는 존재들입니다. 사랑은, 손으로 상처입은 사람의 마음을 만지는 겁니다. 이티는 지구인이 잃어버린 사랑의 원형을 가지고 있기에 온 우주의 중심이

이티 The Extra Terrestrial, E · T, 1982

기도 합니다. 화분의 꽃이 죽었다 살았다 하는 모습은 우주의 모든 생명이 서로 연결되어 있다는 진리를 말하고 있습니다.

한편 FBI는 외계인이 지구에 내려왔다는 사실을 알고 생포하기 위해 작전을 펼칩니다. 추적 끝에 엘리엇의 집 주변까지 점점 그들이 다가오지만, 엘리엇이 중심이 되어 아이들이 이티에게 영어를 가르쳐 주고, 외계와 연락을 시도합니다. 이티는 집에 가고 싶어서 전화를 하려고 하지요. 그때 이티가 아이들에게 배운 서툰 영어로 '집'과 '전화'를 반복해서 말하는 장면이 인상적입니다. 이 영화가 우리에게 전하고자 하는 의미가 아닌가 싶기도 합니다.

이티가 더듬거리면서 '집…… 전화, 전화…… 집'을 말합니다. 고향 별로 돌아가고 싶은 아이의 마음이기도 하고, 서로 소통하고 싶고, 사랑하고 싶은 우리들의 마음이기도 합니다. '집'과 '전화', 단어 두 개로도 충분히 진실할 수 있는 것입니다. 이티와 달리 사람들은 왜 어려운 수사를 구사하면서 거짓말과 정치적인 공약을 남발하는지 모르겠습니다.

지구에서 길을 잃은 이티는 소통 불능에 빠져버린 현대인들의 한 모습입니다. 멀리 다른 별까지 갈 것도 없이, 전화가 되지 않는 지역에 있을 때 집으로 전화하고 싶은 마음은 얼마든지 짐작이 됩니다. 한 발 더 나가 온갖 통신장비로 빵빵 터지는데 우리는 왜 이렇게 소통을 안 하고 사는 것인지, 이티의 처지에서 보면 정말 이해하기 힘든 지구인들의 모습일 겁니다.

이티는 손가락으로 관객들의 상처 난 마음을 만져주고 있지만, 정작 자신은 병들어 죽어가고 있습니다. 산속으로 들어가 외계의 연락을 기다리다가 개울가에서 쓰려진 이티를 집으로 데리고 오자 정부 요원들이 특수 장비로 무장하고, 이티를 살리기 위해 의료진을 동원합니다. 이 장면은 외계인을 두려워하는 인간의 모습을 보여주는데요.

이것은 아마도 미국의 식민지 역사와도 밀접한 관계가 있을 겁니다. 현재 미국지역인 북아메리카 원주민들이 보기에 유럽인들은 아마도 외계인과 같은 모습이었을 겁니다. 대자연과 교감하며 살아온 그들은 살고 있는 땅에 대해서는 소유의 개념이 없었고, 자연과 더불어 살아가는 평화로운 부족이었습니다. 처음에 원주민들은 외지에서 온 사람들을 친구처럼 대했지만, 결과는 참담했습니다. 유럽에서 몰려온 거친 백인들이 온갖 질병을 퍼트리면서, 초고속으로 자신들의 땅을 점거해 나갔습니다. 결국, 보호구역을 만들어 원주민들을 가두어 버린 자신들의 과거가 외지에서 온 것들에 대해 두려움을 품게 합니다. 지구보다 문명이 발달한 외계인들이 보기에 지구 원주민인 우리를 인디언처럼 대하면 어쩌나 하는 그런 공포감 말입니다. 사람은 주로 자신이 한 행동을 기준으로 생각하기 마련이고, 《에일리언》을 비롯한 외계인과 《아바타》에 등장하는 외계인 역시 인디언이 추방당한 역사와 뿌리 깊은 연관성이 있습니다.

아이들은 순수한 눈으로 이티를 바라봅니다. 지구 침략에 대한 공포와 감염에 대한 염려보다는 이티가 죽어가고 있는 모습을 보고 측은지심이 저절로 우러납니다. 아이들이 지구와 외계의 별을 연결하는 희망의 고리가 되는 거지요. 저는 병든 소년이 어른들에게 체포된 이티를 구하려는 모습을 보면서 희망을 보았습니다. '그래 저거야. 저렇게 소통하는 거고, 서로의 상처를 치유하는 거지' 라고 무릎을 쳤습니다

드디어 외계에서 신호가 도착하고, 아이들의 용감무쌍한 행동은 군사 작전을 방불케 합니다. 중무장한 어른들의 자동차를 따돌리는 아이들의 자전거가 동네를 가로지르고, 이티를 우주선이 도착하는 숲 속에 데려다 주는 장면이 환상적입니다. 온몸에 전율이 흐르는 이티의 초능력은 아름답습니다. 길을 가로막는 차들이 보이자 이티가 고개를 갸웃하더니 자전거를 하늘로 날아오르게 합니다. 거대한 석양을 가로질러 숲 속으로 날아가는 자전거.

하늘을 나는 자전거는 스필버그 감독의 탁월한 연출능력이기도 합니다. 천사는 날개를 달고 날아가는 것이 아니라, 날개가 없더라고 희망이 있는 곳으로 날아가는 존재라는 거지요. 그는 사막에서 이런 환상을 보았는지도 모릅니다. 사막의 해와 달은 거대합니다. 인간의 건축 구조물이 없으므로 밤하늘에는 인공조명에서 만들어지는 빛이 한 점도 없습니다.

사막이나 숲 속에서 밤하늘을 바라다보면 저절로 외계인에 대해 생각

을 하게 되지요. 저 수많은 별 중에 과연 우리와 같은 생명체가 사는 별이 없을까. 우리 역시 제과점의 빵부스러기처럼 우주에 뿌려진 별 하나에 불과하지 않은가? 이미 외계인은 지구에 다녀갔는지도 모른다는 생각도 듭니다. 긴 인생을 살면서 한 번 정도는 사막 체험을 하는 것도 좋습니다. 여행을 떠나신다면 사막을 지나는 여정 하나 정도는 내 인생의 버킷리스트에 올려 두시길 바랍니다.

드디어 이티는 우주선 앞에 섭니다. 외계인을 본 어른들은 이티의 존엄성을 확인하고, 우주선을 몰고 온 그들의 기술 문명에 감탄합니다. 단지 우리와 다르게 생겼다고 해서 우주인들을 벌레 취급해서는 안 되겠지요. 이티의 심장이 밝게 빛나고, 긴 손가락을 엘리엇의 머리에 대면서 '나는 여기에서 살고 있다'는 말로 마지막 인사를 하고 지구를 떠납니다.

4

외계인을 등장시키는 영화는 대부분 19금 공포영화 수준입니다. 대표적으로 《에일리언》시리즈를 비롯한 최근에 본 「디스트릭트 9」의 경우에도 마찬가지지요. 《디스트릭트 9》은 벌레처럼 생긴 외계인을 등장시켜 인간의 탐욕을 충격적으로 보여준 수작이었습니다. 하지만 제가 그 영화를 따로 적지 못한 이유가 있습니다.

《디스트릭트 9》은 욕망과 탐욕에 물든 인간 본성에 대한 메시지가 매우 뛰어난 영화이지만, 외계인의 모습을 큰 바퀴벌레처럼 만들었고, 살육의 현장은 너무나 잔혹하고 현실적으로 묘사했습니다. 외국의 어떤 장소에서 실제 있었던 일처럼 말입니다. 결국, 우주전쟁과 지구의 파멸을 예감하고 있더군요. 결국, 인간의 욕망이 지구를 파멸시킬 것이라는 참담한 마음도 들더군요. 이 영화는 외계인에 대한 폭력을 통해 인간의 잔혹한 면을 부각하고, 인간의 본성을 생각하게 합니다.

우리를 위협하고 폭력적인 외계인 영화를 보면서 이티를 떠올린 건 자연과 사랑에 대한 본능적인 행동이었습니다. 외계인의 모습을 지구인과 똑같이 그린 드라마 〈별에서 온 그대〉는 가족과 재미있게 보기는 했지만, 따로 적을 것이 없습니다. 외계인에 대한 탁월한 캐릭터의 창조가 없기 때문입니다. 처음엔 이티가 괴상하게 보였지만, 점점 다정한 아이처럼 느껴지고, 드디어 친구처럼 혹은 하늘에서 내려온 천사처럼 보입니다. 이것은 아주 중요한 일입니다. '미남미녀'가 '선남선녀'는 아니라는 겁니다.

이티는 독특한 문화 캐릭터입니다. 이티를 통해서 서로 다른 것을 인정하는 성숙한 문화를 볼 수 있습니다. 미남 배우 김수현이 연기한 외계인의 설득력이 떨어지는 이유가 바로 여기에 있습니다. 그는 다르지 않습니다. 아니 오히려 지구인 중에서도 탁월한 남자이고 능력자입니다. 이건 좀 이상하다 싶은 거지요. 인생이 그토록 잘 나간다면 굳이 외계인까지 등장시켜서 저럴 필요가 있을까 싶은데요. 하긴 드라마는 재미있고, 흥미로우면 만사 오케이.

하여간 '이티'를 사랑하는 마음으로 세상을 본다면 얼마나 좋을까. 큰 눈동자를 끔뻑거리고, 긴 목을 가진 난쟁이 같은 외계인을 아이들은 왜 그리 좋아하는 것일까요. 그건 한번 생각해 볼 만한 일입니다. 이제 우리나라에서 외계인을 주인공으로 한, 이티와 같은 빈티지 시네마가 탄생할 때가 되지 않았을까, 하는 생각이 듭니다. 뭔가 꿈틀거리면서 아이디어가 나오려고 하는데요.

　사막으로 여행을 한번 가야 하겠군요. 여러분에게 스필버그의 사막을 권해 드리고 싶습니다. 꼭 아프리카나 아시아의 사막이 아니더라도 인적이 드문 황량한 장소에서 별을 보고, 별에서 누가 오는지, 그는 어떻게 생겼고 어떤 행동을 할지 생각해 보시길 바랍니다. 단, 그가 사람이어서는 안 됩니다. 사람을 다시 한 번 생각하게 하는 독특한 존재여야합니다

사랑을
찾고 싶어요

어바웃 타임 About Time, 2013

"인생은 알 수 없는 거란다.
그 누구의 인생이든 간에……."

1

    때론 전망 좋은 방에서 한 권의 책을 읽고 난 기분이 드는 영화가 있습니다. 영화 《어바웃 타임》이 그렇습니다. 《러브 엑츄얼리》, 《노팅힐》의 감독 리처드 커티스는 일본의 애니메이션 거장 미야자키 하야오 감독과 더불어 세상을 따뜻하게 만드는 '모닥불 감독'입니다. 그의 영화에는 남향집의 겨울 아침처럼 따스한 햇볕이 있기 때문이지요.

  이 영화는 도입부부터 매우 흡입력이 있습니다. 주인공 팀은 낙원과 같은 집안 분위기에서 잘 자랐지만, '가난한 외모' 때문에 여자 친구도 없이 21살이 되었습니다. 영화는 성인이 된 팀에게 아버지가 집안 남자들의 깜짝 놀랄만한 비밀을 알려 주는 장면으로 시작합니다. 영국 중산

층의 풍요로운 집안의 아들인 청년과 개성 강한 식구들이 모두 사랑스럽지요. 아버지와 어머니, 외삼촌, 그리고 여동생. 저는 주인공의 동생인 킷캣이 아주 귀여워 깨물어주고 싶을 정도였습니다. 제가 좋아하는 스타일의 여자입니다. 하여간 모두 부러워할 만한 집안의 장남인 우리의 주인공 팀은 기적을 행할 수 있는 능력을 가지고 있습니다. 무슨 복을 타고났는지 말이지요. 아버지가 팀에게 알려준 가문의 비밀은 바로 과거로 시간여행을 할 수 있다는 겁니다.

'너는 시간여행을 할 수 있다' 우리가 이런 기적을 행할 수 있다면 금방 드는 생각이 있지요. 많은 사람이 로또 복권과 주식시장을 떠올릴 겁니다. 단 1분만 과거로 돌아갈 수 있어도 세계 최고의 갑부가 될 수 있을 겁니다. 워런 버핏 같은 사람이 그런 능력을 가진 것 같기도 하고요. 두 번째는 역사적인 현장에 가고 싶을 겁니다. 유대인이라면 아마 히틀러를 막으러 가고, 기독교 신자들은 예수를 보러 가겠지요. 아름다운 여자를 찾아가는 남자들도 있을 겁니다.

저는 '시간여행을 할 수 있다'는 말을 듣는 순간 석가모니의 제자가 되고 싶다는 생각을 했습니다. 그런데 잠시 후 저의 이런 생각은 매우, 매우, 매우 어리석은 생각이라는 것을 알았습니다. 석가모니 부처의 말씀을 전혀 이해하지 못한 망나니 같은 생각이지요. 왜 그럴까요?

하여간, 이런 망상에서 관객들을 구원하기 위해 이 영화에는 금도의 선을 긋습니다. '너의 인생에 관여된, 네가 경험한 과거로만 시간여행을 할 수 있다'는 겁니다. 가문의 비밀스러운 능력을 알려준 아버지는 아들에게 무엇을 할 것이냐고 묻습니다. 착하고 성실한 영국 청년 팀은 처음에는 부자가 되고 싶다고 하지요. 누군들 안 그럴까요. 돈이 곧 권력이자, 행복으로 보이는 세상에서 더는 비정규직으로 일하지 않아도 되니까요. 아버지가 말합니다.

"그건 최악의 선택이구나. 부자가 행복한 경우는 한 번도 본 적이 없단다. 우리 집안 남자 중에서도 그런 사람이 있었지만, 그는 불행하게 살다가 갔단다. 너도 알고 있지 않니?"

지당하신 말씀입니다. 뒤이어 아들이 질문하지요. 그럼 아버지는 뭘 하셨나요? 아들의 질문에 대답한 아버지의 말이 제 마음에 따귀를 때렸습니다.

"책을 읽었단다. 읽고, 읽고 또 읽었단다. 디킨스는 3번 이상 읽었지."

아, 정말 작가라는 자가 이런 생각도 못 하고 석가모니를 보고 싶다고 하다니. '이런 망상에서 어서 벗어나지 못하면 나는 정말 쓰레기다' 라며 자성을 하게 했지요. 굳이 과거로 돌아가지 않더라도 석가모니 부처는 이미 저의 지근거리에 있습니다. 제 책상 위에 있는 금강경이나, 법화경, 육조단경 같은 책들은 이미 석가모니 그 자체입니다. 그가 세상을 떠나면서 '자등명 법등명自燈明 法燈明'의 말씀을 남긴 이유를 여러 에세이에서 쓰고, 쓰고 또 써먹은 내가, 또 이런 망상에 시달리고 있습니다. 이미 부처는 제 옆에 와 있었던 거지요. 그걸 보지 못한다면 그 시절로 돌아간들 뭘 하겠습니까. 하여간, 그건 그렇고. 주인공에게 아버지는 또 질문합니다.

'넌 무얼 하고 싶니?' 아들은 대답합니다. '사랑을 찾고 싶어요' 아버지보다 한 단계 업그레이드된 대답입니다. 청출어람이라고 할까. 정말 인간이 할 수 있는 최고의 선택이지요. 여기까지가 도입부입니다. 정말 흡입력이 강력하지요. 멋진 시네마 파라다이스입니다.

이 영화는 성실하고 착한 한 젊은이가 자신의 사랑을 찾아가는 영화입니다. 자신의 사랑을 찾는 일이 얼마나 어려운 일이며 가치가 있는 것인지, 그리고 그것이 있다면 시간여행 따위는 개나 물어갈 허접스러운 것이 되는 과정을 참으로 침착하고, 아름답게 보여주고 있습니다.

2

　　당신이 부나 명예, 권력을 쟁취하고 싶은 이유는 행복해지고 싶어서입니다. 그런데 아이러니하게도 그것들은 행복으로 가는 길이 아니지요. 그런데 이런 사실을 수많은 사건 사고를 통해 깨달아도, 우리의 영혼이 치매에 걸렸는지 금방 잊어버리고 맙니다. 그 이유는 눈에 보이는 것만을 믿고 따르는 습관 때문입니다. 그리고 사회 시스템의 문제도 있겠지요. 이건 또 다른 관점이 필요하기에 잠시 접어두기로 하고요. 이 문제는 이 글의 끝에서 다시 이야기하기로 하지요.

　주인공은 자신의 시간여행 능력을 사용해 사랑을 찾아가고, 더불어 타인의 행복을 위해 사용합니다. 아버지의 지인인 극작가의 연극공연에서 대사를 잊은 배우에게 시간여행으로 알려주는 대목이 인상적이지요. 그는 시간여행 능력을 자신의 사랑과 타인의 행복을 위해 쓰고 있습니다. 이건 매우 중요한 대목인데, 타인의 행복이 바로 자신의 행복과 연결되어 있기 때문이지요. 나 홀로 행복하다면 그게 뭐지? 태평양 한가운데 무인도에서 황금으로 궁전을 짓고 에어 조던을 신고, 산해진미를 하루에 열 끼씩 먹어도 나 홀로 있다면 그게 뭡니까? 우리는 타인과의 연결을 통해 행복의 가치를 발견할 수 있는 거지요. 타인과의 연결고리 중에서 가장 튼튼해야 하는 것이 사랑이고, 젊은이에게는 아름다운 여자와의 사랑입니다. 더도 덜도 아닙니다.

　그는 그것을 찾았습니다. 터질 듯한 몸매를 가진 금발의 섹시 지존이던 첫사랑에서 벗어나 역시 아름답고, 섹시한 진정한 파트너 메리를 만나게 됩니다. 그녀의 직업은 출판사의 리더입니다. 유명 출판사에 투고된 원고를 읽고 출판 여부에 대해 의견을 내는 일이지요. 주인공이 사랑하는 아버지처럼 그녀도 역시 읽는 사람이군요. 주인공은 그녀라는 책을 읽기 위해 시간여행을 사용합니다.

한 사람을 읽기 위해서 어떤 사람들은 수만 권의 책을 읽기도 하지요. 불멸의 고전들은 사람을 읽어내는 작품입니다. 오로지 인간을 둘러쌓고 있는 모든 형태의 폭력에서 벗어나기 위해서이지요. 우리는 돈과 권력의 폭력에 대해 잘 알고 있습니다. 러시아의 작가 안톤 체호프의 말이 떠오르는군요. 그는 이런 말을 했습니다.

> 내게 가장 신성한 것은 사람의 육체, 건강, 지혜, 영감, 사랑이며, 모든 형태의 거짓과 폭력으로부터 완전히 벗어나는 일이다. 이것이 내가 위대한 예술가라면 가지고 있다고 할 수 있는 원칙이다.

결국, 이것이 문학의 본질이고 책을 읽는 이유이기도 합니다. 영화 속의 주인공 아버지처럼 말입니다. 한 사람을 읽기 위해서 위대한 작가들이 불멸의 고전들을 남겼습니다. 이 영화는 읽는 영화입니다. 보면서 읽는거지요. 영화는 우리에게 '읽어라, 너를 사랑과 사람을.' 이란 메시지를 담고 있습니다. 하지만 아무리 읽어도, 예수와 같은 존재도 알 수 없는 것이 있는데요. 그것이 바로 인생입니다. 이 영화의 아름다운 엔딩 크레딧, 아버지가 암에 걸려 몇 주간의 시한부 삶을 살면서 아들에게 말합니다.

> 아들아, 인생은 알 수 없는 거란다. 그 누구의 인생이든 말이다.

우리가 쉽게 좌절해서는 안 되는 이유가 여기에 있습니다. 우리가 쉽게 자살해서는 안 되는 이유가 여기에 있지요. 당신도 모르는 당신의 인생을 그 누가 알 수 있을까요. 인생을 확실하게 볼 수 있는 시간과 장소는 바로 오늘과 지금 여기입니다. 주인공이 시간여행을 하는 이유도 '오늘'과 '여기'에서 행복하기 위해서지요. 그리고 오늘과 여기가 사랑으로 충만하고 행복하다면? 시간여행이 필요 없지요. 당연한 일입니다.

3

이런 생각을 하곤 하지요. 시간여행을 범죄에 사용하면 이 세상은 범죄 없는 낙원이 될까요? 아마도 아닐 겁니다. 또 다른 범죄가 탄생할 겁니다. 인간이란 그런 존재입니다. 그래서 인생은 알 수가 없고, 알 수가 없어서 사랑이 필요합니다. 사랑이 있다면 인생은 알 수 없어도 살아갈 가치가 있는 거지요.

두 사람의 결혼식 장면은 아름답습니다. 영화만이 보여줄 수 있는 게

있는데요. 식장에는 결혼 행진곡 대신에 팀이 좋아하는 이탈리아 가수의 노래가 흘러나오고, 식을 마친 젊은 부부와 하객들이 파티장으로 갑니다. 쏟아지는 비바람 속에서도 아이들처럼 즐거워하면서 파티를 하는 장면과 아버지의 축하 메시지는 우리의 결혼식 풍경과는 매우 다릅니다. 아름다운 바닷가 마을을 배경으로 결혼식을 즐기는 모습은 이 영화에서 가장 빛나는 한순간이었습니다. 읽을 수 없는 것들이 보여주는 영화는 참으로 탁월한 능력이 있지요.

아버지와 아들의 이야기를 중심으로 아름다운 연인이 서로 소통하고 힐링하는 삶, 주인공인 팀의 아버지가 50세에 은퇴를 하고 집으로 돌아와 아들과 함께 탁구를 치고 바닷가에서 물수제비를 뜨면서 책을 읽었던 이유를 영화의 엔딩 부분에서 알게 됩니다.

그는 왜 일찍 퇴직하고, 가족과 함께 살았던 걸까요. 그건 자기 죽음이 다가오는 순간을 미리 알았기 때문입니다. 시한부 삶을 선고받자, 다시 시간여행을 해서 돌아와 가족들과 행복한 여생을 보내게 되는 겁니다. 우리는 누구나 시간 여행자이고, 시간 여행이 결국은 아무것도 바꿀 수 없다는 것, 인생은 바로 오늘 하루로 연결된 늘 오늘이라는 것을 이 영화는 보여주고 있습니다. 우리는 과거로 여행하지 않아도 누구나 죽는다는 사실을 알 수 있습니다. 하지만 이 사실을 잊기 때문에 그토록 욕심을 부리는 거지요. 결국, 팀도 시간여행 따위는 이제 필요하지 않은 행복한 삶을 찾게 됩니다. 아무리 시간 여행을 해도 누구의 인생이든 결국 알 수 없으니까요.

주인공의 환경이 유복하고 행복하므로 사랑만 생각한다. 이 영화를 보고 나서 이렇게 생각하는 분도 있을 겁니다. 팀은 다정한 부모님과 함께 아름다운 풍광을 자랑하는 바닷가의 저택에 살고 있고, 직업은 변호사입니다. 생활고에 시달리는 사람들이 시간여행을 해서 얻고 싶은 유복한 삶이지요. '그래, 나 같아도 저런 환경이라면 사랑만 찾게 될거야.'라고 생각할 수 있겠지요.

그런데 과연 그럴까요? 우리는 모든 것이 완벽하게 갖추어졌다고 생각한 사람들의 온갖 추태를 주위에서 흔하게 봅니다. 권력자들의 부정부패는 말할 것도 없습니다. 오죽하면 중국의 진시황조차 불사초를 찾아 영생을 살고 싶어 했을까요. 갖은 고생을 하다가 졸부가 되어 조강지처를 버리고 딸과 같은 부인을 얻는 모습을, 백만장자가 가난한 사람들을 착취하는 모습을, 한 마디로 인간의 욕망은 도무지 한계가 없는 폭주열차 같다고 할 수 있지요. 조건이나 환경 때문에 '더' 행복해지는 일은 없습니다. 여기서 못한다면 저기서도 못하는 거지요. 그래서 그런 생각은 부질없는 것입니다.

석가모니 부처는 기적을 행하지 않기로 유명합니다. 맘만 먹으면 물위를 걸어가는 일 따위는 그에게 아무것도 아닙니다. 그의 제자 중에서 마하목건련은 기적을 행하는 신통제일神通第一입니다. '신통을 부린다, 기적을 행한다'는 말인데도, 부처는 제자들에게 기적이나 신통력을 쓰지 말라고 가르칩니다. 인도에서는 우기가 되면 도로가 물에 잠겨 온통 물바다가 됩니다. 그때 목건련 존자가 물 위를 걸어서 부처님을 뵈려고 하지요. 하지만 부처는 배를 타고 올 수 있으면 절대 기적을 부리지 말라고 합니다. 부처는 신통이라는 것은 도를 깨닫는 것과 아무런 관계가 없다고 말하지요. 그러나 하천이 범람하고 도무지 배가 없을 때는 부처도 물 위를 걸어서 이동했다고 합니다.

미야자키 하야오 감독의 애니메이션《센과 치히로의 행방불명》에서도 마법사 할멈이 치히로에게 머리핀을 만들어 주면서 말하지요. 대단한 마술보다 자기 손으로 만드는 작은 것이 더 좋은 것이라고 말이지요. 시간여행의 기적은 우리가 행복해지는 데 그리 도움이 되지 않을 겁니다. 지금 내가 가진 것이 부족해도 반드시 사랑을 찾으시길 바랍니다. 나머지는 저절로 따라올 겁니다. 사랑하면서 열심히 성실하게 산다면 말입니다. 적어도 그런 가치가 아직 우리 사회에서 존중받는 것입니다.

너무 낙담하지 말고, 잘 사시길 바랍니다.

세상이 가혹해서 사랑하다가 생긴 당신의 상처가 흉터가 되더라도 말입니다. 상처 없는 영혼이 어디 있겠습니까? 초능력이 없어도 당신은 이미 시간여행자입니다. 당신이 원하는 삶을 지금 여기에서 만들 수 있는데, 왜 번거롭게 과거로 왔다 갔다 하면서 살기를 바라시나요?

미치지 않으면,
미칠 수 없다

블랙 스완 Black Swan, 2010

1

완벽하다는 것은 도대체 무엇일까요? 한 발레리나가 무대 위에서 숨을 거두면서 자신은 완벽했다고 말하곤 미소 짓고 있습니다. 발레 《백조의 호수》공연 중에 벌어진 일인데요. 객석에 앉아 영화 스크린을 통해서 보고 있지만, 그녀의 미소가 바로 눈앞에서 너울거리고 있습니다. 일종의 착시 현상입니다. 비록 영상으로 편집된 발레 공연이었지만, 그녀의 춤을 보는 순간 눈물이 흘러내리는 것을 멈출 수 없었습니다. 감동을 받은 겁니다. 영화가 이 정도라면……, 그녀의 말대로 '우리는 완벽하다'는 것을 느낄 수 있습니다.

그녀는 공연의 마지막 장면에서 완벽한 백조로 변신합니다. 차이콥스키의 발레 음악을 배경으로 무대의 높은 곳에 오른 그녀는 생의 마지막 순간을 바라보고 있습니다. 우선 사랑을 배신한 왕자를 바라보고, 마지막으로 관객을 바라본 후 밑으로 추락합니다. 죽음을 의미하지요. 그녀가 뛰어내린 공연장 바닥에는 안전장치로 큰 매트리스가 깔렸습니다. 드디어 공연이 끝나자 관객들의 기립 박수가 터지고, 성공적인 공연을 한 그녀를 향해 단원들과 단장이 달려옵니다.

단장이 어서 일어나 관객들에게 인사하라고 그녀에게 말하지요. 그녀의 공연은 완벽한 것이었습니다. 그녀는 이제 발레계의 공주님으로 등장한 거지요. 단장은 다정하게 말합니다.

"공주님, 어서 일어나세요."

그때 그녀의 배에서 피가 흐릅니다. 그녀는 환각 상태에서 ― 약물에 의한 것이 아니라 오로지 공연에 미쳐버린 그런 환각 ― 자신의 배를 칼로 찔러 빈사의 상태가 됩니다. 발레리나로서 백조가 죽어가는 연기를 가장 완벽하게 해낸 순간이지요. 공연이 끝나자 그녀도 죽어가면서 단장을 향해 '난 느꼈다. 완벽했었다' 라는 말을 하지요. 적어도 그 순간만큼은 그녀는 러시아의 전설적인 발레리나 안나 파블로바의 〈빈사의 백조The dying swan〉였습니다. 이런 느낌은 예술가라면 누구나 한 번쯤은 느끼고 싶은 것인데, 그것이 목숨을 담보로 하고 있군요. 참 어렵고 먼 길입니다.

대런 아로노프스키의 《블랙 스완》은 한 발레리나의 공연에 포커스를 맞추고 있습니다. 그녀는 무대 위에서 공주가 되어 춤을 춥니다. 이 아름다운 무대에 올라오기까지 그녀의 여정이 그려져 있고, 말 그대로 대단원의 막이 오르면서 그녀는 흑조와 백조의 서로 다른 연기를 완벽하게 소화합니다. 인간의 선과 악, 사랑과 죽음, 애정과 애증의 명암이 교차하면서 한 편의 좋은 공연이 주는 감동을 영화는 우리에게 주고 있습니다.

불광불급不狂不及, '미치지 않으면 미칠 수 없다' 즉 최선을 다하지 않으면 이룰 수 없다는 뜻의 한자성어처럼 그녀는 최고의 공연을 해야 한다는 강박관념에 사로잡혀 조현병(정신분열증)과 같은 환상을 겪으면서 최고의 공연을 합니다.

무엇보다 공연을 마치고 자신을 완벽하게 느끼는 장면이 이 세상에서 가장 아름다운 엔딩 크레딧이 아닌가 싶은데요. 그녀가 복부에 피를 흘리면서 무대 위에 누워 있는 모습이 아직도 눈에 선합니다. 그녀는 자신의 목숨을 바쳐 공연을 완성하고 있습니다. 그녀를 향해 환하게 쏟아지는 스포트라이트는 천상의 빛이고 천사의 날개가 되는 거지요. 적어도 어제와 다르지 않고, 내일도 그러할 것이라는 심경에 시달릴 때 이 영화의 마지막 장면을 생각하면 축복처럼 쏟아지는 감동이 있습니다.

2

니진스키, 안나 파블로바를 비롯한 전설적인 발레 무용가들의 명성을 책으로만 접한 저는 이들의 공연을 상상하곤 합니다. 니진스키가 무대에서 도약하고, 안나 파블로바가 빈사의 백조를 연기하면서 죽어가는 모습을 그려보는 거지요. 지인의 소개로 발레 댄서를 만나 함께 소주를 몇 잔 마시고 난 후, 발레에 대한 저희 애정은 조금 각별한 편입니다. 처음에는 '발레'와 '벨리'도 구분하지 못하고, 춤에 대해서는 문외한인 제가 허심탄회하게 발레 댄서와 이야기를 나누고, 하 나둘 알아가면서 새로운 세상을 보았기 때문입니다. 그리고 내 삶을 풍요롭게 하는 발레 공연을 접하게 되었지요.

발레는 아름답고, 환상적이면서 귀족적입니다. 이 천박한 물질문명의 도피처이고, 각박한 세상살이에 따뜻한 모닥불과 같은 온기가 있는 무대입니다. 자신이 뛰어난 댄서이기도 한 프랑스의 태양왕 루이 14세 이후로 수백 년간 고전적으로 내려오는 무대와 현대적인 창작발레의 동작은 기본적인 몇 동작으로 이루어져 있지요. 초보자 시절에 배운 단순한 동작을 매일 반복 연습하면서 기본기가 튼튼해야 좋은 무대를 보여줄 수 있습니다.

발레 공연 중에서도 주요 작품인 《백조의 호수》는 발레리나라면 누구나 주연으로 공연하고자 하는 작품입니다. 백조의 호수는 《호두까기 인형》, 《잠자는 숲 속의 미녀》와 함께 차이콥스키의 3대 발레 음악으로도 유명합니다. 음악 자체도 완성도가 높은 클래식입니다. 이 작품에는 백조와 흑조가 등장합니다.

무대 위에서 프리마돈나는 악마의 마법으로 백조가 된 오데트 공주와 왕자를 유혹하는 사악한 쌍둥이 자매 오딜의 역할인 흑조를 동시에 연기해야 해서 자신의 기량을 마음껏 보여줄 수 있는 역할입니다. 그래서

발레리나라면 누구나 원하는 배역이고, 선망의 대상이지만 전혀 다른 두 가지의 모습을 보여줘야 하므로 어려운 일입니다. 영화《블랙 스완》은 바로 적어도 어제와 다르지 않고, 내일도 그러할 것이라는 심경에 시달릴 때 이 영화의 마지막 장면을 생각하면 축복처럼 쏟아지는 감동이 있습니다.

여기에 포커스를 맞추고 있습니다.

순백의 영혼을 가진 백조가 사악한 흑조로 변신하는 과정, 그리고 다시 백조로 변신하는 모습을 완벽하게 보여줘야 합니다. 발레리나가 서로 다른 두 개의 페르소나를 완벽하게 연기해야 합니다. 인간은 누구나 선과 악의 갈림길에서 선택하면서 살고 있습니다. 인생이 복잡하고 어려운 것은 선과 악이 혼재하는 불완전한 영혼이 인간에게 존재하기 때문입니다. 오데트와 오딜은 이러한 인간 정신의 상징이기도 합니다. 둘이 교차하는 지점에 공포와 두려움이 엄습합니다. 일상에서도 우리는 같은 경험을 합니다. 오딜의 모습으로 가고자 할 때 느끼는 감정은 공포입니다.

괴테의 파우스트 박사가 메피스토펠레스에게 자신의 영혼을 팔아 죄의 구렁텅이로 빠지는 대목은 무서운 일입니다. 간혹 악마에게라도 영혼을 팔아 작품을 만들고자 하는 예술가들이 문학의 소재가 되기도 합니다. 얼마나 무섭고 끔찍한 일입니까. 예술은, 우리가 보고 있는 문학, 미술, 음악, 그리고 발레와 같은 공연 예술은 이러한 속성을 지니고 있습니다. 사람들은 절대 경지에 오른 그의 모습만 볼 뿐, 그 과정은 생각하지 않습니다.

이 영화가 공포와 스릴러의 기법을 빌린 것은 이러한 극의 긴장감을 완벽하게 전달하기 위한 감독의 재능이었습니다. 흑조를 탐한 백조라는 영화의 타이틀처럼, 주인공인 니나는 백조로서 완벽한 공주 오데트 역으로는 적임자이지만, 흑조 오딜을 연기하기엔 부족하다고 단장은 불안해 합니다.

3

　　　　　그녀가 품고 있는 백조의 의미는 순수함의 결정체로 성적으로는 미성숙한 소녀를 상징합니다. 그녀의 방에 있는 발레리나의 오르골이나 인형들이 그것을 상징합니다. 어느 날 그녀는 순종하던 어머니에게 벗어나고자 발광을 하고, 자기 방에 있는 소녀 취향의 인형들을 모조리 쓰레기통 속으로 집어 던집니다. 니나가 흑조를 연기하는 과정은 그녀가 예술가로 완성되는 필연의 과정이자, 소녀에서 여인으로 변신하는 모습이기도 합니다.

감독은 그녀가 공연을 통해 백조에서 흑조로 변해가는 과정을 탁월한 상상력으로 살려냈고, 이것이 이 영화의 압권입니다. 무대에 서기 전까지 니나는 성공에 대한 욕망과 집착으로 망상과 편집증을 겪지요. 감독은 이 과정을 환상적으로 표현합니다. 그녀의 어깨에 흑조의 깃털이 돋아나는 환상을 보고, 드디어 무대에서는 그녀의 팔이 흑조의 검은 날개로 변신하는 모습을 보여줍니다. 물론 무대에서의 환상이고 관객들은

그녀의 완벽한 연기에 감탄하지요. 이러한 변신을 바로 성공이라는 말로 표현하기도 합니다. 그녀는 카프카의 변신처럼 벌레로 추락하는 것이 아니라 흑조로 변신하면서 예술가로 날아오르는 모습을 보여주고 있습니다.

변신의 과정이 이 영화를 아름답게 만들었습니다. 발레리나 니나의 변신은 어쩌면 순수와 관능, 아름다움과 광기, 선과 악이 서로 스며들어 태극의 음양처럼 완성되는 모습입니다. 고치 속의 애벌레가 아름다운 나비로 성장하는 모습이지요. 니나의 변신은 그동안 예술가로서 성숙해야 한다는 통제의 손길에서 벗어나 자유 의지를 실현하는 모습이기도 합니다.

그녀는 무대 위에 피를 흘리면서 누워 있습니다. 환상이 아닌 실제상황입니다. 모든 단원과 단장이 그녀의 배에서 흐르는 피를 보았기 때문입니다. 순백의 백조가 피를 흘리면서 죽어가는 모습은 한 편의 공연을 완성하고 생을 마감하는 모습이기도 하고, 혹은 그녀가 지독한 통증의 단계를 거쳐 회복하고 진정한 예술가의 길을 걸어가는 도정이기도 합니다. 영화에서는 여기까지는 언급하지 않습니다.

그녀의 이 모습을 엔딩 화면으로 처리하고 출연자들의 자막이 올라오니까요. 영화관을 나오면서 저는 니나의 다음 공연을 보고 싶었습니다. 블랙 스완의 후속작은 아무런 계획이 없는 모양입니다. 이 성공한 영화의 후속작이 가능하지 않을까요. 예를 들면, 《잠자는 숲 속의 미녀》나 발레리노 니진스키의 《공기의 정령》과 같은 작품을 대상으로 한 새로운 영화 말입니다.

완벽하다는 감정을 느끼기 위해서는 어떻게 살아야 할까, 니나와 같은 예술가처럼 살지는 못할지라도 말이지요. 평범한 내 인생의 어느 한 순간, 완벽을 느껴야 하지 않을까요. 그것이 회사의 일이면 어떻고, 커피 한 잔을 내리는 일이면 어떻습니까. 노력하는 삶의 태도가 진부한 나의 삶을 아주 특별한 것으로 만들어 줄 겁니다. 그 자리에 관객이 없어도 괜찮습니다. 이미 내가 주인공이기 때문이지요. 오로지 나의 무대에선 내가 주인공이다. 이런 자신감이 있다면 우리도 아름다운 인생의 공연에서 완벽하게 공연할 수 있을 겁니다. 중요한 건, 바로 몰두하고 노력하는 자세입니다. 아주 사소한 동작에서 출발하는 발레리나의 고통이 완벽한 연기로 이어지니까요. 지금 하고 있는 작은 일에 몰두하시길 바랍니다.

행복한 사람들의
밥상

카모메 식당 かもめ食堂, Kamome Dine, 2007

1

　　　　파산 직전의 사무실에서 혼자 일을 하던 후배와 이런 이야기를 나누었습니다.

"오늘은 사무실이…… 더 추운 것 같아요."

"무슨 말이야?"

"직원들이 있을 때는 좀 따뜻했는데 말이지요."

"음…….."

"심리적으로 그런 게 아닌 것 같아요. 똑같이 난방을 하는데 그땐 더 따뜻했어요. 사람들이 움직이고 손님들과 커피 마시고, 대화하고 하면서 지낸 직원들 때문에…… 공기가 더워지나 봐요. 참 좋은 친구들이었는데 내가 경영을 못해서 이 지경이 되었네요. 그게 참……, 사람들이 말이지요. 여기 혼자 앉아서 가만히 생각하니 사람들이 겨울에는 걸어 다니는 난로야. 직원들이 없으니까 정말 춥네요. 내일 여기를 비워줘야 되는데, 한번 오길 잘했네."

"그러게…… 정말 그러네."

과연 후배의 말대로 텅 빈 사무실을 추웠습니다. 후배는 직원들의 책상을 손으로 쓸어내리기도 하고, 바닥에 떨어진 종이 따위를 주위 쓰레기통에 넣으면서 사무실의 마지막 정리를 하고 있었습니다.

한동안은 후배가 연락이 안되면, 어디 가서 자살이라도 하지 않을까 하는 걱정을 했는데, 후배가 청소하는 모습을 보니 그래도 희망이 있다는 생각이 들었습니다. 저 고비를 잘 넘기면 좋은 출판 경영자가 될 거라는 희망 말이지요. 우리는 난로를 끄고 사무실에서 나와 근처에 있는 식당에서 콩나물국밥을 먹었습니다. 뜨거운 국물이 속으로 들어가니 몸이 풀리는 느낌이 들었습니다. 겨울의 따뜻한 국밥 한 그릇은 빈방에 난로를 켜는 것처럼 훈훈한 음식이었습니다.

영화 《카모메 식당》에서 두 주인공은 만약 내일 지구가 종말이라면 무얼 할 거냐고 질문하지요. 두 사람은 맛있는 음식을 차려놓고 술도 한잔하면서 멋진 식사를 할 거라고 합니다. 이 영화에 어울리는 대화입니다.

이미 오래전에 마치 인생이 끝난 것 같다는 후배와 저는 조촐한 음식을 나누어 먹었지만, 그날은 그런대로 살만했고, 중요한 건 그 다음 날도 우리는 살았다는 거지요. 지금까지 쭉 말입니다. 우리 인생의 한가운데 돈이 있는 것이 아니라, 음식과 사람이 있다는 생각. 추운 날이면 이런 생각들을 나무토막처럼 모아서 모닥불이라도 지피면 좋겠습니다.

가만히 생각하니 적당한 난방과 더불어 사무실에는 직원들이, 집안에는 가족들이, 식당에는 손님이 있어야 따뜻하지요. 《카모메 식당》은 열린 문으로 들어오는 사람들의 이야기이면서, 동시에 안으로 들어오지 못하고 창밖에서 서성거리는 사람들의 이야기입니다. 한 발자국만 움직여 안으로 들어오면 등 따시고 배부르지만, 밖에 있으면 춥고 배고픕니다. 외로운 사람들이 골방에서 굶어 죽는 법이니까요. 적어도 음식을 사람들과 나누어 먹는다면 아무리 절박한 상황에 있더라도 어느 정도는 안심할 수 있습니다. 음식을 먹고 나서 설거지를 한다면 그 사람은 뭐든 할 수 있는 사람이기도 하지요.

카모메, 갈매기처럼 항구에서 떠도는 사람들이 동네 식당에 모여 서로의 이야기를 들어주고 교감하는 동안 우리 삶의 음식들은 따뜻하게 식탁에 올려집니다.

2

식당 주인 사치에 씨는 독신여성으로 핀란드의 헬싱키에 일본 식당을 오픈합니다. 식당 주위로 동네 사람들이 어슬렁거릴 뿐 한 달 동안 손님이 찾아오지 않습니다. 첫 손님은 일본 문화를 사랑하는 동네 청년 토미인데요. 달랑 커피 한 잔을 주문합니다. 사치에는 어서 오시라고 환하게 맞이하면서 첫 손님이라고 돈을 받지 않습니다.

그는 일본 만화 영화 《갓챠맨》의 오프닝 곡 가사를 알고 싶다고 하는데요. 이것이 연결고리가 되어 지도를 펼쳐 놓고 아무 곳이나 찍어서 핀란드에 찾아온 미도리를 만나게 됩니다. 그녀는 알래스카를 찍었다면 알래스카에 갔을 거라고 합니다. 그녀에게 핀란드는 특별한 여행의 장소가 아니라 도피처 같은 곳입니다. 《갓챠맨》이 연결고리가 된 이유는 이렇습니다. 토미가 도서관에서 우연히 만난 그녀에게 다가가 《갓챠맨》의 가사를 아느냐고 물어봤고, 그녀는 《갓챠맨》의 가사를 이미 다 알고 있었기 때문에 두 사람은 함께 노래를 부르면서 서로의 문을 열게 된 것이지요.

미도리는 세상에서 제일 외로운 여자처럼 보입니다. 사치에의 초대로 그녀의 집에 함께 기거하면서 첫 번째 식사를 하는데 울컥하면서 눈물을 흘리려 하지요. 얼마나 외로운 사람인지 말이 필요 없습니다. 그녀는 일본에서 거의 홀로 지내면서 혼자 밥을 먹었을 겁니다. 그런데 핀란드라는 타지에서 일본 여자를 만나 함께 식사하니 눈물이 날만도 하지요.

사치에는 그런 식당의 주인이고, 찾아오는 사람에게 항상 멋지게 인사를 합니다. '어서 오세요.' 피아노의 소리처럼 울리는 그녀의 목소리는 상큼하고 기분을 좋게 합니다. 사치에는 사람이면서 식당이기도 합니다.

식당의 주메뉴는 주먹밥입니다. 어린 시절 어머니를 일찍 여의고 집안일을 도맡아 하면서 성장한 그녀는 일 년에 두 번 아버지가 소풍 날 싸준 주먹밥을 가장 맛있게 먹었고, 그것이 일본의 대표적인 음식이기

에 식당에 주메뉴로 한 거지요.

주먹밥이 영화의 중심을 잡아 주면서 시나몬 롤, 돼지고기 쇼가야키, 닭튀김, 연어 석쇠 구이 등의 음식이 동네 사람들의 마음을 사로잡게 됩니다. 드디어 식당은 문전성시를 이루지요. 그 성공 과정이 참 조용하면서 다정합니다. 그녀는 요란한 홍보도 하지 않았지만, 자신을 찾아오는 사람들은 따뜻하게 대해 주었을 뿐입니다. 한 명의 손님 뒤에 아홉 사람이 서 있는 셈입니다.

그리고 세상에서 제일 맛있는 커피를 만드는 법이 인상적이었는데요. 우선 가장 좋은 신선한 재료가 있어야 합니다. 사치에에게 커피 만드는 법을 만들어 주는 사람은 식당의 전 주인입니다. 그는 커피루왁으로 커피를 내립니다. 커피루왁은 사향 고양이 배설물로 만든 희귀한 재료이고 값이 비쌉니다. 이 원두를 내리기 전에 손가락을 넣고 '커피 루왁'이라고 주문을 걸어줍니다. 마음의 준비를 하는 거지요. 그리고 정성스럽게 드립해서 손님에게 대접합니다. 이 커피 비법을 전수해 준 카모메 식당의 전 주인 역시 외로운 사람인데요. 어떤 일인지 아내와 딸과 헤어진 모양입니다. 의욕도 없고, 그저 무기력하게 살아가는 사람이 커피 비법을 활기찬 사치에에게 알려줍니다. 그리고 맛있게 커피를 마시는 그녀에게 이런 말을 하지요.

"다른 사람이 만들어 준 커피가 제일 맛있어요."

주부들이라면 완전히 공감할 한 마디입니다. 저도 잠시 주부 역할을 한 적이 있습니다. 아내가 일을 하니 전업 작가인 제가 딸아이의 식사를 챙겨주었는데요. 물론 아내가 다 만들어 놓은 음식을 데우고, 식기에 담아내는 일 정도입니다. 밥은 솥에다 정성껏 지어서 아이에게 먹이려고 했지요. 식사를 마치면 어설프게 설거지까지 하고 행주를 잘 짜서 싱크대에 올려놓으면 지칩니다. 그런데 그거 의외로 어렵고, 힘이 드는 일이더군요. 싱크대의 수도꼭지에서 똑똑 떨어지는 물방울이 완전히 멈추면 집안에 정적이 찾아옵니다. 잠시 쉬었다가 다시 책상에 앉으면 내가 독서를 하고 글을 쓰는 내 일의 존재감이 더 살아나고, 어서 아내가 직장에 다니지 말게 해야 되겠다는 마음이 상승하지요.

그러다가 아내가 쉬는 날, 밥을 차려주면 물론 음식 솜씨도 좋지만, 식탁을 받아먹는다는 고마움을 새삼스럽게 느낍니다. 아내가 차려주는 밥상이 세상에서 제일 맛있는 밥상입니다. 이 일을 주부들은 평생을 하고, 그것만으로도 그녀들은 가정의 중심이 되는 겁니다.

만약에 부부가 이혼한다면 '밥상을 차려주었다'는 이유만으로도 전재산의 반을 가져가야 합니다. 이게 얼마나 중요한 일인지 모르는 남편들이 있다면 골방에 처넣고 딱 하루만 굶겨 버리면 됩니다. 식사는 밖에서 하면 된다고요? 밖에서 아무리 좋은 음식을 사 먹어도, 비록 김치 쪼가리지만 식구들과 함께 먹는 음식과는 비교가 안 됩니다. 그리고 지나친 외식은 암의 원인이 됩니다. 선배 작가 한 분이 암으로 투병하시다가 안타깝게 돌아가셨는데요. 문병을 간 지인에서 자신의 병의 원인이 밖에서 좋은 음식을 너무 많이 먹어서 그런 것 같다는 말을 전했습니다. 존경하는 선배의 한마디에는 힘이 있지요.

카모메 식당 かもめ食堂, Kamome Dine, 2007

3

사치에는 식당에 찾아온 손님들을 가족을 맞이하는 모습으로 대접합니다. 이것이 다른 식당과 카모메 식당과의 가장 큰 차이점이고, 그녀가 사람을 대하는 방식으로 증명됩니다. 그녀의 식당에는 온갖 상처투성이의 손님들이 찾아옵니다.

집 나간 남편을 원망하며 폐인이 되어 가는 동네 아줌마는 미저리 같습니다. 쓸쓸한 미도리처럼 외로운 여자, 20여 년간 부모님의 병시중을 하다가 여행 가방 하나 들고 자유를 찾아온 여자. 사치에 씨는 이들을 다감하게 맞아주고 식구처럼 대접합니다. 이런 주인의 손에서 나온 음식은 바로 엄마의 음식이지요. 그녀는 치열한 경쟁을 강요하는 일본 사회에서 탈출해 핀란드의 아름다운 숲에서 천천히, 더 천천히 여유롭게 살아가고자 하는 사람입니다.

이 영화는 홀몸노인처럼 사는 사람들의 영혼을 치유하는 말이 있습니다. '어서 오세요'라고 인사를 하는 겁니다. 식당을 찾아오는 사람들은 밥을 먹으러 오는 것이지만 그 밥을 통하여 서로 교감하고 소통하고자 하는 사람들입니다. 가족들은 말할 것 없고, 청소년들, 아이들, 노인들, 연인들 모두 먹어야 사는 사람들입니다. 모두 갈매기처럼 항구를 떠돌아다니면서 상처받고, 먼 바다로 나가지도 못하는 우리 일상. 그 일상의 문을 열고 들어올 때, 누군가 '어서 오세요'라고 반겨준다면 살 만한 거지요.

식당에서 일하는 세 여자가 손님들 맞는 방식은 서로 다릅니다. 마사코는 정숙하고, 미도리는 터프하고, 사치에는 멋집니다. 마사코와 미도리는 각자의 목소리로 '어서 오세요'라고 말하곤 서로 웃고 떠듭니다. 영화의 마지막 장면입니다. 식당에 손님이 아무도 없을 때 두 여자는 주인인 사치에에게 한 번 인사를 해보라고 하고, 쑥스러워서 빈 인사를 나다 하는 사치에가 식당 문을 열고 손님이 들어오자 '어서 오세요.' 라고 습관처럼 인사를 하면서 엔딩 크레딧이 올라갑니다. 영화에 폭 빠져 있다가 그 한마디를 들으니 긴 여운을 남습니다. 그동안 나를 찾아온 사람에게 나는 문을 열어 주었는가? 문을 열어 주었다고 하더라도 인사를 했나? 혹시 너무 무심하게 맞이한 것은 아닐까?

세 여배우의 연기가 너무나 좋았습니다. 사치에와 미도리, 그리고 마사코는 영화배우의 연기가 어떤 것인지 잘 보여주는 인물들이었습니다. 사치에와 미도리도 압권이지만 이 영화에 맛을 살려주는 인물은 마사코가 아닌가 싶습니다.

외로운 사람의 마음을 꿰뚫어 보는 마사코의 표정과 태도는 오래 가슴에 남아 있습니다. 집 나간 남편을 기다리는 여자가 술을 권하자 진지한 표정으로 술잔을 받아드는 모습. 핀란드 어를 한마디도 못하지만, 여자의 이야기를 들어주면서 고개를 끄덕이는 태도. 그녀는 외로움이 뼛속까지 깃든 사람답게 타인의 마음을 읽어내는 연금술사처럼 보입니다.

그녀가 공항에서 잃어버린 여행 가방을 되찾았을 때 거기에 자신이 숲에서 따온 버섯들이 가득 차 있는 환상적인 장면이 있는데요. 숲에서 식당에 오는 동안 어디론가 사라져 버린 버섯들이 마치 보석처럼 환하게 빛나면서 여행 가방에 가득합니다.

버섯들은 그동안 그녀가 잃어버렸다고 생각한 시간입니다. 그 지긋지긋하고 저주라도 하고 싶은 젊은 날의 20년, 젊은 여자의 20년을 도대체 무엇으로 보상할 수 있을까요. 그녀의 여행 가방에 있던 옷을 비롯한 생필품들은 지난 시절의 모든 일은 의미합니다.

그것을 잠시 잃어버리고, 카모메 식당에 있는 동안 더 아픈 사람들의 상처를 어루만지면서 그녀는 빛나는 숲의 버섯으로 상징하는 치유와 사랑의 마음을 받은 겁니다. 아름답게 펼쳐지는 대자연의 풍광과 숲의 버섯들은 요정처럼 변신해서 그녀의 인생 가방으로 들어갑니다.

"자……, 이제 잘 살아봐. 그동안 수고했어" 라고 버섯 요정들이 말할 겁니다. 눈물이 날 지경이지만, 과묵한 그녀는 놀라면서 바라보기만 합니다. 그녀의 표정을 잊을 수가 없는데요. 성숙한 어른의 얼굴이면서 남성과 여성을 모두 가지고 있는 인간의 얼굴. 오랫동안 기억에 남아 있을 것 같습니다. 그녀에게 이런 말을 해 주고 싶습니다.

"마사코 씨, 어서 오세요."

당신도
빛나는 그림입니다

크리스마스 별장 Thomas Kinkade's Home For Christmas, 2008

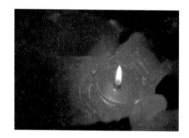

"빛을 그리는 거야."

1

관객들은 저마다 영화를 보는 자기 시선이 있습니다. 같은 영화를 보더라도 가슴에 담아오는 이야기가 서로 다르기도 하지요. 크리스마스를 배경으로 미국의 시골 마을에서 벌어지는 이웃과 소통과 공감을 아름답게 연출한 이 작품은 따뜻한 힐링 시네마입니다. 저는 이 영화에서 스승 글렌 웨슬러와 제자 토마스 킨케이드라는 화가의 삶이 가슴에 오래 남더군요. 나머지는 여분이었습니다. 한 늙은 화가가 그린 작품은 빛으로 가득한 〈마지막 잎새〉라는 그림이었습니다. 오 헨리의 단편소설 제목을 떠올리게 하는 작품을 그리는 한 화가의 여정으로 영화를 읽었습니다.

인터넷 검색으로 감상한 미국의 화가 로버트 킨케이드의 작품은 성경의 삽화처럼 느껴지는 그림이었습니다. 더 솔직히 이야기하면 미국 화가로서 에드워드 호퍼와 같은 존재감을 그에서는 느낄 수 없었습니다. 야광 기법을 좋아하는 그의 그림은 너무 밝고 환해서 처음엔 이빌소 그림 같다는 생각을 했지요. 하긴 그의 그림은 이발소 그림과 같은 요소가 있어서 대중들에게 널리 사랑받았고, 현재 백만장자로 사는 화가 중 하나입니다. 이발소 그림은 말 그대로 이발소에 걸어 놓는 편안한 그림을 말합니다. 물레방아가 돌아가고, 숲 속에 새가 날아오르는 풍경을 가벼운 터치로 그린 그림들을 떠올리면 됩니다. 때론 여호와증인 신자들이 나누어주는 홍보물 그림 같다는 생각이 들기도 하지요.

하여간 그는 통속적인 대중화가로 평가를 받기도 합니다. 비평가들의 이러한 평가와는 별개로 그의 그림을 보고 있으면 먼 나라에서 다정한 친구가 보내온 엽서를 받아든 느낌이 들기도 합니다. 아직 진품을 감상한적은 없어서 제가 뭐라고 평가하기는 힘들지만, 참 따뜻하고 그림에 촛불이 켜져 있는 것 같아 마음이 편안해지는 거지요. 그의 그림은 거실에 걸어 놓는다면 좋은 일이 생길 것 같은 부적 같습니다. 그래서 많은 사람이 그의 그림을 좋아하나 봅니다.

이 영화는 미국의 화가 토마스 킨케이드의 실화를 바탕으로 그가 왜 화가가 되었고, 어떤 마음으로 그림을 그리는지 잘 보여줍니다. 버클리 대학 미술학부 학생 킨케이드가 크리스마스 시즌이 되어 고향으로 돌아와 먼저 만난 사람은 마을에 사는 늙은 화가 글렌입니다. 그림 스승인 그는 킨케이드의 손을 잡고 당부하지요.

"넌 절대 늙지 마라."

이제 노화가는 수많은 그림을 그렸던 이젤 앞에 앉아도 붓질을 할 수 없습니다. 먼저 떠나간 아내를 간절하게 그리고 싶은데, 뭐 하나 그릴 수 있는 게 없습니다. 이미 유명 화가로 천재성을 인정받았지만, 그리고 유명한 화상이 그에게 그림을 그리라고 독려하지만, 그는 그릴 수가 없습니다. 이미 그림을 그릴 수 없을 정도로 늙어버렸기 때문인데요.

킨케이드는 아들처럼 따뜻하게 그의 곁에 있습니다. 그가 제자에게 늙지 말라고 한 것은, 그림 그리는 일을 멈추지 말라는 메시지로 들을 수도 있을 겁니다. 그림을 그릴 수 있다면 그는 늙은 사람이 아니라는 메시지지요. 늙은 사람에 대한 폄하가 아니라, 항상 젊은이처럼 기운차게 살라는 말이기도 합니다. 그는 이미 죽음을 염두에 두고 있습니다. 그가 화실의 낡은 의자에 앉아 라틴어 사전을 뒤적거리면서 죽은 사람들의 죽은 언어라고 하는 대목에서 짐작할 수 있습니다.

그의 화실에는 어둠뿐이고 간단한 외출도 하지 않습니다. 이미 지나가 버린 죽은 아내에 대한 연민과 더 이상은 그림을 그릴 수 없다는 좌절감이 고독한 화실에 가득합니다. 이젤과 물감은 이제 그의 인생에 장식품이 되어 버렸지요.

2

킨케이드는 집 나간 아버지를 대신해서 아들 둘을 잘 길러 낸 어머니의 품을 사랑합니다. 그에게 어머니는 고향이고, 집이기도 하지요. 하지만 실직한 어머니는 주택 융자금을 갚지 못해 고향 집이 경매에 넘어갈 지경이 됩니다. 돈을 벌어야 하는 킨케이드는 500달러를 받기로 하고, 동네에 벽화를 그리기 시작합니다.

그림은 오로지 500달러를 벌기 위한 수단일 뿐입니다. 예술이고 뭐고 없습니다. 돈을 벌기 위해 붓을 들었지만, 결국 그가 그리고자 하는 것은 그와 가장 가까이 있는 사람들이었습니다. 여태 배운 '붓질'로 마을을 찾아오는 사람들에게 크리스마스트리의 마을인 고향 프레이서빌의 벽화를 보여주며 그가 화가로 성장해 나가는 모습이 잘 보입니다.

마을 사람들이 사는 모습을 하나둘 그리기 시작하면서 신비로운 일들이 벌어집니다. 모델이 되었던 마을 사람들이 한동안 잊고 살았던 자신의 존재감에 새롭게 눈을 뜨지요. 가난하고 외로운 사람들이지만 동네 청년이 그린 벽화가 아름다운 선물이 됩니다. '내가 저기에 있다, 우리가 마을에 있다' 하고 서로 대화하기 시작합니다. 그들은 벽화를 통해서 서로 사랑하고 있다는 사실도 발견하게 됩니다.

마을 사람들은 항상 따뜻하게 사랑을 나누어주던 킨케이드의 어머니 집을 고쳐주기 시작합니다. 경매에 넘어가기 전에 이왕이면 좋은 값을 받기 위해 모두 자신이 가지고 있는 것을 나누어 주기 시작합니다. 옆집 아저씨가 페인트칠을 하고, 동네 할머니가 망치질을 합니다. 영화는 어려운 이웃을 돕는 예수의 사랑에 초점을 맞추고 있습니다. 언제나 사랑이 빛나는 곳은 더 어두운 곳이었습니다.

어느 날, 킨케이드가 글렌을 찾아가서 노인의 어두운 화실에 촛불을 밝혀 줍니다. 그리고 눈물을 흘리면서 스승에게 당신은 그림을 그릴 수 있었다고 합니다. 철없는 어린아이인 줄 알았던 제자가 마을 사람에게 받은 사랑의 빛을 들고 와 노인의 고독한 화실에 밝혀 놓은 장면은 예술 작품이 탄생하기 직전에 품고 있는 고독과 슬픔 따위의 어둠을 비추어 줍니다. 제자가 켜놓은 촛불 앞에서 노화가는 드디어 붓을 듭니다. 이제는 손이 떨리지 않습니다. 그는 그림을 그리면서 미소를 짓고 있습니다.

그의 마지막 작품은 이렇게 탄생합니다. 그는 완성한 그림을 들고 킨케이드의 집을 찾아갑니다. 지팡이를 짚고 겨우겨우 걸어갑니다. 아내가 죽고 나서 외출이라고는 전혀 하지 않는 그가 킨케이드의 집으로 들어와 자신의 작품을 보여줍니다.

그는 말하지요. "이것이 나의 마지막 작품이고, 제명은 〈마지막 잎새〉이다." 그는 나뭇잎 사이에 빛나는 빛을 그렸습니다. 그동안 그가 그림을 그리지 못했던 이유는 슬픔에 겨워 어둠을 그리려고 했기 때문입니다. 하지만 킨케이드가 자신의 화실 한 귀퉁이를 밝히는 촛불을 전해주자 영감이 떠올랐고, 그는 위대한 작품을 마감할 수 있었습니다. 그리고 작품을 기다리는 화상에게 자신의 그림을 팔아서 어머니의 집을 지키라고 하지요. 지상을 떠나는 예술가는 제자에게 어머니의 품을 지키게 하고, 앞으로 너는 빛을 그리라고 당부합니다. 이것이 그가 화가로서 성장하는 결정적인 한순간이었습니다. 이 작품은 현재 뉴욕 현대 미술관에 전시되어 있다고 하는군요. 실화가 주는 감동입니다.

3

　　　　　　　우리가 힘들게 사는 이유는 빛이 없어서입니다. 슬픔에 겨워 어둠 속에 있으니 앞이 보이지 않아 힘들고 외로운 겁니다. 너무나 당연한 일입니다. 물론 어둠은 예술의 소재가 될 수도 있고, 인간의 고통을 상징하는 문학적 장치이기도 합니다. 하지만 우리 삶이 어둡다면 그건 다른 문제입니다. 예술 작품에서 어둠은 우리의 삶을 가두는 어둠과는 다른 것입니다. 그것을 통하여 좀 더 밝은 곳으로 가라는 메시지이자, 성장의 통증이기도 합니다. 질병과도 같은 현실적인 고통과 아픔을 치유하기 위한 백신입니다.

킨케이드는 이후 빛의 화가로 성장합니다. 엽서에 그림을 그리기도하고, 도자기에 그림을 그리기도 합니다. 그는 사람들의 가장 외로운 마음에 촛불을 밝혀주는 마음으로 그림을 그리기 시작했고, 그것은 사람들이 가장 가까이하는 인생의 배경 화면이 되었습니다. 사람들은 그의 그림을 손에 들고 만지고, 보고 하면서 희망의 빛을 나누어 가집니다. 그의 그림은 가장 대중적으로 사랑받는 작품이 되었습니다.

그의 그림을 보면 어릴 적 아버지가 다니시던 이발소에 걸린 풍경화가 떠오르기도 하지만, 그는 거기에서 멈추지 않았습니다. 비평가들이야 워낙 결점을 찾기에 바쁜 사람들이기에 그에게 가해지는 평가 따위는 중요하지 않을 수도 있습니다. 그의 작품이 고전으로 남는가도 다른 문제입니다. 설령, 클림트나 피카소처럼 위대한 화가의 반열에 올라가지 못한다한들 어떻습니까. 그는 이미 당대의 많은 사람에게 빛을 나누어준 화가이자 예술가입니다.

위선과 위악으로 무장한 거짓 예술가들보다는 훨씬 성숙한 인간입니다. 대중적인 사랑을 받으면서 고고한 예술가인 척하는 사람따위와는 비교되지 않는 정직하고, 아름다운 예술가이지요. 그의 그림을 편견을 버리고 봅니다. 그는 자신의 그림에 대해 이런 말을 했습니다.

"내가 가진 재능과 자원이 무엇이든 간에, 나는 사람들이 느낄 만한 어두운 면에 빛을 주려고 노력했다."

그의 작품이 비판받는 이유 중에 하나가 아마도 회화에서는 보기 드문 야광 기법으로 표현한 작품의 대중성 때문입니다. 이건 제가 그림을 보고 느낀 나름의 느낌입니다. 하지만 보들레르와 같은 시인과 더불어 킨케이드와 같은 화가가 공존하는 세상이 아름다운 세상입니다. 지금 이 순간에도 어둠을 그리면서 거기에 빛을 던지는 사람도 있을 테니까요.

사랑은 나누어주는 것이라는 단순한 진리가 눈물을 흘리게 하는 감동으로 올 때가 있습니다. 철학적인 설명이나 문학적인 묘사가 없더라도 단순한 이야기 한마디가 울컥하게 할 때도 있지요. 그것이 바로 인문학이고 예술입니다. 저는 킨케이드가 빛을 그리는 화가로 성장하는 모습을 통하여 역시 어두운 저의 서재에 촛불을 밝혔고, 잠시 행복했습니다. 이 영화는 그런 힘이 있는 영화이고, 그의 그림 역시 그런 빛이 있습니다. 우리 곁에서 누군가에게 빛을 주는 사람은, 사랑을 나누어주는 사람은 행복한 사람입니다.

당신의 영화는
아직 끝나지 않았습니다

시네마천국 Cinema Paradiso, 1988

"인생은 네가 본 영화하고는 달라,
인생이…… 훨씬 힘들지."

1

인류 역사를 더듬어 보면 특정한 세기에 만들어낸 걸
작들이 있습니다. 서양사를 예로 들자면 중세는 종교 건축물들, 18세기
는 음악, 19세기에는 문학과 미술이 그러한 경우입니다. 21세기는 사진
과 영화의 시대로 역사의 랜드마크가 될 겁니다. 간혹, 좋은 영화는 영
성이 넘치는 중세의 성당처럼 보입니다. 한 시대가, 모든 가치가 인간의
열정을 도구로 삼아 만들어 낸 건축물처럼 구조가 완벽하고 아름답습니
다. 이것이 바로 클래식 문학 작품과 명화의 공감대이기도 합니다.

현대 사회는 영혼 없는 건축물에서 사는 것 같기도 합니다. 기능과 디
자인으로 치장한 속 빈 강정 같은 건물들, 소비만 자극하는 인간 욕망만

가득한 초고층 건물들이 도시를 상징하고 있습니다. 어떤 건물은 부실 공사로 대참사의 현장이 되는 천박한 건물이기도 하지요. 이러한 시대에 영화가 있다는 건 축복이기도 합니다.

인간의 영혼이 천상으로 이어지는 성당, 사찰, 모스크, 수도원처럼 어떤 영화는 천국으로 가는 입구처럼 보이기도 하고, 혹은 그곳이 바로 천국이 되기도 하지요. 《시네마 천국》이 그렇습니다. 이 필름에 담겨 있는 인간과 사랑에 대한 장면들은 지난한 현실을 견디게 해줍니다.

영화의 매력 중 하나는 우리가 사랑을 볼 수 있다는 겁니다. 현실에서는 사랑이건 뭐건 간에 한 치 앞을 알 수가 없지요. 영화는 편집을 통하여 내가 꿈꾸는 사랑을 만들 수 있다는 거지요. 우리는 현실을 편집할 수 없지만, 영화는 감독이 의도한 드라마이기 때문에 뭐든 만들어 낼 수가 있습니다.

사건 사고로 가득한 우리의 일상은 뉴스처럼 생방송으로 나가는 겁니다. 이런 세상에서 마음속에 나만의 극장을 하나 만들어 둔다면, 현실이 눈물겨울 때 잠시 쉬었다 간다면, 우리는 살 만하겠지요. 그곳이 바로 천국입니다. 천국은 하늘나라에 있는 것 아니라, 내 마음속의 극장에 있습니다.

2

바다가 펼쳐집니다. 아름다운 이탈리아의 해변 마을이지요. 화분과 빵이 있는 식탁에서 시칠리아에 시골 마을에 사는 늙은 어머니는 30년이 지나도록 고향에 돌아오지 않는 아들에게 전화를 합니다. 로마에서 영화감독으로 유명인사가 된 아들은 벤츠를 타고 집으로 가고 있지요. 화려한 저택에 도착해 안으로 들어가면 동거 중인 미녀가 화려한 침대에서 누워 있습니다. 그녀는 잠결에 어머니에게서 전화가 왔다고 하고, 알프레도의 장례식이 내일이라고 하지요. 알프레도⋯⋯.

그 이름을 듣자 그는 잠을 이루지 못합니다. 그는 침대에 누워 몸을 뒤척이면서 고향 마을을 추억하면서 한 편의 영화와 같은 인생을 뒤돌아 봅니다. 그의 기억이 필름 조각처럼 이어지면서 알프레도 아저씨와 어린시절의 토토가 등장하는데요. 토토는 주인공인 살바토레 디 비타의 어린시절 애칭입니다. 이제 그는 디 비타 감독님이라고 불리며 사람들에게 존경받는 50대 중반의 멋진 사내입니다.

이 영화 속에는 두 명의 감독이 주인공으로 등장합니다. 하나는 거장이 된 감독이 어린 시절을 회상하면서 만든 장편영화이고, 또 하나는 시골 마을의 극장 영사실의 직원인 알베르토가 연인들이 키스하는 필름으로 만들어낸 사랑의 시퀀스입니다. 스토리가 없는 짧은 영상에 한 인간의 가장 아름다운 순간들이 편집되어 완성되었습니다. 저는 인생의 어떤 시절을 떠올리면서 영사실에서 필름이 돌아가는 기분이 들 때가 있습니다. 우리는 그 기억의 필름 조각들을 이어붙이면서 추억의 공간을 확보합니다. 거기에 등장하는 인물이 잊지 못할 사랑이라면 금상첨화입니다.

토토는 마을 극장인 〈파라다이소〉 영사실에서 놀기를 좋아합니다. 어두운 극장에서 사자의 입을 통해 한 줄기 빛이 지나가면 스크린에 영상들이 흥미롭게 펼쳐집니다. 토토는 영사실 주변을 어슬렁거리면서 알베르토가 잘라 버린 필름을 주머니에 넣어오고, 집에 와선 그 필름 조각들을 등잔에 비추어 보면서 주인공의 대사를 외우면서 성장합니다. 토토는 어머니의 심부름으로 우유를 살 돈으로 영화를 볼 정도로 영화를 좋아하는 아이입니다. 아이의 엄마는 화가 나서 영사실의 출입을 금지하지만, 영리한 아이는 온갖 꾀를 부려서 알프레도에게 접근합니다. 그리고 알프레도 와 토토는 친구가 됩니다.

알프레도는 토토를 아들처럼 대합니다. 알프레도에게는 아들이 없고, 토토에게도 아버지가 없어서 두 사람은 각별한 사이가 되는데요. 별다른 사회 경험이 없는 그는 토토에게 자신이 영화에서 본 인생을 알려주고 있습니다. 불학무식한 알프레도는 열 살 때부터 영사실 일을 하면서 같은 영화를 백번씩이나 보기도 한 사람이지요. 그가 해 주는 말은 주로 당대 스타들의 명대사들입니다. 그는 영화를 통하여 인생을 배웠고, 그것을 고스란히 토토에게 전수해주고 있습니다. 사랑에 대해서 고통에 대해서, 그리고 패배와 성공에 대해서도 영화에서 본 대사를 적절하게 인용하면서 두 사람은 즐겁게 대화합니다.

하지만 말로 전할 수 없는 것들이 있습니다. 영화는 그것을 잘 보여주고 있는데요. 사랑의 감정은 말로 설명하기 힘듭니다. 눈빛이나 동작이

더 적절할 경우가 많습니다. 극장 〈파라다이소〉는 성당에서 관리하는지, 신부님이 영화 검열을 해 남녀가 키스하는 장면은 음란하다는 이유로 모조리 삭제하지요. 신부님은 극장에 혼자 앉아 종을 들고 남녀가 키스하는 장면이 나오면 힘차게 손을 들어 종을 흔듭니다. 알프레도는 필름에 마킹을 하고 그 부분을 잘라냅니다. 마을 사람들은 배우들이 키스하는 장면을 20년 동안 단 한 번도 보지 못합니다. 하지만 토토는 영화관의 커튼 뒤에 몰래 숨어서 배우들이 키스하는 장면을 다 보고 개구쟁이처럼 웃어댑니다. 남녀 간의 사랑의 정점이기도 한 키스는 사랑의 상징이며, 두 사람의 육체가 영혼으로 이어지는 순간이기도 하지요.

3

　　어느 날 만석이 되어 극장에 들어오지 못한 마을 사람들을 위해 알베르토는 광장에 영사기를 돌려 가난한 사람들을 행복하게 하지요. 영상이 벽을 따라 움직이면서 광장으로 옮겨가는 마술과 같은 장면을 보면서 토토는 감탄합니다. 영상이 밀실에서 광장으로 완전히 빠져나오자 장면은 마을 사람들의 함성을 지릅니다. 영화의 대중성을 잘 보여주는 장면입니다. 그러나 잔칫날처럼 모두가 즐거워할 때, 갑자기 영사기에서 불이 붙어 극장은 불타고, 화상을 입고 쓰러진 알프레드를 겨우 계단으로 끌어낸 토토는 울먹거리면서 도움을 요청합니다.

　이 사고로 알프레드는 실명하고, 극장이 사라진 자리에서 망연자실하고 있는 사람들의 표정은 성당이 무너진 것보다 더 참담합니다. 그때 축구 복권에 당첨된 마을 주민이 뉴시네마 파라다이소를 다시 개관해 토토에게 월급을 주고 영사실 일을 맡깁니다. 이제 극장은 성당의 권위에서 벗어나 검열을 하지 않은 영상을 보여주게 되고, 심지어 포르노 영화까지 상영하면서 극장 한쪽에서는 매춘도 벌어집니다. 하지만 이러한 시대의 변화와는 아랑곳없이 영사실에서 시각장애인이 된 알프레도와 토토의 우정은 더 깊어집니다. 알프레도는 실명하자, 오히려 더 잘 보이는 것들이 있다는 말을 하는데요. 우리가 두 눈을 뜨고도 보지 못하는 것을 그는 보고 있습니다. 알프레도는 시력을 잃었지만, 오히려 현명한 노인이 되어 토토의 곁을 지킵니다.

　세월이 흘러 청년이 된 토토에게 영화 속의 여주인공 같은 운명의 여

인 엘레나가 등장하는데요. 작은 카메라로 촬영하던 토토는 기차역에 내린 그녀를 우연히 필름에 담고, 그 필름은 그의 최초의 작품이자 영원한 작품이 됩니다. 파란 눈을 가진 그녀가 토토의 '시네마 천국'의 여주인공입니다. 토토의 사랑을 직감한 알프레드는 청년에게 수수께끼와 같은 이야기를 들려줍니다.

어느 날 보초를 서다가 아름다운 공주를 본 병사가 상사병에 걸립니다. 병사의 순수한 사랑에 감동한 공주는 백일동안 자신의 발코니 아래에서 기다려 주면 당신의 여자가 되겠다고 하지요. 청년은 99일 동안 발코니 아래에서 기다리다가, 하루 전에 떠나 버린다는 겁니다. 비 오고 천둥이 쳐도, 새가 머리에 똥을 싸고, 벌이 쏴대도 꼼짝하지 않던 청년은 왜 하루 전에 그 자리를 떠난 것인가, 알프레도는 이유를 말하지 않습니다. 대신에 네가 알 것 같으면 자신에게 말하라고 하지요. 이것은 일종의 불교의 '화두'와 같은 것입니다. 병사는 왜 아름다운 공주의 사랑을 버리고 떠난 것인가?

이 장면을 보고 문득 떠오른 생각이 성철 스님의 일화입니다. 스님은 자신을 보고 싶으면 삼천 배를 하고 암자로 올라오라고 했지요. 어떤 사람들은 성철 스님을 보기 위해 삼천 번의 절을 부처님에게 하고서 그냥 돌아갔다고 하는데요. 왜 그가 그냥 돌아갔을까요. 삼천 번의 절을 하는 동안 이미 성철 스님을 본 것은 아닐까요. 천 번도 아니고, 이천 번도 아닙니다. 삼천 번을 해야 하는 거지요. 이 청년도 모진 고난을 겪으면서 99일을 기다리는 동안 무엇인가 본 것이 있을 겁니다. 그게 뭘까요? 99

일동안 한 자리에 서서 모진 고생을 하면서 연인을 기다리는 행위는 수도승의 고행을 연상시킵니다.

그는 그녀에게 알프레도가 들려준 이야기 속의 가난한 병사처럼 행동합니다. 그녀의 발코니 근처에서 그녀가 문을 열 때까지 기다리겠다고 하지요. 매일 달력에 표시하는데, 여러 달이 지난 것으로 보아 100일 정도 지난 것으로 느껴집니다. 발코니의 문은 열리지 않았지만, 그녀가 영사실의 문을 열고 토토를 찾아옵니다. 좁은 영사실에서 청춘남녀는 키스를 통해서 사랑을 불태우고, 토토는 영사실의 직원이라는 직업에 만족하고, 다른 마을로 이사한 그녀를 기다리면서 행복하게 살고 있지요. 그녀가 찾아오는 영사실이 바로 그의 천국이었던 겁니다. 하지만 어느 날부터인가 그녀의 소식이 끊어집니다. 아무리 편지를 써도 수취인 불명의 편지들이 반송되어 오지요.

알프레도는 토토가 마을에서 벗어나지 못한다면 영사실 기사로 늙어갈 것을 예감합니다. 알프레도는 토토에게 마을을 떠날 것을 권합니다. 마을에 머물면 그곳이 세상의 중심인 줄로 알게 되고, 변하는 건 없다는 거지요. 어서 로마로 가서 세상을 거머쥐라고 권합니다. 고향을 떠나 타지에 머물다 보면 그다지 보고 싶은 사람도 없어지게 된다고 합니다. 그는 두 눈을 뜨고 있으면서 실명한 자신보다도 앞을 내다보지 못한다고 토토를 꾸짖습니다. 항상 영화의 대사를 멋지게 인용하는 알프레도에게 토토가 그 말이 누구의 대사냐고 물어봅니다. 게리 쿠퍼, 헨리 폰다. 존 웨인 중에서 누구의 대사냐고 물어보지요. 알프레도는 영화의 대사가 아니라, 나의 말이라면서 한 마디를 남깁니다.

"산다는 것은 네가 본 영화하고는 달라, 인생이…… 훨씬 힘들지."

청년은 영화 속의 주인공처럼 엘레나와 사랑을 이룰 수 없다는 것을 알게 됩니다. 인생이 훨씬 힘들다는 것을 사랑을 통해서 배웁니다. 토토가 고향을 떠나는 날이 되자, 알프레도는 다시 한 번 확인합니다. 이제 가면 다시는 여기에 돌아와선 안 된다고, 여기에서 있었던 일은 모조리 잊어버리라고, 전화도 하지 말고, 편지도 쓰지 말라고 하지요. 향수병 따위에 젖어서 못 참고 돌아오면 널 다신 만나지 않겠다고 합니다. 그때 토토는 말합니다.

"고마워요. 그동안 너무나 잘해주었어요."

그러자 알프레도가 다정하게 말합니다.

"무슨 일을 하든 그 일을 사랑해라. 너의 철부지 시절을 생각하여라. 토토가 어렸을 때 영사실을 사랑했듯이."

영화와 우리의 인생은 너무나 다릅니다. 인생이 훨씬 힘들지요. 청년이 앞으로 살아갈 방법을 알프레도는 알려주고 있습니다. 긴 세월을 산 자신의 인생 경험이 다 녹아 있는 결정적인 한 마디입니다. 그 모습이 영화를 만드는 감독처럼 보입니다. 단호하고 냉정하면서 부드럽고 다정합니다. 좋은 작품을 만드는 감독의 모습이 그럴 겁니다. 토토에게 로마에 가서 어떤 일을 하던 너의 일을 사랑하라고 한 말이 청년의 성공 요인이었습니다. 지금 내가 좋아하는 일을 하는 분들은 잠시 이 책을 놓고 손을 들어 주시기 바랍니다. 눈을 감고 지금 이 글을 읽는 독자를 생각해 봅니다. 천천히 손을 들어 보시길 바랍니다.

4

개구쟁이 꼬마 토토는 디 비타 감독이 되어 알프레도의 장례식을 치르기 위하여 고향으로 돌아옵니다. 그의 말대로 긴 세월 동안 고향에 찾아오지 않았고, 자신이 사랑하는 일을 했습니다. 자신의 모습을 고인이 된 알프레도에게 보여주고 싶었을 겁니다.

그는 어머니가 잘 간직해 놓은 고향 집 방안에서 오래된 필름을 돌려 보고 있습니다. 그녀를 처음 만났을 때 촬영을 했던 영상을 어둠 속에서 우두커니 바라보는 토토. 이제 중년이 되었고, 사회적인 명사가 되었지만 그녀를 잊지 못하고 있습니다. 그동안 미녀들을 만나 사랑을 나누었지만, 결혼과 가정의 뿌리를 내리지 못하지요.

그리고 폐건물이 되어버린 〈파라다이소〉를 찾아갑니다. 영화관의 좌석은 떨어져 나가고, 영사기의 불빛이 빠져나오던 사자 머리는 땅바닥에서 뒹굴고 있습니다. 이미 6년 동안 방치된 건물 곳곳에 거미줄이 무성하고, 영사실의 필름과 장비들은 손만 대면 떨어져 나갑니다. 만약에 그가 고향을 떠나지 않았다면 극장의 모습이 바로 자신의 모습이 될 수도 있는 겁니다. 알프레도는 그것을 예감했을 겁니다. 한평생 영화를 본 그는 사랑하는 토토의 미래를 영상을 보듯 보았을 겁니다. 그래서 그토록 매몰차게 토토를 떠밀어 보내고 다시는 소식을 전하지 말라, 너의 명성을 내가 시골에서 들으면서 살겠다고 했겠지요.

폐건물이 된 영화관을 시에서 주차장으로 만들기 위해 해체합니다. 마을의 천국이었던 극장이 폭음과 함께 무너지고 토토는 다시 로마로 돌아갑니다. 그는 로마의 현대식 상영관에 홀로 앉아 알프레도가 유품으로 남긴 필름을 보고 있습니다. 알프레도의 유품인 필름은 어린 시절 성당의 신부가 잘라낸 키스신들입니다. 두 남녀가 사랑에 빠져 키스를 하는 신을 따로 모아 알프레도가 영화를 만들었습니다.

　작품들에서 잘려져 나간 조각 필름들이지만, 알프레도는 토토를 생각하면서 인생의 가장 중요한 한 장면들을 모아 알프레도 감독판《시네마 천국》을 만들었고, 그 영화는 오로지 토토만이 볼 수 있도록 전해 줍니다. 그는 아버지였습니다. 자신의 모든 것을 희생하면서 아들을 길러낸 우리 아버지의 모습입니다. 동시에 그의 유작은 토토의 어린 시절을 고스란히 담아낸 시네마 천국이었습니다.

과거의 모든 것을 우리는 기억하지 못합니다. 인생의 몇 장면만을 기억하고 그것도 나에게 유리하게, 혹은 불리하게 편집을 하기 때문에 이미 현실이 아닙니다. 과거란 그런 것이 아닌가 싶은데요. 과거가 고통으로 편집되어 있다면 오늘을 살기 힘들 겁니다.

지금 당장 사랑과 관련된 기억을 한번 떠올려 보시길 바랍니다. 내가 나의 사랑을 편집할 수 있습니다. 당신 사랑의 주인공인 연인의 얼굴을 떠올리기 위해서는 그와 했던 일들을 떠올리면 좋습니다. 얼굴만 생각하면 잘 생각이 나지 않기도 합니다. 하지만 함께 해변을 걸었고, 사랑을 나누었던 장소를 생각하면 그녀가 영화 속의 여주인공처럼 떠오릅니다. 그것을 우리는 추억이라고 부르지요.

어두운 극장에 홀로 앉아 스크린에서 키스하는 연인들을 바라보면서 거장이 된 감독은 이제는 작품이 된 자신의 어린 시절을 추억하고 알프레도의 얼굴을 떠올립니다. 축축하게 젖은 눈동자는 기억의 장치를 빠르게 회전시켜 한 편의 영화를 만들어줍니다. 자신의 인생이 바로 영화입니다. 그는 자신의 인생에 있어서 뛰어난 감독이었습니다. 인생의 가장 아름다운 순간인 연인들의 사랑의 모습을 통해 그는 자신이 사랑한 영혼을 봅니다. 결국, 내 인생의 감독은 '나' 라는 사실은 변하지 않았습니다.

그리고 영화관을 배경으로 등장하는 시골 마을의 광장과 밀실이 인상적입니다. 극장 앞에 펼쳐진 광장에서 사람들은 만나고 사랑하고 싸우고 삽니다. 행려병자도, 도둑도, 가난한 사람도, 부자도 모두 광장에서 모여서 살고 있습니다. 광장과 이어진 밀실인 극장에서 부자와 가난한 사람들이 어울려 같은 영화를 봅니다. 소통과 공감의 공간이 광장과 밀실로 절묘하게 연결되어 있고 극장에서 그들은 소통하고 있습니다.

영화에 등장하는 한 사람 한 사람의 캐릭터가 완벽하게 살아나고, 모두 덩어리져 소박하게 어울리는 장소가 〈파라다이소〉였습니다. 생각해보세요. 〈파라다이소〉에서 영화를 보는 마을 사람들의 모습을 말입니다. 어떤 아저씨는 극장에서 입을 벌리고 잠만 잡니다. 청소년들은 벌거벗은 스크린에 떠오른 여자의 엉덩이를 보면서 자위행위를 합니다. 아이와 어른들이 담배를 피우고, 소란을 피우고, 또 어떤 남녀는 사람들 사이에서 옷을 입은 채로 서서 섹스를 하기도 합니다. 세상의 추하고 아름다운 모든 것이 한 공간에서 빛이 만들어내는 타인의 인생에 감탄하면서 살아갑니다. 조금 모자라도 서로에게 위안이 되고, 부자와 가난한 자가 다투면서도 한 공간에서 같은 인생을 바라보고 있습니다.

토토와 알프레도 역시 이 사람들 사이에서 별처럼 빛나고 있습니다. 알프레도는 인생이 영화보다 훨씬 힘들다고 이야기하고 있습니다. 영화가 우리에게 존재하는 이유이기도 합니다. 힘든 인생을 살아가는 동안 우리는 잠시 극장으로 갈 수 있습니다. 잠시 천국으로 다녀오는 겁니다. 인생에 영화가 없다면, 그리고 문학이 없다면 살기 버거운 이유이고, 지금이 순간에도 계속 작품이 탄생하는 비밀입니다.

우리 인생이……, 너무나 힘들기 때문입니다.

눈물을
참지마세요

서편제 西便制, 1993

1

우리의 음악인 판소리, 혹은 소리에는 가슴을 적시는 근본적인 울림이 있습니다. 임방울을 비롯한 전설적인 명창들의 이야기에는 우리 고유의 정서가 있어서인지 서양 음악을 듣고 느끼는 감동과는 조금 다릅니다. 명창들은 광기 어린 수련 과정이나, 기어이 득음하는 경지는 철마다 변화하는 아름다운 우리 산하의 풍광처럼 우리 마음에 녹아듭니다. 비록 시대가 변해 우리 명창들의 작품이 대중의 사랑을 받지 못한다고 해도, 이 고독한 예술가들의 삶은 우리의 삶에 여백을 만들어 주고, 때론 깊은 생각에 잠기게 합니다.

우리나라의 판소리가 때론 박물관의 도자기처럼 느껴지기도 하지만,

막상 소리를 들어보면 가슴을 저미는 감동이 밀려오기도 합니다. 사실, 저도 클래식 음악을 주로 감상하고 있기에 성악가들이 부르는 가곡이나 오페라의 아리아를 듣고 감동을 하곤 합니다. 하지만 그것이 가슴을 저미는 일은 드문 일입니다. 우선 가사 전달이 제대로 되지 않습니다. 독일어나 이탈리아로 부르는 가사 해독이 어려워서 그 곡이 전달하는 감동이 온전히 다가오는 일은 흔하지 않습니다. 우선 상당한 공부가 필요합니다.

예를 들어 슈베르트의 가곡을 독일인처럼 감상하기 위해서는 독일어를 완전히 이해하고, 그 곡의 역사적 배경이나 작곡가에 대한 공부도 필요하지요. 말이 필요 없는 음악 자체의 힘을 부인하는 것은 아닙니다. 음악은 지식이 없더라도 저절로 스며드는 세계 공통의 언어이기도 하기 때문입니다. 하지만 언어가 필요 없는 기악곡과는 달리 가사가 들어간 성악곡은 경우가 조금 다릅니다. 그래서 클래식 성악곡은 어렵다고 합니다. 어렵다는 말은 지루하다는 말의 완곡한 표현이기도 합니다.

성악과는 달리 판소리는 저절로 우리 가슴에 스며드는 이야기를 품고 있습니다. 영화 서편제가 대중적으로 성공을 거둔 요인은 우리 가슴속에 숨어 있던 이야기를 끌어내고, 그 이야기를 피눈물 나는 예술가의 삶과 절묘하게 조화를 시켜 완성한 작품이기 때문이지요. 영화를 통해 절대 경지에 명창의 소리를 듣는 순간이기도 합니다.

언젠가 명창의 소리를 가까이에서 들은 적이 있습니다. 춘향전의 한 대목이었는데 어느 순간 가슴을 저미는 한이 느껴져 눈물을 흘렸던 기억이 납니다. 그것은 대단한 경험이었습니다. 스피커를 통해서가 아니라, 마당에서 직접 소리를 하는 명창의 모습은 오페라의 아리아가 전해주는 감동과는 다른 것이었는데요. 그 이유가 뭘까, 우선 명창의 소리가 좋고, 두 번째는 내 몸의 유전자이기도 한 우리나라의 '한(恨)' 때문이라는 생각이 들었습니다.

영화 《서편제》는 맹인 가객 송화의 한을 노래하는 작품이고, 그녀의 한이 우리나라 사람들이 공유하고 있는 정서를 파고들어 날카로운 칼로 가슴을 저미는 그 무엇이 있었기 때문이지요.

판소리를 소재로 영화를 만든다는 것은, 헐리우드의 블록버스터가 판을 치는 세상에서 위험한 도전일 수도 있을 겁니다. 하지만 모든 작품이 그러하듯, 진정성이 있다면 언젠가는 성공을 하지요. 이 영화는 대중성이 없을 것이라는 제작자들의 우려를 완전히 뒤집어 버린 면에서도 이 영화의 가치는 빛납니다. 오히려 관객이 어떤 영화를 원하고 있는지, 어떻게 영화를 만들어야 하는지도 웅변하는 작품으로 기록된 영화입니다. 우리의 가슴을 칼로 저미는 한(恨)을 보여주었기 때문에 가능한 일입니다.

2

      떠돌이 판소리꾼 유봉은 어려서 부모를 여읜 송화를 친딸처럼 보살핍니다. 송화는 판소리에 대한 재능이 뛰어난 소녀입니다. 유봉은 아들을 하나 둔 과부인 금산댁과 만나 살림을 꾸립니다. 유봉의 두 자식은 모두 제 자식이 아니라, 이리저리 떠돌다가 만난 사람이기도 하지요. 유봉이 겨우 가정을 꾸리고 살아가려고 하지만, 출산 도중 금산댁이 죽자 그들은 다시 소리를 팔면서 전국 방방곡곡을 떠돌아 다니기 시작합니다.

  유봉은 우리 판소리가 언젠가는 판을 칠 날이 올 것이라고 외치는데요, 사실 공허한 메아리처럼 들리기도 합니다. 우리 소리가 각종 대중 매체에서 울리는 시절이 와야겠지만 현실적으로는 요원합니다. 이러한 결핍의 상태에서 판소리꾼의 존재는 무엇인가? 유봉과 송화의 이야기가 그것을 이야기하고 있습니다.

366 서편제 西便制, 1993

사람들의 심금을 울리는 소리는 어떻게 나오는 것인가? 유봉은 끊임없이 그것을 송화에게 전수하려 합니다. 하지만 송화와 달리 동호는 소리에 대한 불만이 가득합니다. 아무리 소리를 해도 알아주는 사람이 없고, 끼니를 걱정하는 가난한 생활에 지친 동호는 결국 떠나고 맙니다.

　아버지와 한바탕 소란을 피우고 떠돌이 가족을 떠나는 동호의 모습은 소리꾼에 대한 시대의 모습이기도 합니다. 우리 역시 이런 방식으로 우리의 소리를 떠나 돈과 명성을 약속하는 서양의 소리길을 걸어갑니다. 텔레비전에서 방송되는 수많은 오디션 프로그램에서 소리를 하는 사람을 본 적이 없습니다. 그것은 이미 우리가 듣는 음악의 한계를 벗어난 것처럼 보이기도 합니다. 우리 전통의 맥을 잇는 젊은이들이 이 시간에도 우리 소리를 찾아 부단하게 노력하지만, 왠지 음지에 있다는 생각이 드는군요.

　시대는 다르지만, 소리에 대한 대중적인 인식은 그때나 지금이나 별로 변한 게 없을 겁니다. 하지만 이 지점에서 명창들은 좌절하지 않습니다. 동호가 떠나자 소리에 재능이 있는 송화가 동생을 잃은 상실감에 식음을 전폐하고 누워버립니다. 유봉은 그녀를 소리꾼으로 만들기 위해 극단적인 방법을 동원합니다. 송화에게 눈을 멀게 하는 약을 먹여 시력을 잃게 하지요. 보이지 않으면 들리는 것이 많고, 보이지 않아야 보이는 것이 있다는 말은 참담하지만, 이러한 결핍이 그녀를 진정한 소리꾼으로 만드는 처방전이 됩니다.

유봉이 송화에게 소리를 전수하면서 한 말, '이년아! 가슴을 칼로 저미는 한恨이 사무쳐야 소리가 나오는 뱁이여!'은 이러한 사연을 지니고 있는 소리이기도 합니다. 유봉 역시 스승에게 수제자로 인정받았지만, 스승의 애첩과 통정하는 바람에 가슴에 한을 품고 평생 떠돌이 소리꾼으로 사회의 냉대와 차별을 받으면서 살아가지요. 그가 닭 한 마리를 훔쳐 송화에게 먹이지만 주인에게 들통이 나서 심한 매질을 당하고, 그 후유증으로 유봉은 세상을 떠납니다. 그는 눈을 감으면서 송화의 눈을 멀게 한 것은 자신이라고 고백을 하고, 한 많은 소리꾼의 인생을 마감합니다.

아비마저 세상을 떠난 후, 송화 역시 떠돌이 소리꾼으로 전설과도 같은 명성을 남기지만 세상의 어디에도 안주하지 않습니다. 세월이 흘러 송화

와 유봉을 찾아다니던 동호가 송화를 만나게 됩니다. 동호는 송화에게 소리를 청하고, 자신은 북을 든 고수가 되어 지난 세월의 모든 한풀이를 하려는 듯 밤새워 소리를 합니다. 그리고 송화는 또다시 길을 떠납니다.

그토록 찾았던 누나를 어렵게 만난 동호는 자신의 정체를 밝히지 않고, 고수의 장단 소리를 듣고 그가 동호인 줄 알아챈 송화 역시 침묵 합니다. 이렇게 두 사람은 서로의 모습을 숨겨버리고 오로지 소리로써 대화합니다. 소리와 장단이 어우러져 두 마리의 용이 비바람을 헤치면서 하늘을 날아가는 것 같기도 하고, 사랑하는 남녀가 운우지정을 나누는 것 같기도 하고, 헤어진 남매가 눈물로 상봉하는 것 같습니다.

그들의 소리는 고요한 주막에서 새벽까지 울려 퍼지는데요. 청중에게 들려주려는 공연이 아니라, 오로지 두 사람의 한이 저절로 차올라 터져 나오는 절창입니다. 두 사람의 한스러운 인생이 소리가 되어 한풀이를 합니다. 이렇게 밤을 지새운 두 사람은 각자 자신의 길로 다시 떠나는데요. 그 모습이 처연합니다. 소리를 통해서도 두 사람의 징글맞은 인연의 고리를 연결되지 않았고 더 깊은 한을 품고 여생을 살아가게 되는 겁니다. 이토록 가여운 한 여인의 삶의 정서를 우리는 '한恨'이라고 부릅니다. 한은 소리가 터져 나오는 그녀의 목울대에 맺혀 있습니다.

3

　　　　'한恨'은 '한민족이 겪은 삶과 역사 속에서 응어리진 분노·체념·원망·슬픔 등이 섞인 고유의 정서'입니다. '한恨'은 한 단어로 직역할 수 없는 우리만의 정서입니다. 이 단어는 행복의 개념과 반대되는 부정적인 어감과 더불어, 흘러내린 눈물 자국과 그 위로 또 흐르는 눈물로 닦아내는 역설적인 개념의 우리 언어이자, 인간이라면 누구나 보편적으로 겪게 되는 감정의 뿌리입니다.

　민족과 국경을 초월하여 많은 예술가가 '한恨'을 통해 창조적인 작품을 만들어 냈을 겁니다. 비록 국어사전에는 이 단어를 설명하면서 '한민족'이라는 단서를 달았지만, 단순히 우리나라 사람들만의 것이 아니라, 인간 감정 중에서도 매우 복잡하고 설명하기 어려운 감정 중의 하나입니다. 사실 사람의 감정을 한 개념으로 규정짓는다는 것 자체가 데이터베이스적인 사고방식입니다. 인간은 데이터베이스로 설명할 수 없는 '거시기'를 지니고 있는 동물입니다. 한은 슬픔에 겨워 물방울처럼 축축하지만, 무지개처럼 하늘에 걸리면 뭔가 확연하게 보이는 것이 있는 감정이지요.

세계인들이 공감하는 슈베르트의 고통과 슬픔, 고흐의 원망과 분노가 응어리진 작품들 역시 '한恨'의 테두리 안에서 설명할 수 있을 겁니다. 하지만 이들의 작품을 한으로 설명하기에는 뭔가 어울리지 않는 구석이 있습니다. '한恨'은 오로지 한민족의 정서라는 생각이고, 한이 우리 문화와 판소리라는 걸출한 예술 장르를 만들었기 때문입니다.

하지만 이 영화를 통하여 세계인들이 우리의 '한恨'에 대해서 공감을 한다면 우리 민족의 고유한 정서인 '한恨'의 개념은 그만큼 확산할 것이고, 우리의 감정표현이 서양인들의 손에 의해 새롭게 탄생할 수도 있을 겁니다. 그것이 바로 영화를 외국 사람들과 소통하는 길이기도 합니다. 우리가 외국의 영화를 보면서 머리로는 이해가 잘은 안 되어도 가슴으로 느끼는 정서가 있듯이 말입니다.

하지만 시대가 바뀌면서 우리는 복잡한 감정을 단순하게 표현하는 버릇이 생겼습니다. 분노와 체념, 원망과 슬픔이 단독으로 쓰이는 것에 익숙합니다. 이것들이 뒤섞인 감정을 표현하지 않기도 하지요. 뭐든 논리적으로 설명해야 하는 사고방식과 더불어 마당이 없는 도시 아파트 생활과 데이터베이스 중심으로 움직이고 판단하는 기계 문명의 영향이기도 합니다.

하지만 감정의 선은 선명한 것이 아닙니다. 슬픔 속에서 체념이 있고, 원망하면서 분노하기도 하지요. 이러한 감정을 표현하는 것이 바로 오랜 전통으로 내려온 판소리이자 소리입니다. 서편제는 우리 소리가 어떻게 지금까지 우리의 가슴과 가슴으로 이어져 오는지, 송화라는 맹인 가객의 노래를 통하여 관객에게 들려주고 있습니다.

고단한 인생을 사는 한 인간에 대한 모습과 그것을 딛고 '앞이 보이지 않는 길'을 지팡이에 의지해 더듬거리면서 떠돌아다니는 가여운 영혼에 찬가이기도 하지요. 송화와 같은 인생을 살지 않더라도 우리는 '한恨'을 지니고 살고 있습니다. 그것이 소리로 발현되지는 않더라도 소리를 통해 한풀이를 하는 모습을 보고 일종의 심리 치유를 받기도 합니다. 송화와 동호가 어울려 소리를 하는 장면에서 많은 관객들이 울었습니다. 그 눈물은 한으로 얼룩진 가슴 길에 흘러내려 앞을 보게 합니다. 그렇다면 조금 더 살아갈 수 있는 거지요.

4

노자의 《도덕경》에 '지백수흑知白守黑'이 나옵니다. '밝은 지식을 가지고 있으면서도 이를 드러내지 않고 선비가 덕을 지키는 일'이라고 해석하는데요. 우리 서예에서 흰 것을 알고 검은 것을 움직인다는 뜻으로 외연이 확장되는 말입니다. 흰 것은 종이고 검은 것은 먹을 찍은 붓입니다. 여백을 계산하고 먹을 사용하면 아름답다.

《서편제》는 '지백수흑'의 영화입니다. 말로 설명하지 않는 여백의 화면이 많고 아름답습니다. 우리의 아름다운 자연풍광은 여백입니다. 이 여백에 판소리라는 묵을 찍은 붓으로 그려내는 것이 있지요. 유봉이 간절한 마음으로 전해준 가슴을 저미는 한의 붓질이 송화와 동호를 만들어 내고 지금까지 이어져 옵니다.

명창의 소리를 듣고 감동했다는 말을 앞에서 했습니다. 그 소리가 나에게 와서 눈물을 흘리게 했는데요. 그다지 한스러운 일이 없다고 생각한 내 가슴에 숨어 있는 '한恨'은 무엇이었을까? 그것은 나중에 알게 되었습니다. 내가 어쩔 수 없이 떠나보내야 하는 사람들에 대한 슬픈 감정, 믿었던 사람에게 배신을 당하고 느끼는 분노, 가난한 생활 때문에 겪게 되는 모멸감 등등 복잡한 인생사의 어두운 것들이 똘똘 응어리진 자리에 떠오르는 촛불과 같은 것이었습니다.

'한恨'은 눈물의 불꽃입니다. 주막에서 타오르는 작은 촛불 같은 것입니다. 제 몸을 태워야만, 제 생명을 태워 흘려보내야 주위를 밝히는 빛이 된다는 사실은 나중에 알게 되었습니다. 우리의 소리는 수천 년에 걸친 우리 민족의 '한恨'이 빚어낸 아름다운 음악이기도 합니다.

《춘향전》을 비롯한 우리 판소리를 한번 잘 들어보시길 바랍니다. 어떤 대목에서는 낄낄 대기도 하고 어떤 대목에서는 원인을 알 수 없는 슬픔에 겨울 겁니다. 이렇게 번역되지 않는, 우리끼리만 알 수 있는 신비로운 감정의 경험을 하신다면 우리의 전통을 사랑하게 되지 않을까요.

우리의 소리는 지켜야 한다는 의무감으로 만날 것이 아니라, 소중하고 사랑하기 때문에 다가가는 사람처럼 여겨야 하는 거지요. 우리 전통을 유아기의 젖먹이처럼 지켜야 하는 것이 아니라, 서로 소통하고 교감하는 친구가 되었으면 좋겠습니다. 오랜만에 박동진, 김소희 명창의 소리로 《춘향전》의 한 대목을 들으면서 이 글을 마감합니다.

세상에서 가장 아름다운 엔딩 크레딧 **375**

내 노래가 그대를
자유롭게 하리니

서칭 포 슈가맨 Searching for Sugar Man, 2011

"죽은 사람을 찾다가
산 사람을 발견한 거지요."

1

사회 계층을 블루칼라와 화이트칼라로 구분하던 시절이 있었습니다. 블루칼라는 노동자를 화이트칼라는 사무직을 의미하는데요. 이 시절에 음반은 LP형태로 발매되었습니다. 요즘은 음원을 MP3로 듣지만, LP는 두 손으로 들고 턴테이블에 올려놓고 바늘을 올려놓아야 음악이 흘러나옵니다. 수록된 곡들은 트랙으로 구분되어 있어 한 곡이 끝나면 굵은 선이 있고 다음 곡으로 넘어가는데요. 특정 트랙에 상처가 나면 음악을 들을 수가 없습니다.

저는 지금 상처 난 음반 한 장을 화면을 통해 보고 있습니다. 남아공의 방송국에서 금지곡으로 지정하고, 칼로 그 트랙을 긁어 버려 절대 들

지 못하게 한 거지요. 안타깝지만 '콜드 팩트—차가운 사실'입니다. 문제
는 음반만 그런 것이 아니라, 가수 역시 상처가 난 음반과 같은 사람이
라는 거지요. 이 글은 이미 오래전에 상처 난 음원을 찾아가는 에세이입
니다.

블루와 화이트, 화이트와 블랙, 부자와 빈자 등등 이분법의 분류는 인
종차별의 냄새가 납니다. 인종차별은 지난 시절 남아프리카 공화국의
백인들이 주도한 흑인에 대한 아파르트헤이트 정책이 대표적입니다. 이
미 오래전에 흑인들이 정치적 자유를 찾은 남아프리카 케이프타운엔 아
직도 그 흔적이 많이 남아 있습니다. 제가 여행을 하다가 남아공의 케이
프타운에서 만난 흑인이 한 말이 생각납니다. 그는 아직도 남아공에는
차별 정책이 존재한다고 했지요. 비록 넬슨 만델라로 상징되는 정치적
인 자유는 얻었지만, 경제적으로는 노예 상태에 있다고 했습니다. 그는
케이프타운의 백인 정도의 생활 수준을 흑인들이 유지하려면 짧게 잡아
도 백 년 이상의 시간이 필요할 거라고 비관적인 이야기를 했는데요. 옆
에서 우리의 대화를 듣고 있던 현지인이 백 년이 아니라 이백 년은 걸릴
거라고 충고해 주었습니다. 이것 역시 콜드 팩트입니다.

저는 쓸쓸한 기분이 들어 흑인들이 거주하는 빈민가를 빠져나왔습니
다. 수년 전의 남아공 여행에 대한 추억은 어떤 시인의 소개로 알게 된
무명 뮤지션의 노래로 상기되었습니다. 가수에 대한 정보가 없는 상태
에서 《콜드 팩트》 음반을 들었습니다. 가수가 유니크한 도시의 현자이
며, 음유 시인이며 철학자 같다는 생각이 들었습니다. 굳이 다른 스타와

비교하자면 밥 딜런, 밥 말리, 레너드 코헨과 같은 느낌이었지요. 이 가수가 도대체 누구야? 안개가 피어오르듯이 저절로 궁금한 생각이 들기 시작했지요. 그의 음악에 반했기 때문입니다.

2

미국 출신의 싱어송라이터인 식스토 로드리게스가 그 주인공인데요. 마이클 잭슨과 스티비 원더를 비롯한 슈퍼스타들의 앨범을 제작한 미국의 모타운에서 두 장의 앨범을 냈지만, 모타운 회장의 인터뷰에 의하면 자신의 부인을 비롯한 6명의 사람이 앨범을 샀다고 할 정도로 참패하고 그는 미국의 음반 시장에서는 완전히 사라진 사람이 됩니다.

그때가 1970년대인데요. 미국 시장에서 실패한 음반이 어쩌다가 남아공으로 흘러들어 50만 장 이상 판매되면서 남아공에서는 엘비스보다 유명한 스타가 되었습니다. 남아공의 케이프타운은 오랜 세월 백인들이 만들어 놓은 유럽과 같은 도시입니다. 현대식 건물과 편의 시설을 비롯한 도시의 있는 테이블 마운틴으로 상징되는 자연풍광으로 헐리우드 스타들의 별장이 즐비한 곳이지요. 마이클 잭슨을 비롯한 스타들이 사랑하는 장소이기도 합니다. 그곳에 가면 왜 백인들이 이곳을 그토록 탐낸 것인지 이해가 될 겁니다.

어떤 이유로 로드리게스의 음반이 미국이 아니라 남아공에서 소위 대박이 난 것일까요? 당시 남아공에서는 턴테이블이 있는 백인의 집에는 사이먼 앤 가펑클의 음반과 로드리게스의 《콜드 팩트》가 항상 눈에 띄었다고 합니다.

남아공의 인종차별 정책은 단순히 흑인에 대한 정책만이 아니라, 남아공의 백인 젊은이들에게도 가해지는 공안정국이었습니다. 우리나라의 유신 시절보다도 더 가혹한 문화 말살 정책으로 비틀스의 특정한 곡이 금지되던 시절이었지요.

이미 말씀드렸듯이, 방송국에서는 그의 음반의 특정한 트랙에 칼로 스크래치를 내서 절대 듣지 못하게 했습니다. 정부의 무자비한 정책이 그에 노래에 가한 폭력이었고, 그 반작용으로 백인 젊은이들의 저항이 시작됩니다. 이 시절에 로드리게스의 음악이 운동권 학생들을 중심으로 서서히 퍼져 나가면서 온 국민에게 퍼져 불멸의 작품이 되었던 겁니다.

당연히 팬들은 슈퍼스타에 대해서 알고 싶었지만, 음반에는 가수에 대한 정보가 전혀 없었습니다. 다른 가수들은 사소한 가십거리까지 정보가 넘쳐 나는데 말이지요. 그에 대해서는 한 마디도 없었다고 합니다. 그들은 로드리게스를 찾으려고 했지만, 유명한 스타의 흔적은 어디에서도 찾을 수 없었습니다. 그리고 소문만 무성해지는데요.

로드리게스가 공연 도중에 분실 자살을 했다. 공연 도중에 무대에서 권총으로 머리를 박살내고 죽었다는 확인되지 않는 소문만이 무성했지요. 하지만 그의 죽음에 대한 어떤 정보도 없기에, 사람들은 그를 신적인 존재로까지 여기게 됩니다. 팬들은 이제 살아있는 로드리게스가 아니라 그가 어떻게 죽었는지 알고 싶어 합니다. 이런 명곡을 남기고 그는 왜 무대 위에서 사라졌을까?

3

남아공 케이프타운의 중고 LP상점 주인인 스
테판과 음악저널리스트인 크레이크 바톨로뮤
가 의기투합해서 죽은 로드리게스를 찾아 나섭
니다. 그들은 음반과 관련한 돈의 흐름에서부
터 추적하기 시작해서, 나중에는 우유 팩에 스
타의 사진을 넣어 실종자를 찾아 나서는 가족
과 같은 심경이 됩니다. 이렇게 자신들의 우상을 찾기 시작합니다.

그들은 전설의 뮤지션의 사망원인이라도 알고 싶었던 겁니다. 마치
전사한 병사의 군번 줄을 찾아 나서는 심경으로 그의 노래 가사에 등장
하는 장소인 미국, 런던, 암스테르담까지 찾아다니지만 어떤 정보도 얻
을 수가 없었습니다. 그러던 어느 날, 그의 노랫말에 나오는 디트로이트
의 동네 이름을 옛 지도를 보고 찾아내고, 그가 미국의 디드로이트에서
살았을 거라는 정보를 찾기도 하지만, 모래밭에서 바늘 찾기입니다.

그때 인터넷의 막강한 정보력이 그들에게 천사를 보내주는데요. 남아
공의 웹사이트에서 아버지를 찾는 정보를 보고 그의 딸이 연락합니다.
스테판이 새벽 한 시에 로드리게스에게 전화를 받고, '내가 로드리게스
입니다'라는 음성을 듣는 순간 그는 전설이 살아 있다는 사실에 경악하
고 맙니다. 드디어 해낸 거지요. 로드리게스의 음반을 통하여 그의 음성
을 마음속에 각인시키고 있어 한마디 만 듣고도 그가 '그'임을 알 수 있
었다고 합니다. 이 순간의 전율을 스테판은 이렇게 말합니다.

세상에서 가장 아름다운 **엔딩 크레딧**   **383**

"죽은 사람을 찾다가 산 사람을 발견한 거지요."

그의 등장에는 '발견'이라는 단어가 적당합니다. 매우 적확한 표현이지요. 그들에게는 사라진 대륙과 같았던 로드리게스라는 전설을 발견합니다. 1970년《콜드 팩트》, 1971년《컴밍 프럼 리얼리티》단 두 장의 음반을 내고 미국 시장에서는 완전히 사장되어 버린 로드리게스.

첫 번째 앨범의 타이틀곡인 〈슈가맨〉은 그의 별명이 되어《서칭 포 슈가맨》이라는 다큐멘터리 영화가 만들어집니다. 한 편의 아름다운 음악영화이기도 한 이 영화는 자연스럽게《브에노비스타 소셜클럽》이라는 영화와 이미지가 중첩되면서, 우리들의 현실과 꿈꾸는 전설을 넘나드는 판타지를 느끼게도 합니다.

그의 노래 중에서 '크리스마스 이주 전에 나는 직장을 잃었지' 라는 가사가 있는데요. 묘하게도 이 노래는 그의 마지막 노래가 되었고, 실제로 크리스마스 2주 전에 음반회사와의 계약이 해지되면서 가수로서는 직장을 잃어버린 게 됩니다.

하지만 그는 두 장의 앨범이 실패하자 막노동을 하면서 세 딸을 키우는 건실한 가장이었습니다. 아버지에 대해 인터뷰하는 딸들은 아버지가 가난하지만 성실하고 열심히 일하는 가장이었음을 증언합니다. 단, 책과 문화에 대한 교육을 열심히 자식들에게 시켰고, 불우한 가정환경으로 좋은 교육은 받지 못했지만, 대학에서 철학을 수강한 지식인이었음을 증언하고 있습니다.

그는 27년 동안 막노동을 하면서 삶을 묵묵히 견뎌내고 디드로이트의 허름한 주택에서 살고 있었습니다. 붉은 벽돌집에 창문이 열리면서 전설이 모습을 드러내는 감동의 순간을 잊을 수가 없습니다. 그때 흘러 나오는 그의 노래는 배경음악이 아니라, 어려운 시절을 살아온 모든 이들에게 현자가 던지는 메시지처럼 느껴지는데요. 음악을 들으면서 이런 순간이 오면 천상의 숭고함마저 느껴지는 겁니다.

드디어 로드리게스는 남아공에서 콘서트를 하게 됩니다. 대서양을 건너는 오랜 비행을 마치고 케이프타운에 도착한 로드리게스 가족은 공연장에 스무 명 정도의 관객이 올 거라는 예상을 했는데요. 5천석 규모의 콘서트장은 만석이 되어 사람들이 일제히 일어나 그의 이름을 부르면서 울부짖기도 합니다.

공연이 시작되자 로드리게스는 무대에 서서 서성거립니다. 사람들 앞에 쉽게 나가지 못하고 몇 분 동안 무대 위를 서성거리기만 합니다. 그리고 마이크 앞에 서서 남아공 젊은이들의 저항의식에 불을 지폈던, 〈아이 원더〉를 부르자 전설은 현실이 되어 남아공 전체에 울려 퍼집니다.

이후 30여 차례의 공연이 모두 매진이 되었고, 그 수익금은 모조리 친구와 가족들에게 나누어 주고 그는 지금도 디트로이트의 허름한 벽돌 집에서 예전과 똑같이 살아가고 있습니다. 이제 그의 나이 칠순이 되었고, 눈 덮인 디트로이트 시내를 검은 외투와 선글라스를 끼고 조심스럽게 걸어가는 예술가의 모습을 보면서 과연 음악과 삶이라는 무엇인가? 로드리게스 당신은 도대체 누구인가? 라는 질문이 저절로 흘러나옵니다.

3

그의 음악이 가슴 깊숙이 다가온 이유는 의외로 선명합니다. 그의 인생이 가난한 시인들의 삶과 다르지 않았기 때문입니다. 우리는 돈과 명성을 원합니다. 당연한 일입니다. 가수는 음반을 통해서 시인은 책을 통해서 드물지만, 돈과 명성을 얻기도 합니다.

하지만 대다수 시인들은 로드리게스처럼 살아갑니다. 막노동을 하기도 하고, 때론 집필에 몰두해 질병에 걸리거나 혹은 자신을 알아주지 않는 세상을 원망하면서 미쳐 죽기도 하지요. 이러한 시인의 이름을 아는 사람은 거의 없습니다. 저의 서가에 꽂혀 있는 수많은 시집은 여전히 침묵하고 있습니다. 하지만 그것은 죽은 것이 아닙니다. 아직 발견되지 않은 거지요.

사람들이 로드리게스를 찾아가는 여정을 보면서 저의 마음에 응어리 져 있던 슬픔과 분노가 자연스럽게 녹아내리는 경험을 할 수 있었고, 자신의 작품에 진정성이 있다면 설령 영원히 독자들에게 발견되지 않더라도 살아 갈 수 있을 거라는 힘도 얻었습니다.

조용필의 노래 〈킬리만자로의 표범〉에 나오는 가사처럼 '나보다 더 고독하게 살았던 고흐라는 사내'가 세상에는 별처럼 빛나고 있기 때문입니다. 그의 음악을 이 영화를 통해서 알았기 때문에 남아공에 있는 사람들에게 고마운 생각까지도 들었습니다. 그의 음악은 오로지 남아공에서만 알려졌기 때문입니다. 제가 남아공을 여행하면서 보았던 인상적인 풍경 중에는 역시 넬슨 만델라 대통령이 27년간 갇혔던 독방의 창문으로 바라본 대서양과 희망 곶에서 바라보았던 바다……, 두 가지입니다. 희망봉에 올라서서 바다를 보면 대서양과 태평양이 서로 만나는 지점이 보입니다. 서로 결이 다른 바다가 만나고 그 바다를 배경으로 거대한 석양이 지고 있는 풍광은 평생 잊지 못할 여행의 경험이었습니다. 로드리게스가 희망 곶의 풍경처럼 여겨지기도 합니다.

그에게 운이 있었다면 밥 딜런이나 밥 말리와 같은 전 세계인의 사랑을 받는 아티스트로 성장할 수도 있지 않았을까? 아무리 이 영화가 좋고 그에 대한 전설이 음반으로 남아 있어도 그가 보낸 무명의 27년은 가혹한 일이 아닌가? 이 뛰어난 아티스트가 그래미상도 여러 번 수상하고, 부자로 살았으면 얼마나 좋았을까. 막노동 대신에 좋은 노래로 수십 장의 음반을 우리에게 선물한다면 말이지요. 하지만 이러한 아쉬움은 명예와 물질적인 욕망에 눈 먼 저의 어리석은 생각입니다.

우리는 한 작가에 대해 한 작품으로 만족할 수 있습니다. 《어린 왕자》, 《변신》, 《파우스트》와 같이 작가를 상징하는 한 작품을 독자들은 온 우주로 여길 수도 있지요. 그는 이미 두 장의 앨범은 충분할 수 있습니다. 아니, 앨범에 수록된 한 곡만으로도 우리는 그를 전설로 여길 수 있습니다.

문화와 예술은 한 가지의 공통점을 가지고 있습니다. 바로 죽은 사람을 찾다가 산 사람을 발견하는 일입니다. 이들을 찾아가는 행위가 바로 책 읽기, 음악 듣기와 같은 행위이기도 하지요. 열심히 읽고 들으면서 죽은 사람을 찾아간다면 산 사람을 발견하는데요. 그것은 바로 살아있는 '나'입니다. 지금 이 시각에도 묵묵히 직장에서 일하거나, 가정에서 아이를 돌보거나, 막노동판에서 일용직으로 근무해도 '나'는 살아있습니다.

"내 음악에 오르면, 내 노래가 그대를 자유롭게 하리니."

로드리게스의 노래는 억압에서 벗어난 자유를 찾고, 고독에서 벗어난 소통을 찾고, 증오에서 벗어난 사랑을 찾습니다. 아름답게 살아있는 사람의 발견입니다. 이제 그가 무대에서 분신자살을 하지 않은 이유를 알 수 있습니다. 그는 살아있는 정신이기 때문입니다. 음악을 한순간의 영광으로 생각하지 않고 삶 그 자체를 사랑하고 노래한 사람이기 때문이지요. 그의 침묵의 기간 역시 우리에게 다가오기 위한 긴 여정의 일부일 겁니다.

붉은 벽돌집의 창문을 올리고 조금은 어색하게 밖을 바라보고 있는 이제는 늙은 가수의 모습은 어떤 일이 있어도 너의 삶을 살아가라는 현자의 메시지처럼 보입니다. 내 삶의 주변에 있는 비루하고, 누추하고 고달픈 현실들을 새로운 모습으로 탈바꿈하는 가수 로드리게스는 자신이 스타였다는 사실도 모른 채, 무명으로 살아간 인생에 대해 조금도 원망하지 않고 미소를 머금은 채 말합니다.

"여러분 고맙습니다."

세상에서 가장 아름다운

엔딩
크레딧

초판 1쇄 | 2015. 07. 10.

지은이 | 원재훈
펴낸이 | 최윤도
펴낸곳 | 라꽁떼

등록번호 | 제 406-2013-000001호
주소 | 경기도 파주시 회동길 15(문발동)
서울사무소 | 서울시 마포구 성지3길 74
전화 | 02)362-3721
팩스 | 02)335-7849
이메일 | racontebooks@hanmail.net

copyright | ⓒ원재훈, 2015

ISBN 979-11-955438-0-9   03800

국립중앙도서관 출판예정도서목록(CIP)

세상에서 가장 아름다운 엔딩 크레딧 : 원재훈 시인의 빈티지 시네마 에세이 /
지은이: 원재훈. — 파주 : 라꽁떼, 2015

ISBN 979-11-955438-0-9 03800 : ₩16000

수기(글)[手記]

818-KDC6
895.785-DDC23   CIP2015014121